ことのは文庫

わが家は幽世の貸本屋さん

—偽りの親子と星空の約束—

忍丸

JN103074

MICRO MAGAZINE

Contents

▽

わが家は幽世の貸本屋さん

―偽りの親子と星空の約束―

序章　義理の父と娘の約束

——幼い頃から、眠れない夜があると東雲《しののめ》さんと星を観に出かけた。

幽世《かくりよ》の町から少し行った場所に、小高い丘がある。

そこは、あやかしの棲み家も近くになく、周囲に明かりひとつないせいか、とても静かで星を観察するのに適した場所だった。星がよく見えるように、光る蝶……幻光蝶《げんこうちょう》避けの香を焚き、ランプの明かりだけを頼りにふたりきりで夜を過ごす。

星を眺めながらするのは、貸本屋の主人と娘らしく本の話だ。実際に、星をモチーフにした本や、宇宙について書かれた図鑑を持って行き、物語の内容やそれに関連する様々なことについて延々と語り合う。特にお気に入りだったのは、砂漠の真ん中で、余所《よそ》の星からやってきたという王子と出会う話だ。

王子が住んでいた星、王子が訪ねた星、王子から見た地球の風景——それに想いを馳せては、お話の中に出てくる花の美しさを想像してうっとりとする。東雲さんの物語の解釈を聞き、自分で考えた物語の意味を口にする。盛んに意見を交わして、時には解釈が違ったりしてぶつかることもある。意見が平行線をたどっている間は、頭がカッカして少し嫌な気持ちになるけれど、後々冷静に考えてみると、それすら面白いと思えるのだ。

けれど、子どものことだ。なんだかんだ言ったって、時間になると電池が切れたみたいに眠ってしまう。気がつくと、帰路につく東雲さんの背中の上で揺られている——そんなお約束。そのひとときが、私は大好きだった。

あの丘での思い出は色々あるが、その中でも印象深いエピソードがある。

あれは確か、私が五歳くらいの頃——。夏の終わりに差しかかった日。

その日も、私は東雲さんと一緒に丘にやってきていた。

「夏は、パチパチ弾けるメロンソーダの色。秋は、甘酸っぱい葡萄《ぶどう》の色！」

「なんだそりゃ？」

東雲さんが、不思議そうな顔をして私を見つめている。

私は、自分を抱っこしている東雲さんに、得意げな顔で言った。

「幽世の空の色だよ。とっても綺麗で、美味しそうでしょ！」

まだ成長しきっていない小さな手を、空に伸ばして笑う。季節ごとに違う色を見せる幽世の空は、いつも新しい驚きを私に与えてくれる。

幽世はあやかしたちの世界。そして常夜の世界だ。澄み渡るような青空を見ることは敵わないが、時間経過によって色を変え、数多《あまた》の星々に彩られる幽世の空は、人間たちの世界である現し世《うつしよ》の空に負けないくらいに美しいと思う。

その日は星に関する本を持ち込んでいた。空に煌めく星の色の秘密を知って、少し興奮していたのかもしれない。思わず、そんな表現をしたのだ。

すると、東雲さんは顔をくしゃくしゃにして笑った。

「そうか。夏織《かおり》は面白《おもし》れぇこと考えるよな。将来は作家か？」

「えー。どうしよっかな」

本は読むばかりだったけれど、私自身が物語を創るのも楽しいかもしれない。

「作家もいいね」なんて言いながら、ニコニコしている東雲さんに尋ねた。

「じゃあさ、東雲さんは？　東雲さんはどうするの？」

「なにがだ？」

「将来！　なにになるの？」

すると、途端に東雲さんは弱りきった顔になると、星空に視線を戻した。

「さあな。俺はもう大人だからな……」

私はパチパチと目を瞬くと、心底不思議に思って、東雲さんの顔を見つめた。

「大人になっちゃったら、なににもなれないの？」

なら大人になるのも考えものだ。「何者か」になれなかった大人は、一体どうするのだろう。なにもせずに、日々を坦々と過ごすのだろうか。

「それってつまんないね。息苦しそう」

子どもらしく、正直に思ったことを口にする。

すると東雲さんは驚いたような顔をして、それから苦く笑った。

「なれねぇことはないけどな。大人になると、一歩踏み出すのに勇気がいるんだ」

「大人って大変だね？」

「大変というより、面倒なんだ。大人ってもんは」

「ふうん」なんて言いながら、もう一度空を見上げる。

雲ひとつない今日の空は、メロンソーダの色。けれど、遠くから葡萄色が侵食し始めているのが見える。それは、夏が終わり、秋の始まりが近づいている証《あかし》だ。

夏が終わるのは寂しいけれど、美味しいものだらけの秋が来るのも待ち遠しい。

ふと思い返すと、ついこの間まで夏真っ盛りだった気がする。このままじゃ、あっという間に季節が通り過ぎていって、すぐにでも大人になってしまいそうだ。

――私は、きちんと「何者か」になれるのだろうか。

急に、そこはかとない不安を覚えて、東雲さんにくっついた。

「どうした？」

「別に」

東雲さんに触れていると安心する。

いつまでも赤ちゃんみたいで恥ずかしいから、本人には秘密だけれど。

その時、あることを思いついた。なるほど名案だ、そう思って口にする。

「じゃあさ、もし東雲さんがなりたいものを見つけたら、私が手伝ってあげるね」

「……あん？」

「東雲さんがなりたいものがなにかはわからないけど、それになれるように協力する！」

口にしてみると、なにやら途轍もなくいいアイディアのような気がする。

私は心を決めると、力強く言った。

「きっと、なりたいものになるためには、いろんなものを探したり、手に入れたりしなきゃいけないんだよ。大切なものとか、宝物とか!! あの本で狐も言ってた。『大切なものは、目に見えない』……見つけるの、きっと大変だと思う。でも、大丈夫。ひとりよりは、ふたりだよね。頑張ろ！」

その時、あることを閃いて嬉しくなった。

そうだ、私が将来なりたいものは「これ」で決まりだ。

私は東雲さんと視線を合わせると、やや興奮気味に言った。

「私、将来は東雲さんの『本当の娘』になる。そしたらきっと、東雲さんのお手伝いもしやすいと思うから！」

――私は、あやかしじゃない。三歳の頃、幽世に迷い込んだ人間だ。

とある夏の日――昏《くら》い昏い幽世で、私は大怪我をして泣いていたらしい。

人を好んで食べるあやかしも多いこの世界で、泣いてばかりいる幼児なんて、恰好のご馳走だ。事実、私を狙って多くのあやかしが集まって来ていたらしい。恐らく、誰かが助けてくれなければ、私は誰かに食べられて終わっていたのだろう。

そんな私を救ってくれたのが、東雲さんだった。

この「変わり者」のあやかしは、私を助けるだけでなく、帰る場所もわからなくなってしまった私を、拾い育ててくれた。

だから、東雲さんと私には血の繋がりがない。父のように思ってはいるけれど、きっと本当の娘よりか、どこか劣っている。

だから——「本当の娘」になる。そう決めた。

そうすればきっと、東雲さんを助けていける。

なにより、ずっとずっと「一緒にいても許される」はずだ——。

その瞬間、東雲さんが強く抱きしめてきた。

「夏織、お前って奴は……！」

「うう、チクチクするぅ」

東雲さんの無精髭が頬に当たって痛い。ポカスカ叩いて抗議する。

「やーめーてー！」

「あ、悪い」

私を解放してくれた東雲さんは、申し訳なさそうに眉を下げている。私は、ぷくりと頬を膨らませて、デリカシーがちょっと足りない養父を睨みつけた。

「お髭!!　剃ってって、いつも言ってるでしょ！」

なんだか、髭の当たった部分がヒリヒリする。怪我をしたらどうしてくれるのかと文句を言おうとして、その時、何故か東雲さんが瞳を潤ませているのに気がついた。途端に怒りが引っ込んで、代わりに心配な気持ちがムクムクと湧き上がってくる。

「どうしたの?」

思わず尋ねると、東雲さんは、どこか切なそうに言った。

「お前は俺の娘だよ。血は繋がっちゃいないが、紛れもなくお前は俺の娘だ」

そう言うと、東雲さんは私を肩車した。途端に視界が高くなって空が近くなる。おお、と歓声を上げて星空に見蕩れる。すると、東雲さんがぽつりと言った。

「探さなくても大丈夫だ。俺の大切なものはここにある」

「ん? なーにー?」

「なんでもねえ!!」

東雲さんは、からからと笑うと、肩の上の私に言った。

「もしも、俺になにかなりたいもんが見つかったら、そん時はよろしくな」

「うん。任せといて。私、頑張るよー!」

「頼もしいな!」

すると突然、東雲さんが丘の上を走り始めた。

揺れる視界、不安定になる感じが無性に面白く感じて、もっと! とせがむ。

すると東雲さんは、益々スピードを上げていった。蝶避けの香から離れたせいで、たちまちどこからか光る蝶が寄ってくる。猛スピードで走り回る東雲さんを、数え切れないほどの蝶が追ってくるものだから、まるで自分たちが流れ星になったみたいだ。

「あははは！　東雲さん、行けー！」

「おっしゃ、任せろ！」

それは、夏の終わりの出来事。

星降るような幽世の丘の上で、養父と過ごした時間は私にとっての宝物だ。

——東雲さんの「本当の娘」になりたい。

その夢は、想いは。今もまだ続いている。

第一章　ガンガラーの谷の怪異

幽世の夏は短い。

お盆が終わった途端に冷たい空気が流れ込んできて、夕方になると少し肌寒いくらいになる。あれだけ暑さにうんざりしていたというのに、夏が終わると理解した途端、一抹の寂しさを覚えるのは何故だろう。

多分、夏が特別だからだ。夏には燦々と輝く太陽のようであり、陽光に煌めく海面のような、眩しい思い出がたくさん詰まっている。

——今年の夏。わが家は色々なことがあった。

怪我をした元祓い屋の少年、白井水明《しらいすいめい》を拾ったこと。

徳島《とくしま》の大歩危《おおぼけ》峡まで、小鬼の友だちを助けに行ったこと。

捜しものをしているという水明を、居候させることになったこと。

その他にも、富士山《ふじさん》まで本を貸しに出かけたり、蝉のあやかしを看取ったり、しおりの持ち主を捜したり、絡新婦《じょろうぐも》の事件があったりと、本当に色々あった。

なによりも大きかったのは、水明の存在だ。

彼と過ごした時間は、非常に濃厚なものだった。あやかしの世界で育った私と、人間の世界で生まれ育った水明。なにもかも違うふたりが、同じものを食べ、同じものを見て、同じ時間を過ごした。苦しい時に寄り添って貰ったり、逆に寄り添ったり……水明がいてくれたことで、救われたことも多い。

そんな水明も、今や幽世の薬屋で働いている。捜していた相棒クロとも再会でき、充実した毎日を過ごしているようだ。

――色々あった夏も、もうすぐ終わりだ。

今年の秋は、なにがあるのだろう。

未来のことなんて、誰にもわからない。

それが人生の面白いところでもあるけれど、ひとつだけ確かなことがある。

――水明が加わった幽世は、今までよりもずっと賑やかに違いない。

「はあ……」

ここは町の外れにある、幽世唯一の貸本屋だ。二階建ての和風建築で、周囲の家々よりもボロ……いや、味のある造りをしているこの店は、住居を兼ねている。

そんな店の奥にある母屋で、私はひとりちゃぶ台に突っ伏し、ため息を零していた。

「水明……か」

またひとつ、ため息を零す。

脳裏には、白髪の美少年……水明の顔が浮かんでいる。彼のことを想うと、胸の奥がモヤモヤして、どうにも気持ちが休まらない。名前を口にすると、胸がキュッと締めつけられたようになり、私には水明が必要なのだとしみじみと実感する。

——今ここに、彼がいてくれたなら。

この胸のモヤモヤが晴れて、心も体も満たされるだろうに。

「水明……欲しい……」

熱い吐息を零して、遠くを見る。視線の先にあるのは——台所の収納だ。うっすら開いた引き戸の隙間からは、空になりつつある米びつがちらりと覗いている。

それを見た瞬間、想いが募って堪《たま》らなくなった私は、精一杯の気持ちをこめて叫んだ。

「欲しい。水明の、家賃が欲しい……!!」

「——……フ。なにを言うかと思えば。お嬢さん、気は確かか？」

するとその時、どこか飄々とした声が降ってきた。

「……あ」

振り返ると、そこには癖のある恰好をした男が立っていた。

年頃は、東雲さんと同年代くらい。丸いサングラスをかけていて、レンズの向こうに見える三白眼《さんぱくがん》の右目は白濁している。更に、癖のある長めの黒髪に中折れ帽を被っていて、東雲さんと違ってきちんと整えられた顎髭に、開襟シャツの上には羽織を着て、右腕を服の中に隠している。

特に羽織はやたらとド派手で、会うたびに柄が変わる。今日は、江戸時代の美人画をモチーフにしたものを羽織っていて、白粉《おしろい》を塗った女性が流し目を送っている柄だった。それがまた、彼の癖の強さを増しているように思えた。

その人の名は玉樹《たまき》という。東雲さんの古い友人で、私も幼い頃から知っている人だ。

私はへらりと笑うと、玉樹さんに挨拶をした。

「あ、こんにちは」

すると玉樹さんは、眉間に皺を寄せた。

「……一応訊くが、さっきの言葉の意味は？」

どこか笑いを堪《こら》えているような……けれども、呆れも混じった声。私は、少し恥ずかしく思いながらも答えた。

「いや、水明――この間まで、うちに居候していた人が払ってくれていた家賃があれば、あの中身が減りに減った米びつを、特Aクラスのお米で満たせるのになーって」

玉樹さんはやれやれと首を振ると、指でサングラスの位置を直して言った。

「てっきり、男が欲しいのかと。まったく。自分は『物語』でも、あまり唐突な展開は好まなくてね。今度はきちんと王道を踏んでくれ」

玉樹さんは、口癖である「物語」に感じたことを準《なぞら》えて、クックッと喉の奥で笑った。

私は誤解させてしまったことを謝ると、客人である玉樹さんに座布団を勧めた。

——わが家は貸本屋を営んでいる。けれども正直、それだけではなかなか食べていけなかった。別に店が流行《はや》っていないわけではない。どちらかというと、繁盛店と言えるだろう。わが家の生活費が逼迫しているのは、主に東雲さんと幽世の事情のせいだ。

幽世で生きているあやかしには、金銭を持たずに原始的な暮らしをしている者も多い。そういうあやかしたちは、自給自足をし、昔ながらの生活をしている。人の世ではとっくに失われたものが、今も生きている……それが幽世だ。

うちの店長である東雲さんは、そんなあやかしたちにも別《わ》け隔てなく本を貸してしまう。貰うのは、代金ではない。あやかしたちが持っている「面白い話」だ。一応、それを金銭に変える方法はあるにはあるのだが……すぐに、というわけにもいかないのだ。そのせいで、わが家の家計はいつもカツカツだ。

本を読みたい、読んでみたいとやってくるあやかしたちを、無下に追い返すのは忍びない気持ちもわかる。あやかしにもっとたくさん本を読んで欲しい……それは、義父と私の共通の想いだ。

しかし、それとこれとは話が違う。生活が成り立たなければ、本も貸せなくなる。なので、私が現し世でアルバイトをして家計を助けている。だが、それでも少々苦しい。だから水明が居候している間に払ってくれていた家賃には、すごく助けられた。彼がいなくなってから、わが家の食事の質の低下が著しい。

「お肉は我慢できるけど、やっぱりお米は主食だからね。一度、美味しいものに慣れちゃうと、安いブレンド米に戻るのが本当にしんどくてさ。アルバイトでも増やそうかな、と思ってたところ」

　すると玉樹さんは、ニヤニヤとやや捻くれた笑みを浮かべた。

「フム。そうなれば、あの馬鹿が嘆くだろうな」

「馬鹿って東雲さん？」

「他に誰がいる。お前が帰ってこなくて、不機嫌になるのが目に見えるようだ。なるほどなるほど。なかなかに愉快だ。お嬢さん、遠慮なくシフトをガンガン入れてしまえ」

「ガンガンって……。それはあんまりにも可哀想じゃない？」

「別にいいだろう。娘にべったりなアイツには、それくらいでちょうどいい。何事も、メリハリというのが大事だ。物語の展開と通じるものがある」

　玉樹さんは、整えられた顎髭を指で撫で、喉の奥でクックツと笑っている。そして、おもむろに部屋の中を一瞥すると、私に尋ねた。

「ところで、東雲はどこにいった？」

「え？　奥にいるはずだけど……あれ？」

　東雲さんの部屋は、居間の隣にある。いつもなら、執筆している養父の背中が見えるのだが、いつの間にか姿が消えていた。部屋を覗き込んでみても、書きかけの原稿が散らかっているだけで、やはり本人の姿はない。

「あらー……」

「逃げたか」

玉樹さんは、チッと舌打ちをすると、どかりと畳の上に座り込んだ。

「帰るまで待たせて貰う。茶を一杯くれるか」

「あ、はい」

「まったく手の焼ける男だ。逃げられるわけがないのに。得てして、逃亡者は捕まるものだ。そう――物語の犯人が、絶対に逃げられないように」

私は渋い顔をしている玉樹さんに苦笑しつつ、お茶の用意をしに台所に向かった。


玉樹さんは「物語屋」という仕事をしている。

それは一風変わった仕事で、あやかしにまつわる物語や逸話を蒐集《しゅうしゅう》して、好事家《こうずか》に販売するというものだ。現し世の民俗学の研究家などに需要があるらしい。先ほど述べた、東雲さんが客から金銭の代わりに聞いた「面白い話」を買い取っているのが玉樹さんだ。

玉樹さんから貰える報酬は、わが家の貴重な収入源となっている。……が、東雲さんが結構な遅筆のせいで、なかなかお金にならないというのが現状だ。

今日、玉樹さんはその原稿を回収に来たらしい。

……そして、東雲さんは原稿が間に合わずに逃げた。

どうも、そういうことらしい。まあ、わが家ではよくあることだ。

若干申し訳なく思いつつ、玉樹さんにお茶を運ぶ。

「どうぞ、粗茶ですが」

「この家に、高級な茶葉があったのか？　フム、意外だ。ミステリーの犯人を外した気分だな」

「うわあ。玉樹さんったら、相変わらずだねえ」

「自分は正直なのが売りでね」

そう言いつつも、玉樹さんは淹れたてのお茶を美味しそうに飲んでいる。

……まったく、素直じゃない人だ。

玉樹さんとは物心ついた頃からの付き合いなのだが、未だに性格が読めない。

親切な人なのか、気のいい人なのか。はたまた、意地悪な人なのかを測りかねている。

その時々によって印象がガラリと変わるので、この人とは未だにどう付き合えばいいかわからない。どうも、今日は意地悪な日のようだ。まあ、東雲さんの原稿が間に合わなかったせいなので仕方がないと言えば仕方がない。

そんなことを思っていると、玉樹さんが話を振ってきた。

「ああ、そういえば。訊きたいことがあるんだが」

玉樹さんは白濁した右目をこちらに向けると、すう、と細めた。

博識な物語屋が、私に質問なんて珍しいこともあるものだと、彼に向かい合う。

すると玉樹さんは、白濁した右目で私をまっすぐに捉えて言った。

「その水明とか言う奴……ソイツはあれか。噂になっていた元祓い屋のことか？」

「そうだよ。幽世に迷い込んで、怪我をしていたのを拾ったのが縁でね。しばらくうちに居候していたの」

玉樹さんは「そうか」と少し考え込むと、やや慎重な口ぶりで言った。

「その男。――犬神憑き、だと……聞いたんだが」

「うん。相棒の犬神を捜しに、幽世に来たの」

「ふん？」

すると、玉樹さんはやや前のめりになって「それで？」と続きを促してきた。

玉樹さんの、今まで見せたことのない様子に戸惑いつつも、水明たちのことを話す。

絡新婦の事件を経て、紆余曲折あったけれど無事に再会できたこと。一時は物別れになりそうだったが、結局ふたりは共に生きる道を選んだこと。

「……そう、か」

そこまで聞くと、玉樹さんはうっすら笑みを浮かべた。

そして、私に不思議な問いを投げかけてきた。

「ならば、犬神憑きは『古き戒め』から解き放たれたんだな？」

「え？　古き――？」

「その水明とやらは、犬神憑きの愚かなしきたりに、二度と縛られることがない。そういうことなのかと訊いている」

「う、うん」

玉樹さんが言っている「古き戒め」とは、「犬神憑きの人間は、感情を殺さなければならない」という制限のことだろう。

犬神は手に入れた者に多大な富をもたらすが、その代わりに厄介な副作用がある。犬神憑きが誰かを羨ましく思ったりすると、対象のものを台無しにしたり、取り憑いて病気にしたり、激痛を与えたりするのだ。

そんな人間が生計を立てていく上で、感情を持つことは邪魔にしかならない。どんな感情が「嫉妬」に繋がるかわからないからだ。だから犬神憑きの家は、犬神の使役者に感情を持つことを禁じた。それは祓い屋として生きるためには必要なことだった。

人間が人間らしい感情を持つことすら厭《いと》う、忌まわしいしきたり——。

水明は、そんなしきたりに縛られて生きてきた。まあ今は、そんな厄介なものからは解き放たれ、感情を制限する必要はなくなったのだが……。

「ねえ、玉樹さん。どうして犬神憑きとか、そのしきたりのことに詳しいの？」

不思議に思って、玉樹さんを見つめる。こんなこと、誰もが知っている情報じゃない。

祓い屋というものは、仕事の性質上、あやかしに恨まれることが多々ある。

人の形をしていても、玉樹さんも永い時を生きてきたあやかしだ。更には、どちらかというと単純思考の東雲さんと違って、かなり捻くれているから考えが読めない。もし、この人が祓い屋に恨みを持っていたとしたら——この状況は、大変まずいのではないか。

背中に冷たいものが伝い、迂闊に水明のことを口にした自分を呪う。

私はごくりと唾を飲み込むと、恐る恐る尋ねた。

「変なこと、考えてないよね？　水明になにかしようとしてるわけじゃないよね？」

すると、玉樹さんは湯呑みに口をつけながら言った。

「……なにを危惧しているのかは知らないが、自分は物語屋だ。祓い屋の話は、逸話の蒐集をしていると自然と耳に入ってくる。その関係で、犬神憑きと関わることがあってな」

「あ、そっか。そういうことか」

ホッとして笑みを零す。同時に、東雲さんの友人を疑ったことを恥ずかしく思った。

そんな私を見て、玉樹さんは笑みを浮かべている。

「ああそうだ」

するとその時、なにかを思い出したのか、玉樹さんはおもむろに鞄を漁り始めた。

「忘れるところだった。喜べ、貸本屋の仕事を持ってきてやったぞ。一年振りに本を与えられた読書家ほど喜ばなくても結構だがね」

そして中から一通の茶封筒を取り出すと、私に差し出してきた。

中身を確認する。そこには、本を借りたいと希望しているあやかしのことや、貸して欲しい本、関係あるのかと首を捻りたくなるような情報などが、やたら達筆な字でびっしりと書かれていた。

「これって……？　ええと、本を持っていけばいいのかな」

「さあ」

「さあって……玉樹さんが持ってきたんでしょう？」

するると、玉樹さんはサングラス越しに私をじっと見つめて言った。

「その依頼を預かったのは自分だが、それをどう『為す』かは任せる。すべては、そこに記してある——最善を尽くそうが、粗雑な仕事をしようが構わない。その仕事が報酬に見合うものなのか、時間を割いてまでやるべきことなのか。自分で判断するんだな」

玉樹さんは、そう言うと勢いよく湯呑みを傾け、お茶を飲み干した。

「すべての解釈はお嬢さんに任せる。そういうことだ」

私は、じっと手もとの依頼書を見つめた。

玉樹さんの謎掛けみたいな言葉を頭の中で噛み砕き、冷静に考える。

そして私は、この仕事を受けることに決めた。

「わかった。やってみる！」

「よろしく頼む。ああ、それと——」

玉樹さんは、おもむろに立ち上がると、東雲さんの部屋にある押入れの前に立った。そして、勢いよくそれを開け放って言った。

「コイツを借りていく。原稿が書き終わるまで、帰さないと思ってくれていい」

小気味いい音がして開いた押入れの中——そこに、大きな体を無理矢理縮めた東雲さんが蹲《うずくま》っていた。狭い場所にいたからか、いつも以上にヨレヨレしている養父は、気まずそうな笑みを浮かべると——サッと片手を上げて言った。

「……よ、よう。どっちかってぇと、俺は、アルバイトは増やさないで欲しい派だ」

「「……はあ……」」

私と玉樹さんは、同時に深く嘆息すると、遁走《とんそう》しようとする東雲さんを捕まえるため、動き出したのだった。


それから数日後。

依頼書にあった期日に、私は、幽世の町の一角にある路地裏に来ていた。

そこはジメジメとしていて、奥まったところにぽつんと古ぼけた扉があるだけのなんの変哲もない場所だ。私は、そこで友人たちと待ち合わせしていた。今回の仕事は、ひとりでやるには少々荷が重いと思ったし、せっかく行くのだから、みんなで行きたいと誘ったのだ。

ひらひらと寄ってくる幻光蝶と戯れながら、みんなを待っていると――そこに、一匹の黒猫が姿を現した。

「本当に呆れたわ。本を貸すためだけに、あんなところに行くだなんて」

それは「にゃあ」さんだ。

にゃあさんは、空色と金色のオッドアイを眇《すが》めて、じとりと私を睨みつけている。

更には三叉《みつまた》に分かれたしっぽを、パタパタとせわしなく振っている。これは、かなり機嫌が悪い時の仕草だった。

にゃあさんは「火車《かしゃ》」のあやかしで、私の幼馴染で親友だ。

小さい頃からずっと一緒にいる、家族と言っても過言ではない存在。彼女は私のことを私よりもよく知っていて、間違ったことをすると正してくれる。文句を言いながらも、いつも私に付き合ってくれるのがにゃあさんだ。

「なんかごめん」

私が謝ると、にゃあさんはやれやれと首を横に振った。

「……止めても、どうせ行くんでしょ。付き合うわよ」

「にゃあさん!!」

感激のあまり、にゃあさんを抱き上げる。勢いよくクルクル回って、真っ黒なふわふわの毛に顔を埋めた。そして、太陽みたいな匂いを胸いっぱいに吸い込んだ瞬間、にゃあさんが暴れ出した。

「あたし、勝手に触れられるの好きじゃないって知ってるでしょ！」

「うん。ごめん。嬉しくて」

にゃあさんの鼻に自分のそれをくっつけて、満面の笑みを浮かべる。すると、にゃあさんは非常に複雑そうな顔をしたかと思うと、はあと猫にあるまじき深いため息をついて、ザラザラした舌で私の鼻の頭を舐めた。

「ま、あそこなら美味しいお魚食べられるでしょ。帰ったら、ブラッシングして。缶詰はいつもよりも豪華な奴にするのよ。爪を切るのはしばらく禁止。わかったわね？」

「うん。任せといて。とっておきの缶詰にするから」

「絶対よ？」

「約束ね」

ふたりしてクスクス笑い合う。するとそこに、金目《きんめ》と銀目《ぎんめ》が到着した。

「にゃあさんは、相変わらずお堅いなあ。いいじゃん～。僕、行ってみたかったんだ～」

「だよな！　うわー！　楽しみだなあ……！」

渋い顔をしているにゃあさんとは対照的に、金目と銀目はご機嫌だ。

彼らも、にゃあさんと同じく私の幼馴染だ。

間延びした口調で、金色の瞳、少しタレ目なのが金目。やんちゃで、銀色の瞳、少し吊り目なのが銀目で、ふたりは双子だ。そして「烏天狗《からすてんぐ》」のあやかしである。

ただ、あやかしではあるけれど私よりも年下だ。彼らは、私を姉のように慕ってくれ、私も弟分のようなものだと思っている。

ふたりは楽しいことが大好きだ。目的の場所を告げると、嬉々として手伝いを申し出てくれた。ノリノリの双子は、色違いのアロハに、水着、浮き輪、ゴーグルにシュノーケルを身につけていて、見るからに泳ぐ気満々だった。

「ご当地のご飯、楽しみだなあ。銀目、いっぱい食べようね～」

「金目、俺は海に行きたい。ダイビングしたいなあ。青の洞窟があるらしいぜ。サンゴ礁の海って憧れだよな……！」

すると銀目はちろりと横目で私を見ると、ほんのりと頬を染めながら言った。

「なあ夏織、今回の仕事が終わったら、少しぐらい時間があるだろ？　遊びに行こうぜ。ゆ、夕日が綺麗な場所があるらしいんだ。よかったら……俺と……」

「僕と、三人で行く〜？」

「ばっ……バーカ！　ちげえよ、金目！　俺は夏織とふたりきりでだな……」

すると、途端にしょんぼり肩を落とした金目は、銀目に背を向けてボソッと呟いた。

「そっか。僕は仲間はずれかあ。寂しいな……」

「だから－!!　そういうわけじゃねえって」

銀目が涙目で否定するも、弟に背を向けたままの金目は、実に楽しそうに笑っている。どうも、からかい甲斐のある双子の弟で遊んでいるようだ。

「仲いいねえ」

兄弟っていいな、なんてふたりを微笑ましく眺めていると、近くでため息が聞こえた。そこにはうんざりした様子の白髪の美少年の姿があった。

「出張貸本屋は結構だが、俺を巻き込むな」

「水明！　来てくれたんだ！」

「別に、来たくて来たんじゃない」

そう、彼が玉樹さんと話していた元祓い屋の少年だ。

真っ白な髪に、薄茶色の瞳を持っている。肌は透けるように白く、やけに彼を形作る色素が薄い。見た目だけなら文句なしの美少年で、愛想さえよければ王子様系と言っても過言ではない。しかし、どこか無表情なところがあって、不器用なのが水明だ。まだまだ感情を表に出すのは得意ではないらしい。

水明は不満そうに「ナナシが行けと言わなければ……」とボヤいている。もしかしたら、彼の雇い主である「薬屋のナナシ」に、半ば無理矢理送り出されたのかもしれない。私の母代わりでもあるナナシは、非常に押しが強い。あの人なら「思い出作りに行ってらっしゃい！」なんて、有無を言わさず送り出しそうなものだ。

「無理させちゃったかな。ごめんね？」

申し訳なく思って、素直に謝る。すると、水明はなんとも複雑そうな顔になった。

「……無理はしていないが、流石《さすが》にやり過ぎだろう。本を貸すためだけに行くには遠すぎる。こんなもの、小旅行どころじゃない」

そして、続けて文句を言おうと口を開いた……が、その先を話すことは敵わなかった。何故ならば、やけにはしゃいだ声に遮られたからだ。

「うわあ！　うわあ！　オイラ、南の島に旅行なんて初めて〜!!」

「……クロ、ちょっと落ちつ……」

「水明は行ったことある？　あ、ないかー！　フフフ、楽しみだねえ。——沖縄《おきなわ》!!」

その声の持ち主は、水明の相棒、犬神のクロだった。

犬神は一見普通の犬のように見えるが、特徴的な部分がある。黒くて赤い斑《ぶち》があり、犬にしては胴がひょろ長い。イタチにしては頭が大きくて耳が尖っている。

そして、なによりもおしゃべりで無邪気だ。

クロは真紅の瞳をキラキラ輝かせ、ピンク色の舌を口からはみ出させながら、大興奮で水明の足もとにじゃれついている。

「ねっ。水明も、楽しみでしょ？」

嬉しさのあまり、腰ごとしっぽを振っているクロに見つめられると、水明は固まってしまった。そして、一筋の汗を流した後——おもむろにクロを抱き上げて言った。

「ああ。俺も楽しみだ」

「だよねー!!」

——白井水明。

この少年、一見クールに見えるが実のところ犬馬鹿である。

「なんだか、ものすごく失礼なこと考えてないか。お前」

すると私の考えが透けて見えたのか、水明に睨まれてしまった。

「そんなことない」と慌てて否定して、その場を離れる。

にゃあさんを抱き上げて、ちらりと水明の様子を窺う。水明はワクワクが止まらないらしいクロの話を、一生懸命に聞いてやっていた。

——この時、水明が浮かべていたのはとても穏やかな笑み。

そこに犬神憑きのしがらみに囚われ、思い悩んでいた頃の陰りは見当たらない。

……よかった。本当に、よかった。

そのことを心から嬉しく思っていると、するりと、にゃあさんが私の腕の中から抜けだして言った。

「さっさと行きましょ。沖縄よ？　流石に遠いもの」

そして近くにあった古びた扉の前まで歩いていくと、どこか気だるげな様子で私を見つめた。

「そうだね」

――そう、沖縄。今回の目的地は、リゾート地としても有名な、あの沖縄だ。

依頼をしてくれたあやかしも沖縄ならでは。会うのが今から楽しみだったりする。

すると水明に抱かれていたクロが、不思議そうに言った。

「あのさ、沖縄にはなにで行くの？　島なんだよね？　それじゃ、飛行機かな。それともお船？　これから、飛行場とか港に行くの？」

――ああ、デジャヴ。

私はにゃあさんと顔を見合わせると、くすりと笑った。

水明を見てみると、彼はなんとも言えない顔で腕の中の相棒を見下ろしている。それを少し面白く思いながら、私は得意になって言った。

「現し世の交通手段は使わないよ。そんなの使ったらいつ到着するかわからないし、今からじゃ無理。そもそも、そんなものに乗るお金がない！」

するとクロは心底不思議そうに首を傾げた。

「じゃあ、なにで行くのさ」

「そんなの、決まってるでしょ？」

私は、にゃあさんの前にある古びた扉に手をかけると、勢いよく開けた。

すると、戸の奥からチラチラと白くて冷たい欠片がこちらに舞い込んできた。同時に、鳥肌が立つくらいの寒風が肌を撫でていき、思わず身を竦める。

扉の向こうに広がっていたのは、地獄だ。

死者の体だけでなく、悲鳴や魂をも凍りつかせる、氷と雪で覆われた紅蓮《ぐれん》地獄――。八寒《はっかん》地獄の第七。ここに落ちた死者は、あまりの寒さに皮膚が裂け、流れた血でまるで紅い蓮《はす》の花のようになるのだという。

クロは、信じられないという顔で恐る恐る扉の中を覗き込むと、私の顔をまじまじと見て言った。

「冗談だよね？」

「まさか」

クロを抱いている水明の腕を、がっしりと掴まえる。

「そっか。君が前に地獄を通った時は、気絶してたもんね」

私はにんまりと笑うと、水明ごとクロを地獄へ引きずり込みながら言った。

「覚えておいて。幽世と地獄と現し世は繋がってるんだよ。地獄はね、時空が歪んでたり、物理法則があべこべになってたりするわけ。だから、地獄を通ると遠い場所にもすぐに行ける。たとえ沖縄だってね」

「ちょ、まっ……！　嘘でしょ!?　嘘だよね、水明！」

クロが水明に助けを求めた。

しかし、頼りの水明は諦め気味に首を振ると――。

「ここは、こういう世界なんだ。慣れるしかない」

「なに、その達観した顔!?　前になにがあったのさ!?　駄目、地獄やだぁ!!　う、うわああああああっ!!」

クロのけたたましい悲鳴が紅蓮地獄中に響いている。

その次の瞬間、私たちの体は、肌を刺すような冷たい空気に包まれたのだった。

＊　＊　＊

――そこは、鬱蒼とした亜熱帯の森。

聞いたことのない鳥の声が響き、見慣れない植物が勢いよく天に向かって葉を広げている。しっとりと濡れた緑は鮮やかさを一層増し、幾重にも重なった葉は、進む者の行く手を遮って道を覆い隠している。

まるでジャングルの奥地のような、雑多な生命の気配で溢れているその場所は、ガンガラーの谷と呼ばれている。ガンガラーの谷は、沖縄本島南部に位置する、数十万年前までは鍾乳洞であったという場所だ。長い年月を経て、崩壊した鍾乳洞の上に多種多様な緑が生い茂ったその谷は、旧石器時代に生きた港川原人《みなとがわげんじん》の居住区であったと言われている。

東京ドーム一個ぶんもの面積があるその谷は、一九七二年に一度公開されたのだが、数年後に汚染問題が発覚して以来、河川環境が回復するまで封鎖されていた。二〇〇八年に改めて公開されたのだが、今もなお、ガイドツアー専用エリアとなっており、一般人だけの立ち入りは禁じられている。そんな場所だからか、古くから住むあやかしたちの棲み家ともなっていた。

「にゃあさん、よろしく」

「ええ、仕方ないわね」

ミシミシと軋んだ音を立てて、にゃあさんが巨大化していく。私の腕にすっぽり収まるサイズだった彼女は、あっという間に虎ほどの大きさに変化した。足もとに炎を纏わせ、肉食獣らしいしなやかな体を見せつけるようにぐんと伸ばしたにゃあさんの背中に、持参した荷物を括り付ける。色々持ち込んだから、かなりの量だ。これは、ご褒美の缶詰を奮発しなくちゃならないかもしれない。

「みんな、静かに行こう」

観光客やガイドに見つからないように、整備された道以外を行く。自分の背よりも高く伸びた葉っぱをかき分けながら、しばらく無言で進んでいると、ゴツゴツとした崖に挟まれた道に出た。

そこには、見上げるほど巨大なガジュマルの木があった。

「わあ。大きいねえ～」

「おお。本当だ！　でっけえ！」

金目銀目は、その木を見るなり歓声を上げた。

それは「森の賢者」と呼ばれている大主《ウフシュ》ガジュマルだった。樹齢百五十年とも言われ、人々からはガンガラーの谷の主であると親しまれている。

水明は、崖の上にそびえ立っている大主ガジュマルを見上げて言った。

「圧巻だな。それに、これはなんだ――蔓《つる》、か？」

「ううん、これは『気根《きこん》』。根っこだよ」

大主ガジュマルは、とても大きな木だ。しかし、大部分を占めるのは幹ではなく、「気根」部分だ。ゴツゴツした崖の上に根付いた大主ガジュマルは、幹から多くの気根を伸ばしている。それが崖の上から、まるで流れ落ちる滝のように地面に向かって垂れているのだ。大地に到達した気根は、支柱根となって幹を支えている。

その高さ、約二十メートル――。

沖縄県内には多くのガジュマルの木があるが、ここまで高さがあるものはないそうだ。

「ガジュマルの木ってね、幸せの木とも呼ばれているんだよ。何故だかわかる？」

ふと思い立って水明に尋ねてみる。すると、彼は首を傾げて言った。

「なんでだろうな？　幸せを運ぶって言うよりも、偏屈そうな爺さんに見える」

「アハハ。気根がぶら下がってる感じ、お髭みたいに見えなくもないね。あのね、ガジュマルの木が幸せを呼ぶと謂われているのはね、この木を棲み家にしているあやかしが由来だって言われているの」

　そんな話をしながら、私は鞄からあるものを取り出した。それは、玉樹さんから貰った依頼書だ。内容を確認しながら、落ちていた枝で地面に円を描き、その中に持参したものを撒いていく。

「なになに～？　白い粉？」

「小麦粉か。それで、どうするんだ？」

　金目銀目が手もとを覗き込んできた。ふと顔を上げると、水明とクロまで興味津々で見つめている。そんな大層なことはしていないのに、いきなり注目を浴びて、なんだか恥ずかしくなってきた。

「……ちょ、ちょっと待ってね！」

　最後に円の中心に線香を立てれば、これで準備完了だ。

「これは、沖縄に伝わるあやかしの足跡が見られるおまじない。本当は暗い場所でするものなんだけど……。この谷の主なら、私たちを誘《いざな》ってくれると思うんだ。だって、私が会いに来たのは、ガジュマルの木に棲むあやかしだもの」

　そして、全員で少し離れた場所まで移動すると、私は円に向かって叫んだ。

「キ、ジ、ム、ナ、ー！　サーターカマヒー《砂糖やるよー》！」

するとその瞬間、円の周りに劇的な変化が現れた。どこからともなく、まるで鬼火のような光がいくつも現れ、ふわふわと周囲を漂い始める。それは、しばらく辺りを彷徨《さまよ》っていたかと思うと、すい、と円の中心を通っていった。するとどうだろう。円の中に撒いた白い粉に、子どもサイズの足跡がついたではないか。

その足跡はしばらく円の中をウロウロしていたかと思うと、突然どこかに向かって走り始めた。私はにゃあさんの背にひらりと飛び乗ると、みんなに声をかけた。

「さあ、追いかけるよ！」

「置いていかれないようにね、駄犬」

「む。猫！　駄犬って言うなー！」

「おい夏織！　待て!!」

「水明、急げ急げ～」

「おお。なんか楽しいな。テンション上がってきた！」

点々と地面に残る白い足跡を追って、亜熱帯の森を駆けていく。

すると、足跡は森の奥へ奥へと進んでいるのに気がついた。徐々に、周囲にガジュマルの木が増えていく。うねり、曲がりくねった気根を越えて、その下を潜り、横を通り抜けて――二十分ほど走った頃だろうか、少し開けた場所に到着した。

そこはガジュマルの森だった。

大小様々なガジュマルの木が、一面に生えている。中央にそびえ立っているのは、ガジュマルの大樹だ。元々は小さな木だったのかもしれないが、長い年月をかけて気根を好き勝手に伸ばしたガジュマルたちは、お互いに複雑に絡み合い、重なり合って一本の大樹を作り上げていた。大樹にはあちこち小さな虚《うろ》が空いていて、まるでお伽噺にあるような木の家のようだ。メルヘンチックな光景に心が躍る。すると、辺りを繁々と眺めていたクロが楽しそうな声を上げた。

「水明、見て見て。お魚が泳いでる！」

「は？　なにを言って……」

水明は、クロの視線を追うなり、呆気に取られたのか口をポカンと開けた。

何故ならば、あちこちにあるガジュマルの木の陰、そして虚から、色鮮やかな熱帯の魚たちが姿を現し始めたのだ。それはまるで天然のアクアリウム。ガジュマルの丸みを帯びた緑の葉は、まるで水草のように風になびき、魚たちの纏う極彩色は目に楽しい。手が触れそうなほど近くを、大小様々の魚が通り過ぎていく——きっとお伽噺《とぎばなし》に出てくる竜宮城とは、ここのような場所を言うのだろう。

「こんにちは！　貸本屋です！」

にゃあさんの背から降りて、声を張り上げる。だが、あちらこちらから視線を感じはするものの、誰も姿を現そうとしない。

すると、大樹の方から誰かがやってきた。

それは一見すると、子どものように見えた。目にも鮮やかな赤色の髪に、肌はまるで琉《りゅう》球《きゅう》赤瓦のような赤銅色をしている。腰には葉っぱで作った蓑《みの》をつけていて、体のバランスを考えるとやや腕が長いように思えた。

そのあやかしは、「キジムナー」という。

私はキジムナーの依頼を受けて、はるばる沖縄までやってきたのだ。

「めんそーれ。貸本屋の皆さん、はじみてぃやーさい《はじめまして》」

キジムナーはペコリと頭を下げると、白い歯を見せて人懐っこそうに笑った。

するとその瞬間、ガジュマルの大樹の虚のあちこちから、同じような姿をした者たちが顔を出した。

「「「めんそーれー!!」」」

突然現れたキジムナーたちは、ワラワラと大樹から降りてくると、私たちの周りに群がってきた。

「わ、わわわ!?　こ、こんにちは……」

「ねーねー《おねえさん》、よく来たね！」

「ハイサイ！」

「ハイタイ！」

口々に沖縄言葉で話しかけてくるキジムナーたちに囲まれ、困惑する。私たちが珍しいのか、服やら荷物やらを引っ張ってきて、どうすればいいかわからない。

「ひっ、やめて。オイラのしっぽ！　引っ張らないでえ」

クロは、キジムナーに揉みくちゃにされて半泣きになっている。金目銀目、にゃあさんなんかは、いつの間にやら上空に逃げてしまった。水明も、身動きが取れなくなってしまって困惑している。

——ああ、なんだこれ。

どうすればいいかわからずに途方に暮れていると、最初に話しかけてきたキジムナーが私に向かって言った。

「貸本屋さん、今日はよろしく頼むさー！」

「それよりも、この人たちをなんとかしてください……！」

私は半ば泣きそうになりながら、キジムナーに助けを求めたのだった。


キジムナーは、キジムン、セーマ、ハンダンミーなど、多くの呼び名を持つ沖縄のあやかしだ。ガジュマルやアコウ、フクギ、栴檀《せんだん》といった古い木に棲まうとされている精で、一般的に赤い顔や髪をした子どもの姿をしている。

キジムナーは悪戯《いたずら》好きで知られていて、赤土を赤飯に見せかけて食べさせたり、普通なら入れないような木の虚に人を閉じ込めたりと、かなりやんちゃなあやかしである。

同時に、キジムナーに気に入られた家には、幸福が訪れるとも謂われている。

例えば、沖縄の漁師の家には必ずといっていいほどガジュマルの木が植えられている。

何故ならば、キジムナーは漁を手伝ってくれるあやかしとしても有名だからだ。

逆にキジムナーを怒らせると、様々な不幸が訪れる。場合によっては、命を落としてしまうこともあるのだそうだ。

そんなキジムナーだが、彼らは非常に人間に似通った部分がある。

――それは、「家族」を形成することだ。


太陽は既に沈み、空には満天の星が瞬いている。ガジュマルの森は暗闇に沈み、光を放つものといえば、夜行性の動物の瞳くらいだ。宙を泳ぐ魚たちすら眠ってしまった森は、朝がくるのを今か今かと待ち侘び、誰も彼もが息を潜めている――。

それが森の日常だ。

けれど、今日ばかりは森は光に溢れ、太陽が沈んだ後も活気に溢れていた。

今日は、キジムナーの女の子、アミの誕生会。

ガジュマルの森は様々な飾り付けがされ、キジムナーの作り出した鬼火が至るところに設置されている。南国の花々が地面に撒かれ、辺りには三線《さんしん》の音が響いていた。音に合わせて魚の群れが踊り、キジムナーたちも酒を飲みながらまた踊る。

誰もが笑みを浮かべ、歌い、踊り――アミの特別な日を心から祝っている。

大樹の真ん前がメイン会場だ。そこには、主役のアミのための席が設《しつら》えられていた。

頭にハイビスカスで作られた冠を被り、葉っぱのドレスを着た彼女は、みんなから挨拶を受けて微笑んでいる。しかし言葉を発することはない。何故なら、随分前に風邪を引いてしまったらしく、それ以来、喉が嗄れてしまったのだそうだ。

アミの前には、様々なご馳走が並べられていた。その多くが、沖縄近海で獲れる魚を使ったものだ。私たちもお相伴に与《あずか》ることになり、ほくほくで珍しい魚たちを使った料理に舌鼓を打った。

用意されていたのは、グルクン（タカサゴ）の唐揚げ、オーバチャー（ナンヨウダイ）の酢味噌和え、大きな魚のアラのマース（塩）煮、チキアギ（さつま揚げ）、それに……イラブーのお汁などだ。

「わー！　イラブーってなに!?　オイラ、初めて食べたよ！　ヌチっとしてて、シコシコしてて、でも味しなーい！」

「……そ、そうだな」

「あ、でも出汁がとっても美味しいよ。水明も食べてみなよー！」

「いや、やめておく」

無邪気な笑みを浮かべたクロが、水明にイラブーのお汁を勧めている。

イラブー……その正体がウミヘビだと知っているらしい水明は、クロからの勧めをさらりと躱《かわ》している。するとそこに、ひとりのキジムナーが近づいていった。

「ん？　イラブー、苦手か？　ならこれはどうさー。ほら」

「うわっ!!」

水明は、それを見るなり仰け反った。

キジムナーが持ってきたのは、皿に山盛りになった魚の目玉だったのだ。すると、そんな水明を見つけた金目銀目が、ニヤニヤしながら絡みに行った。

「おお、水明。いいなあ、食えよ！　ご馳走じゃないか！」

「キジムナーって魚の右目が大好物なんだよね～。さ、スプーンをどうぞ」

「やめろ、本当にやめろ……!!　じゃあ、お前らが食えよ！」

「「絶対に嫌だ」」

三人はぎゃあぎゃあ大騒ぎしている。どうもあまり背の高くない水明は、高身長の双子にコンプレックスを持っているらしく、彼らに対しては態度が冷たい。なのに、あのふたりは水明を「面白い」だの「ツッコミ担当」だのと言って、友だち認定しているものだから、いつもややこしいことになるのだ。

「楽しそうだねえ……」

大騒ぎしている三人を眺めながら、ひとりでまったりと食事を楽しむ。食事に夢中になっているクロの背後に、口に獲れたてピチピチのウミヘビを咥えたにゃあさんが接近しているから、あちらの方も賑やかなことになりそうだ。

するとそこに、先ほどのキジムナーが近寄ってきた。

彼はアミの父親なのだそうだ。名をクムと言う。

彼は私の隣に座ると、楽しそうにしているアミを見て言った。

「この後、よろしくお願いしますよ」

「もちろんです。準備万端、整えてきましたからお任せください。娘さんにとって、最高の誕生日になるように、お手伝いさせていただきます」

「……」

するると、クムはなんだか泣きそうな顔になって、黙り込んでしまった。

「どうしたんです？」

「いや、あの。なんというか……寂しくなってしまって」

「寂しく……？」

誕生日という、華やかな日にそぐわない感情を不思議に思っていると、クムはアミを遠目に見ながら、ポツポツと話し始めた。

「あの子は、今日で成人なのさー」

「えっ。今、何歳ですか？」

「五歳かねえ」

「……そんなに早く成人するんですね」

「人間じゃまだまだ若いかもしれないけど、キジムナーじゃこれが普通さ」

キジムナーはあやかしとしては珍しく、男女の区別があり、家族を形成することで知られている。なんと、人間に嫁いだキジムナーの伝承も残っているらしい。この森に棲まうキジムナーの女の子は、成人するとすぐに嫁ぐための準備を始めるそうだ。

「アミはこの森一番の美人さ。すぐに、嫁ぎ先が決まるだろうねー」

するとクムは深く嘆息しながら言った。

「アミは昔から本が好きで、浜辺に流れ着く本を拾ってきては、大事に大事に読んでたんさ。いつか、あの子にたんまり本を読ませてやりたいって、そう思ってた。成人して、嫁いでしまう前までは……って、ずっと、ずっとさ」

そんな時のことだ。

クムは、たまたま沖縄にやってきていた玉樹さんに出会ったのだそうだ。

玉樹さんはクムの事情を知ると、私たちを紹介すると言ってくれた。そのおかげで、今、ここに私たちはいる。

「父親として、アミになにかしてやりたかった。嫁ぐ前に思い出に残るものをって。それが叶いそうで嬉しいさ。父親として、娘に特別な贈り物をするのは格別さ。だけど……この寂しさだけは、どうにもならなくて」

クムはそう言うと、みんなに囲まれて嬉しそうにしているアミを見つめた。

「あの子は、幸せになるだろうか。いい人と家庭を築けるだろうか。今から思い悩んでも、どうにもならないってわかっていても、悪いことばかり考えてしまうんさ」

……ああ、娘さんのことを大切に思っているのだなあ。

私は、若干の胸の苦しさを感じながら、クムに言った。

「父親の悩みは尽きませんね」

すると、クムは顔をくしゃくしゃにして笑った。

「ただの親馬鹿さー。母親がいないぶん、よくしてやりたいって欲が強いんさ。だから、本を用意できて本当によかった」

そして、クムは私をまっすぐに見つめて言った。

「アンタらは、あやかしからすれば本当に奇跡みたいなもんさー。あやかしが、本を持つのは本当に難しいんだもの」

そしてクムは語った。

クムたちあやかしは、日々変わりゆく人間を興味深く思っている。

隣人がなにを思い、考えているのかを知るのに、本は最適だ。しかし、森や山、海なんかに棲まうあやかしからすれば、たとえ本を手に入れたとしても、雨風を凌いで長期的に保管すること自体が難しい。

「本当なら、俺らだって本を手もとに置いておきたいさ。でも、ガジュマルと一緒に生きている以上、それは難しいさ」

「はい。だから、私たちは貸本屋なんです。もし、今回のことで気に入ったら、またご連絡をください。お好きな本を貸し出しますから。――読みたい本を、お届けしますから」

「……本当に、ありがとうね」

「いいえ。娘さんへのプレゼントのお手伝いができるのが嬉しいです」

クムは、私に向かって何度も何度も頭を下げると、アミの下へと戻っていった。

私はその後ろ姿を見送ると、近くにあった大きな切り株に座った。

なんとなく東雲さんに会いたくなって、ソワソワする。

でも、そんなこと無理だってわかっているから、心を落ち着かせようとぼんやりしていると、そこに水明がやってきた。

「……営業か」

「水明……。もっと、いい言い方ないの？」

「言葉を飾ったとしても、本質が一緒なら意味がないだろう」

「まあね」

水明は私の隣に座ると、ウミヘビを咥えたにゃあさんと必死に逃げ回っているクロたちを眺めた。どうやら上手く双子を押し付けてきたらしい。そんな水明の横顔を見ていると、なんだかモヤモヤしてきて、思わず愚痴を零す。

「無駄なことしてると思ってる？」

水明から答えは返ってこない。けれど、私は言葉を続けた。

「南の島までわざわざ本を届けにくるなんて、馬鹿みたいって思う？　こんなことしている暇があったら、アルバイトのシフトを増やした方が生活が楽になるって知ってる。貸本屋で儲けたいと思うなら、宣伝に力を入れた方がいいとも思ってる。でもさ……」

魚たちが舞い泳ぐ夜空を見上げていると、なんだか泣きたい気分になってしまった。

「本を読みたいっていうあやかしの、ひとりひとりときちんと向き合って、希望に適った本を貸してあげたい。自分の手が届く範囲で、最高の一冊を届けたい。商売人としては、失格だなあと思う。でも、本を好きだって言ってくれるあやかしが、ひとりでも増えたら嬉しい。私自身、本が大好きだから。……やっぱ駄目かな」

そこまで言い終わると、やっと水明がこちらを見てくれた。

水明は、くすりと柔らかく笑って言った。

「俺はなにも言ってないぞ。おしゃべりだな」

「うっ……。そうだっけ？」

「そうだ」

そして、ガジュマルの葉越しに見える星を眺めて、ぽつりと言った。

「――好きにすればいい」

それだけ言って、立ち上がった。

「……水明！」

私も立ち上がると、歩き出した水明の背中に声をかける。

水明の言葉はそのままに受け取ると、まるで突き放すような言葉だ。けれど、もっと深い意味があると感じた私は、更に問いかけた。

「私、好きにしてもいいのかなあ!?」

すると、水明はこちらを振り返ると――まるで、べっこう飴みたいに甘みを含んだ色の瞳を、うっすらと細めて言った。

「お前がやりたいようにやればいい。俺は、お前が届けた本で救われた奴を、何人も知っているからな」

それだけ言うと、水明はにゃあさんに追い詰められた金目銀目の下へと行った。どうやら、助けてやるつもりらしい。

「……」

私は、ほうと長く息を吐くと、胸にそっと手を当てた。胸の奥で、トクトクと心臓が早鐘を打っている。それはまるで、頑張れ！　と私を応援してくれているようだ。

「……うん。頑張ろう！」

私は気合いを入れ直すと——今回の計画の準備に取り掛かった。

＊　＊　＊

月の位置が随分と低くなり、宴もたけなわの頃。

アミのもとに、みんなが誕生日プレゼントを持ち寄り始めた。

誕生会に集まってきたキジムナーは、かなりの数だ。綺麗な貝殻で作ったアクセサリーや、新しく仕立てた葉っぱのドレス、獲れたての魚や、それを干物にしたものなどが、アミの周りに山のように積まれていった。

声が出ないアミは、それらを受け取るたびに大きく頷き、プレゼントしてくれた相手の手を取り、目をじっと見つめてお祝いの言葉を聞いている。

すると、誰もがぽうっと呆《ほう》けてしまう。人間の私から見てもアミの笑顔は眩《まぼゆ》いほどで、森一番の美人というのは確かなようだ。

けれども、私はその様子をなんとも複雑な思いで見つめていた。

何故なら、アミの表情に、僅かに曇りがあるのを見つけてしまったのだ。

……そして、長蛇の列をなしていた客が、一通りプレゼントを渡し終わった頃。

最後に、クムがアミに近寄っていった。

「アミ、おめでとう」

アミは大きく頷くと、クムににっこりと微笑んだ。

クムはほんの少し恥ずかしそうに笑うと、モジモジしながら言った。

「プレゼント……用意したさー。受け取ってくれるかねー？」

クムは、恐る恐るプレゼントを取り出した。綺麗なピンク色の包装紙に金色のリボン。他の贈り物とは一味違うそれを目にした瞬間、ぱっとアミの表情が華やいだ。

アミは、ソワソワしながら包装紙を解いていく。万が一にでも、破かないようにという配慮なのだろう。いやに丁寧なその手付きは、開ける前からその中身が宝物だと知っているようだ。

中から現れたのは、数冊の絵本だった。装丁からして拘《こだわ》り抜かれていて、物語だけではなく挿絵を眺めているだけで楽しい、大人から子どもまでが楽しめる本ばかりだ。

「……！」

アミは絵本を手にするなり、大きく目を見開き――胸に強く抱いた。

長い睫《まつげ》には涙の真珠が飾られ、頬は薔薇色に染まった。可愛らしい顔はゆるゆるに緩んで、蕩《とろ》けてしまいそうなほどに喜色に満ち溢れている。

「貸本だから、返さなくちゃならないけど。気に入ったら、また借りればいいさー」

頷いたアミは、一冊一冊を愛おしそうに眺めて、指先で優しく表紙を撫でた。すると、その中の一冊がおかしいことに気がついた。小さく首を傾げて、それをクムに渡す。

「ん？　なんだ、これ。間違って交ざったのかねえ」

それは、表紙どころか中身まで真っ白な絵本だった。捲っても捲っても、挿絵どころか文字のひとつも書いていない。困惑したふたりは、同時に私を見た。

私は緊張のあまり汗ばんだ手を握り直すと、笑みを浮かべて言った。

「その本は貸本屋特製の魔法の絵本です。読むには、特殊な訓練をした者……例えば、私のような人間が必要なんです。よかったらお読みしましょうか？　お祝いに来てくれた皆さんも、一緒にどうぞ！」

すると、ふたりは顔を見合わせて――頷いてくれた。

……さあ、ここからが本番だ。

私は気合いを入れると、顔を上げて前を見つめた。

ガジュマルの大樹の前にみんなを集めて、私の前に半円状に座って貰う。

私は大きく深呼吸すると、やや芝居がかった口調で言った。

「さてさて、不思議なものですね。真っ白な絵本だなんて、本と呼べるのでしょうか」

するとそこに、バケツを咥えたクロがやってきた。お尻をプリプリ振りながら、自慢げにしっぽを立てて現れたクロは、おすまし顔で私の足もとにバケツを置いた。

私は得意げなクロにお礼を言うと、バケツの中に手を突っ込んだ。

「実はこの絵本。魔法をかけると劇的に変わるんです。さあ、よく見てくださいね……」

私は、バケツの中から水をたっぷり含んだスポンジを取り出すと――それで本の表面を撫でた。

「本が濡れちゃう！」

誰かが悲鳴を上げる。けれども次の瞬間には、その声は歓声に変わった。

何故ならばスポンジで撫でた途端、表紙に色鮮やかなイラストが浮かび上がったからだ。

――そう。これは仕掛け絵本だ。水で濡らすと絵が浮かび上がる特殊なインクで印刷されている。

私は全員の顔を見渡すと、本に閉じ込められた『想い』を語っていった。

「むかしむかし、あるところに――キジムナーのとても仲のいい親子がおりました」

すると、アミとクムは顔を見合わせて笑みを浮かべた。そして視線を本に戻すと、食い入るように見つめ始めた。

「若くして妻を亡くした父は、娘のために。娘は、片親で自分を必死に育ててくれた父のために、なにかしてやれないかとずっとずっと思っていました。しかし、中々いいアイディアが浮かびません。普段は森に棲んでいるものですから、滅多に特別なものも手に入りません。するとある日のことです。森にひとりの人間がやってきました」

すう、とページをスポンジで撫でる。すると、そこにやけに派手な人間の姿が浮かび上がった。怪しい風体をした、サングラスの男だ。

「玉樹さん……？」

その姿に見覚えがあったのか、周囲からヒソヒソ声が聞こえた。

流石、玉樹さん。あの独特な恰好は、絵本になってもすぐにわかるらしい。

私は小さく苦笑すると、話の続きを語り始めた。

「キジムナーの親子は思いました。本土から来たこの人なら、素敵なプレゼントを思いつくかもしれない。そう思って、男のところに行きました。まずやってきたのは、キジムナーの父です」

父親は、娘が本が大好きなことを語った。

するとその男は、本を用意してやろうと言った。しかし、その代わりに金目のものを寄越せと父親に要求をしたのだ。父親は、コツコツと集め続けていた真珠を男に渡した。

男は、真珠を受け取るなり父親を追い払った。

次の日、娘が男のところに行った。娘は「父親の夢を叶えたいのだ」と男に語った。

「夢……？　俺の？」

クムが不思議そうに首を捻っている。アミは、元々赤い顔をもっと真っ赤に染めて、俯いてしまっている。私は物語を続けた。

「父の夢の内容を知ると、男は自分なら叶えることができると豪語しました。そして男は、娘にも金目のものを強請《ねだ》りました。しかし、娘にはなにもありませんでした。　仕方がないので男は言いました。その声が嗄れるまで、話を聴かせろと」

娘は、男の言う通りに話をし続けた。沖縄のあやかしの話、各地に伝わる伝承、キジムナーが代々受継いできた口伝……。その話は、三日三晩続いた。

そしてとうとう娘の声が嗄れてしまった頃、男は満足して帰っていった。

そこまで読み終わった時、突然、クムが怒り出した。

アミの腕を掴み、怒り心頭の様子で怒鳴っている。

「その声、風邪を引いたんじゃなかったのか!?　ああ、なんでそんなこと……あんなに綺麗な声だったのに!!」

すると、アミは腕からクムの手を離して、穏やかな表情で首を横に振った。そして、私に視線を向けて――大きく頷いてくれた。

クムのあまりの怒りように戸惑っていた私は、ホッと胸を撫で下ろすと、絵本を読むのを再開した。サッと濡れたスポンジでページを撫でる。するとそこに現れたのは、祈りを捧げているキジムナーの娘の姿だった。

「声が嗄れてしまった娘は、願いが叶いますようにと毎日祈っていました。ですが、何日経ってもあの男は帰ってきません。もしかして騙されたのかもしれない。そう思い始めていたその時です。娘の誕生日に、ある人間たちがやってきました。――貸本屋です」

するとその時、私の後ろに金目銀目がやってきた。

ふたりは、幽世から持ち込んだ、大きなクーラーボックスを肩から下げている。

「貸本屋は父親に絵本を届けました。これで、誕生祝いに本をプレゼントできます。父親の願いは叶ったのです。そして――娘の願いもまた、叶うことでしょう」

するとするると、アミはクムの手を取った。瞳を涙で濡らし、じっと父親を見つめている。私は困惑しているクムに、アミの代わりに言った。

「クムさん。ずっと夢があったそうですね。ここで教えてくれませんか」

クムは、動揺のあまり言葉を紡げないでいるようだ。私たちは、辛抱強くクムの言葉を待った。そして、しばらくして――ようやく、クムは口を開いた。

「俺。俺……小さい頃からずっと、雪を見てみたかったんさ……!!」

私は、にっこりと笑って絵本の次のページをスポンジで濡らした。

そこにあったのは――真っ白な雪に埋もれた、ガジュマルの木だ。

「では、幽世の貸本屋が夢を叶えて差し上げましょう！」

すると金目銀目は、クーラーボックスを一斉に開け放った。するとそこから、ひゅう、と冷たい風が吹き出し、辺りに広がっていった。

ガジュマルの森に、ふわふわと白い綿雪が舞っている。熱帯特有の力強い濃緑に染まった森が、徐々に白く染められていく。息が白くなるほどに冷え込み、絶え間なく雪が舞う中、空を飛んでいるのは魚たちではない。白装束を着た女性たち——雪女だ。

「わあああ！　雪だ！　雪だ!!」

空を舞う雪に、キジムナーたちは大喜びだ。雪を手で掴まえようとしたり、うっすら積もった雪で雪だるまを作ろうとしたりと、大はしゃぎしている。

クロやにゃあさん、金目銀目も、キジムナーと一緒に雪塗《まみ》れになって遊んでいた。大人も子どもも——誰も彼もが、まるで夢みたいに真っ白な世界に酔いしれている。

「実は数年前に、沖縄にも雪が降ったんさ」

クムは、キラキラした瞳で雪を見つめながら、少し恥ずかしそうに言った。

「その時、俺は寝込んでいて雪が見られなかったんさー。なのに、みんなすごい自慢してきて……。雪を見るのが夢だったのに、俺だけが見られなかったのが悔しくて悔しくて。アミはそれを覚えてくれていたんだなあ……」

するとクムはアミの両頬を手で挟んで、ぽろりと涙を零した。

「夢を叶えてくれてありがとう。でも、声と引き換えにすることなんてなかったさー。あんなに綺麗な声と、俺の夢じゃちっとも釣り合わないさ……」

クムは涙を零しながら、アミを抱きしめた。アミ自身は、ぱちくりと目を瞬いて、なにがなんやら理解していないようだけれど。

「――プッ」

その様子を見た私は、我慢しきれなくなって噴き出してしまった。

すると、私たちの傍で話を聞いていた水明が眦《まなじり》を吊り上げた。

「……お前！　笑いごとじゃないだろう。声が出なくなったんだぞ」

「っふ、ふふふふ……だ、だって」

「だってもなにも……」

私はなおも怒ろうとする水明を制止すると、目尻に滲んだ涙を拭って言った。

「落ち着いて聞いて？　玉樹さんに、誰かの声を奪う力なんてないよ」

「……は？」

「これは、本当に喉の調子が悪くて声が嗄れてるだけ」

するとそこに、ひとりの雪女がやってきた。雪女はアミの前に降り立つと、懐からあるものを取り出して言った。

「フフ、知っている？　真珠ってね、人魚の涙って呼ばれているのよ。人魚って、とっても歌が上手よね？」

それは大粒の真珠。それを見た瞬間、俺の！　と、クムは素っ頓狂な声を上げた。

すると雪女は、懐からもうひとつなにかを取り出した。それは一包の粉薬だ。包みを開け、指先で真珠を砕いて混ぜると、雪女はそれをアミに手渡して言った。

「幽世の薬屋特製薬の完成よ。飲んでみて。歌を歌うあやかしはみんな、この薬のお世話になってるんだから」

アミはこくりと頷くと、恐る恐る粉薬を飲んだ。そして、声を出そうとしているのか、何度かひゅうひゅうと喉を鳴らす。しかし、なかなか声が出ない。やっぱり駄目か、とクムが肩を落としたその時だ。

「……んんっ。んーっ！」

「アミ……!?」

「ああ、声が出る。声が出るわ！」

アミは、鈴を転がすような声でそう言うと、嬉しそうにクムに抱きついた。

すると、クムはくしゃくしゃに顔を歪めて——。

「最高さ。アミの誕生日なのになあ。まるで俺の誕生日もいっぺんに来たみたいさ」

そう言って真珠みたいな涙を零しながら、優しくアミを抱きしめ返したのだった。

「……わざわざ、紅蓮地獄を通ってきた理由がこれか」

「フフ。なんのことですかね〜」

号泣しているクムと、嬉しそうに父親を慰めているアミを眺めながら、水明と語らう。

水明の言う通り、雪女たちは紅蓮地獄から連れてきた。雪女にとって、海の宝石である真珠はとても珍しいものだ。何粒か進呈した上で、南国旅行はどうかと声をかけたら、嬉々としてついてきてくれた。

「ナナシの薬に、水で絵が浮かび上がる本。随分、周到に準備をしてきたんだな」

「へへ。いろんな人に協力して貰ったんだ。私、頑張ったんだから。褒めてくれてもいいんだよ？」

今日使った真っ白な絵本は、もちろん水にも強い。これは、後々あの親子にプレゼントするつもりだ。素人の絵だから、大分拙《つたな》い出来だけれど……喜んでくれると嬉しい。

「それにしても、この依頼を仲介した男、何者だ？　お前たちに負けないくらい、お人好しのようだが」

「そうかなあ。お人好しだと思う？」

私は空から落ちてきた雪の欠片を手で受け止めながら、首を傾げた。

「その人、玉樹さんって言うんだけどね。多分、お人好しなんかじゃないと思う」

「どういうことだ？」

私は、水明に玉樹さんから受け取った依頼書を渡した。そこには細々と情報が書いてある。キジムナーを呼び出す方法、クムの夢、アミの本の好み、誕生日であること……が、それだけだ。なにをどうすればいいなどの手順は一切なく、ただ情報が羅列してあるだけ。

「あの人は、選択肢をくれるだけなの。いろんな情報を並べて、さあどうするって丸投げしてくるんだよ。玉樹さんは、いつもこう言うんだ。――それを為すか為さないか、すべてはお前次第だって」

「……ソイツ、もしも今回の件が上手くいかなかったら、どうするつもりだったんだ？　俺らが間違ったことをしたら？　相手の希望に添えなかったら……？」

「多分、玉樹さんは私が悪いって言うんだと思うよ。与えた情報を上手く扱えなかった私が悪いって」

私は小さく肩を竦めると、あの見るからに怪しい風体の養父の友人を思い浮かべた。

「玉樹さんはね、必要な材料を並べるだけで、自分から誰かを導いたり、背中を押してはくれない人。そして、結果的に悪い方向に向かったとしても、なにもしてくれない人。まるで『物語』みたいに、影響は与える癖に、受け取った側がどうなろうと知らんぷり」

「……なんだそれは」

水明は酷く嫌そうな顔をしている。確かにこれだけ聞くと、無責任なだけのように思える。けれど、きちんと自分で判断ができるのなら、そのための材料を揃えてくれるのだから、これ以上に親切な人はいないだろう。

「どうしてそんな風にするのか、理由は知らないけどね。そういう人なの。他人に働きかけはするけれど、結果は眺めるだけ。それによって周囲がどう変化するのかを、面白がって眺めているような人なんだよね」

はあ、と息を吐く。白く染まった吐息は、すぐに空気に溶けて消えてしまった。

「時々、底が知れなくて怖いって思う時もあるけど……まあ、東雲さんの友だちだから大丈夫だと思う」

「……東雲への信頼感」

「だって、私の養父《とう》さんだからね！」

すると深く嘆息した水明は、私の頭をポンと叩いて言った。

「つまりは、本を届けたのも、絵本の演出をしたのも、雪を降らせたのも、お前が選んで為した結果か。なら優しくてお人好しなのは、お前の方だな。まったく……」

水明はそう言うと、やや呆れたように言った。

「お前は本当に人のためばかりだな」

「……やっぱり、駄目？」

悪戯っぽく笑って答える。すると水明は小さく肩を竦めた。

「好きに……」

水明はなにか言いかけると、一瞬だけ考え込んだ。そして、口もとを僅かに緩めると改めて言った。

「ま、いいんじゃないか。お前らしくて」

「へへ、ありがとう」

私はもう一度、視線を広場へと移した。

徐々に白く染められていく亜熱帯の森。はしゃいだ声を上げているキジムナーたち。誰もが笑顔で、この滅多に訪れない時間を目一杯楽しんでいる。

その笑顔を作り出したのは、私たち。

そして私たちがもたらした――一冊の本だ。

「絵本……用意してよかった」

今までの苦労が報われるようだ。

にっこり微笑む。そして、ポカポカと優しい熱を放っている胸をそっと手で押さえたのだった。


しばらくして、帰り支度をしていた私たちのところに、アミがやってきた。

クムはというと、雪見酒だと泡盛《あわもり》をたらふく飲んで眠ってしまった。

大いびきをかいて眠っているクムを横目で見ながら、アミは言った。

「貸本屋さん、本当にありがとうございました。お嫁に行く前に、父になにかしてあげたかったんです」

「……ああ、本当に親子ですね」

しみじみと言うと、アミは不思議そうに首を傾げた。少し面白く思って、アミにクムが言っていたことを伝える。

『父親として、アミになにかしてやりたかった。アミが嫁ぐ前に、思い出に残るものを』

すると、アミは泣き笑いを浮かべた。

「……私、これからも父を大切にします。お嫁に行ったって、なにしたって……父は、たったひとりきりですから」

私はアミにハンカチを貸すと、そうしてくださいと笑った。

涙を零し、けれども幸せそうに微笑むアミ。

それがどうにも羨ましくて、目を細める。

互いに無条件に想い合う。それは血の繋がった親子ならではだ。

——いいなあ。本当の娘じゃない私は、どうしても打算的に考えてしまう。

仕方のないことだとは思うけれど、時折、胸が苦しい。

「……？　どうかされましたか？」

「いいえ」

私は、不思議そうにこちらを見つめているアミに手を差し伸べた。

「また本が読みたくなったら、よろしくお願いします」

するとアミは、満面の笑みを浮かべて頷いてくれた。

「もちろんです！　またご連絡します」

私も大きく頷くと、にっこり笑って言った。

「ご連絡をいただいたら、すぐにでも伺います。本のことなら、幽世の貸本屋にどうぞお任せください！」

第二章　鞍馬山の大天狗様

幽世の空が、鮮やかな葡萄色に染め替えられた頃。

ようやく、常夜の世界にも秋がやってきた。

秋は実りの季節。そして――冬支度の季節でもある。

幽世の山々が暖かな秋色に染まると、各地で収穫された野菜や穀物を満載した荷車が、鈍い音をさせながら町へ集まってくる。荷車の端や、大きなリュックに括り付けられた蝶入りの灯籠の明かりが、道なりに連なって町に向かってくる様は、この季節の風物詩だと言えるだろう。

大通りの店頭には、普段と違って冬ごもりに向けた品々が並び、天秤棒に自慢の野菜たちを乗せたあやかしが、買い手を求めて町を練り歩く。道端で露店を開く者たちも多く、広い大通りは雑多なもので溢れかえっている。塩が入った俵を担いだあやかしの背では、縄で括られた大きな魚が揺れていた。

河童《かっぱ》も、化け狸も、大鬼も、落ち武者だって、冬支度に大わらわだ。

秋の町には、あちこちで品物をやりとりする景気のいい声が響いている。

夏のお祭騒ぎとは違うけれど、秋の幽世の町もまた賑やかだ。

軒先には、保存食用の野菜や魚が干され、冬に向けて誰もが忙しく働いている。しかし

その表情はどこか明るい。収穫を喜び、秋の味覚に舌鼓を打ち、過ごしやすくなった気候を心地よく思っているのが伝わってくるようだ。

——夏は特別な季節だと思う。

けれど、秋だって特別には間違いない。

秋らしい暖色で彩られた世界は、厳しすぎる季節の前に、私たちに一時の優しさを見せている。

あやかしたちが、冬に備えて忙しくしている頃——。

わが家では、秋の恒例行事が行われていた。

「よいしょっと……」

店の前の通りにゴザを敷いて、その上に本を並べていく。

本と言っても、文庫本からハードカバー、雑誌、百科事典まで様々だ。

それらを分類しておくのも忘れずに。ゴザの上に、色とりどり大小様々な本がずらりと並ぶ様は壮観だ。この光景を見ると、秋が来たのだなあとしみじみと思う。

すると、そこをたまたま通りかかった若奥さん——因《ちな》みに、結婚して二百年になる鬼女である——が声をかけてくれた。

「あら、夏織ちゃん。虫干し？　精が出るわね」

「アハハ。数が多いから、毎年大変なんですよね」

「ご苦労さま。後で、柿を持っていってあげるわ。みんなで食べてね」

「ありがとう！」

若奥さんが自宅に入っていくのを見送り、額に浮かんだ汗を拭う。

秋になったおかげで、風が爽やかで気持ちいい。汗もあっという間に引いていって、べタつかないことに感動を覚える。ふわふわと辺りを飛び交っている幻光蝶も、夏の暑さから解放されて嬉しいのか、いつもよりも明るいような気がする。

するとそこに、両手に本を抱えた水明がやってきた。

「おい、これはどこだ」

「あ、あっちにお願い。重いでしょう。ごめんね」

「……別にいい」

水明はこくりと頷くと、私が指示した場所へ丁寧に本を置いた。そしてまた店内へと足を向ける。すると彼の近くに、いつも元気いっぱいのあの子がいないことに気がついた。

「そういえば、クロは？」

するとと水明はどこか切なそうに、店の奥に顔を向けて言った。

「アイツは——具合が悪いらしくてな」

驚いて、中を覗き込む。すると、店の隅っこに黒い塊が蹲っているのに気がついた。

「うーん。うーん。うーん」

　それはクロだ。クロは苦悶の表情を浮かべ、長い体をベーグルみたいに丸めて、ぐったりとしている。浅い呼吸を繰り返しており、なんだかとても苦しそうだ。

「大丈夫なの？」

「問題ない。食欲の秋だからと、食べ過ぎただけだ。薬は飲ませてある」

「そ、そうなんだ」

　なんともはや、食べ過ぎの犬神とは……。

　もう一度、クロを見る。少し前までは、水明と一緒に祓い屋として多くのあやかしを狩ったのだと聞いた。けれど、今のクロにはかつての「やり手」だった名残はない。本人には言えないけれど、まるで普通の犬のように無邪気だ。

　水明は苦笑いを浮かべると、肩を竦めた。

「どうも、最近楽しくて仕方がないみたいでな。羽目を外しすぎたようだ」

　そして若干目もとを和らげると、優しい口調で言った。

「誰も傷つけなくていいから浮かれている。……別に、それは構わないんだが」

　祓い屋として、日々あやかしを追っていたクロと水明にとって、今の穏やかな生活はまだ馴染まないようだ。誰にも暴力を強要されない生き方は、彼らにとってはきっと新鮮で――羽目を外してしまうくらいに、心浮かれるものなのだろう。

　私は、「そっか」と笑うと水明に尋ねた。

「看病してなくて平気？」

「問題ない。それにこれは世話になった礼だ。気にするな」

水明はそう答えると、次の本を取りに本屋の中に戻っていった。

――その時だ。

「キャンッ」

クロの悲鳴が聞こえて、慌てて視線を向けた。するとクロの体の上を、さもそこを通るのが当然のような顔をして、にゃあさんが歩いているではないか。

「にゃあ……」

流石に酷いと叱ろうとしたが、意外なものを目にしてしまい、口を閉ざした。

「……なによ、今日は逃げないの？」

にゃあさんは酷くつまらなそうに呟くと、お尻をクロにくっつけて丸くなった。普段、クロを追いかけ回したり意地悪ばかりしているにゃあさんだが、内心では気に入っているのだろうか。

「……ふわ……」

捻くれた黒猫は大きくあくびをすると、ゆっくりと目を瞑った。三本のしっぽは、まるで撫でるみたいにクロの身体の上でゆらゆら揺れている。

――素直じゃないなあ。

私は僅かに笑みを零すと、疲れて若干だるくなってきた腕を回した。

朝から本を運び続けた腕は、既にパンパンだ。

今日の目標は――一階最下段の本を、午前中に外に出すこと。

「……終わるかな？」

私は若干不安になりながらも、水明の後に続いて店に戻ったのだった。


貸本屋にとって、秋は虫干しの季節だ。

本というものは、放っておくと虫がつくことがある。有名なもので言えば、紙魚《しみ》だろうか。紙魚を放っておくと、本の糊付けされた部分を壊してしまう。古い本であればあるほど、虫がつく危険性が上がるから、普段から本を取り扱う私たちにとって、虫干しは非常に重要な仕事である。

ついでに店内の大掃除と、本のメンテナンスも兼ねているから大変だ。埃を払い、表紙の汚れを拭い、修理が必要な本を分けておく。この作業は、全部終わるまでに一ヶ月ほどかかる。

「ああ、やっと終わった」

数時間かかって、一階最下段の書架の本を運び終えた私は、ホッと一息ついた。

近くにあった椅子を引いて座り店内を眺めると、改めて本の多さに感心した。

わが家は周囲の建物に比べると、やや古く見える二階建ての木造建築だ。一階の一部が店舗になっており、外から見るとそれほど大きくは見えない。

しかし、中に入ってみると印象はガラリと変わる。十畳ほどしかない店内には、壁一面に本棚が設えられている。本棚は天辺が見えないほどに背が高く、その中には東雲さんが長い時間をかけて蒐集した本たちが、みっしりと詰まっている。

店内の明かりは、幻光蝶が入れられた吊り下げ照明のみだ。蝶が羽ばたくたびに照明もゆらゆら揺れて、周囲をぼんやりと照らしている。どこまでも続く本棚には、古めかしい傷だらけの梯子がいくつも設置されていて、高いところにある本を手に取れるようになっているのだ。

——小さい頃は、あそこに登りたくて仕方がなかったなあ。

梯子を見たら、登りたくなるのが子ども心というもの。あの上には、きっと本で読んだような冒険が待っているに違いない——。

そう思った私は、幼い金目銀目を引き連れて、こっそりと何度も登ったものだ。

……夏織少女の大冒険は、毎回、養父に怒られて終わるのだけれど。

思い出し笑いをして、今度は空になった書架を拭き上げていく。

思えば、この店は本当に不思議な造りをしている。

建物の構造からすれば不自然なほどに高い本棚は、入れても入れても満杯にならない。地上に近い本棚には可動式のものまである。スライドすると、その奥にもまた本棚が現れるのだが、決まった手順で動かすと、地下室へと続く階段が現れるのだ。

まるで隠し部屋のような地下室の管理は東雲さんがしていて、私ですら普段は立ち入りが禁止されている。その部屋には貴重な蔵書が多く収められているから、下手に触るといけないのだろうと今では想像できるのだが、幼い頃は不満に思ったものだ。

立ち入りが禁じられた部屋――……。

そこは幼い私にとって、とても魅惑的な場所だった。

流石に、最近は忍び込んだりはしていないけれど、当時は、にゃあさんと一緒に東雲さんの隙を見ては潜り込んだものだ。

――そういえば。あれはまだあるのかな。

はたと思い出して、歩き出す。東雲さんは、今日はどこかに出かけていていない。

なら――少しくらい覗いても、いいんじゃないか？

「おお……」

本棚を動かして、地下室を覗き込む。照明は置かれているものの、蝶がいないので中はかなり暗い。それほど広くない内部には木製の棚が置かれていて、巻物などの古めかしい書物が並んでいるのがうっすらと見える。

すると、幼い頃に感じていた好奇心がムクムクと蘇ってきた。

……入ってみようかな？

「なにをサボってる」

「ひゃっ!?」

口から心臓が飛び出そうになるほど驚いて、勢いよく振り返る。

そこにいたのは、不機嫌そうな顔をした水明だった。

——まずい！

一瞬、誤魔化そうかと考える。けれど、すぐに思い直した。

……そうだ。水明も共犯にしてしまえばいいじゃないか。

「へい、少年。お姉さんと冒険してみないかい」

近くに置いてあったランプを引っつかみ、にっこり笑って水明の肩を抱く。

すると、水明はどこかげんなりした様子で顔を顰《しか》めた。

「馬鹿か。くだらないことを言ってないで——」

「ははは。若者がなにを言ってるのよ。今のうちに冒険しなくてどうするの」

水明の言葉を遮り、腕を掴んで地下室に引っ張り込む。

「お前も三つしか変わらないだろ……」

顰めっ面の水明は、初めは抵抗していたものの、途中から素直についてきた。

階段を降りた先は、やけにひんやりとしていた。湿った空気の中に、若干の黴臭さが混じっている。石造りの壁に設えられた燭台の下には、溶けた蝋《ろう》がこびり付いていて、天井から小さな蜘蛛がぶら下がっているのが見えた。

「この場所はなんなんだ？」

「ここで稀少本とか古い資料を保管してるの。現し世に現存してないものもあるんだよ。

普段は東雲さん以外は立ち入り禁止なんだけど、この奥に変なものがあって、それを見たかったんだよね」

「変なもの？」

そろそろと足音を消して、ゆっくりと地下室を進む。

それほど広くない地下室は、すぐに最奥までたどり着いてしまった。

「……あ、あった」

そこには、何枚もの札で厳重に封印された扉があった。赤く塗装された扉に、意味不明の呪文が書かれた黄色い御札がベタベタと貼られている。

この扉の存在は、小さい頃から知っていた。しかし、未だに中を見たことはない。

「昔から気になってたんだよね。なにが入っているのかな」

謎めいた扉を眺めながら、ぽつりと呟く。

「なんだろうな」

嫌々連れられてきたわりに、水明は興味津々で御札を眺めている。

「あまり見たことのない形式の札だな。封印目的で作られたものには違いないのだろうが——大陸製か？　少なくとも、最近貼られたものではなさそうだ。強い力を感じる。脆弱なあやかしなら、近づくことも厭うだろうな」

「そんなに強力なの？」

「ああ。人間にはあまり効果はないだろうが……あやかしには効果てきめんだろう。どうしてこんなものが、貸本屋の地下に？」

どうやら、祓い屋である水明ですら、よくわからないらしい。

これはいよいよ怪しくなってきた。

「義理の娘にすら中身を見せられないものってなんだろうね」

「さあな」

こんなに厳重に封印されているとなると、よっぽどのものが入っているのだろう。

——気になる。でもなあ。

「東雲さんのエッチな本とかだったら知りたくないかも……」

「夏織？　そこにいるの？」

「ひっ!!」

するとその時、女性にしては低く、けれども艶のある声が聞こえて、思わず飛び上がった。恐る恐る地下室の入り口に視線を向ける。

そこには——私の母代わりのあやかし、ナナシの姿があった。

「あの部屋は入っちゃ駄目って、いつも言っているでしょ」

「ごめんなさい。つい……」

——もう、子どもじゃないってのに。

まさか、二十歳にもなってこんな風に怒られるなんて。

地下室から居間へ戻った私は、年甲斐もないことをしたと肩を落とした。すると、ナナシは琥珀《こはく》色の瞳を細めてクスクスと笑った。

「別に怒ってるわけじゃないのよ。でも、中に入る時は東雲の許可を取ること」

「ナナシ……」

「それよりほら、隣の若奥さんが柿を持ってきてくれたの。剥いたから食べなさい」

「あ、美味しそう」

一瞬で復活した私は、いそいそとちゃぶ台の前に座った。

熟れきった柿は、フォークで持ち上げると柿色の果汁をポタポタ滴《したた》らせた。口の中に入れると、疲れた体に甘さが沁みる。果物なのにまるで和菓子のような上品な甘み。崩れそうなほどに柔らかく、噛みしめると一瞬にして溶けて、喉の奥に流れ込んでいく。

「秋だねえ……」

秋到来を感じさせるその味に、思わず私まで蕩けそうになっていると、隣で柿を食べていた水明がぽつりと呟いた。

「ところで、これからどうするんだ？　外に本は運び出したが……普通、虫干しは太陽の光があるところでするもんじゃないのか？」

そう言って、水明は窓の外を見つめている。幽世の空は雲ひとつない晴れで、星明かりが美しい。けれども、常夜の世界に太陽の光が差し込むことはない。これでは、外で干したとしても、本についてしまった虫はどうにもならないだろう。

なら、解決方法は簡単だ。太陽の差す場所に持っていけばいい。

「大丈夫、大丈夫。あの本をね――」

「俺んちに持っていくんだよ」

その時、聞き慣れた声がしたので、振り返る。

「お、柿！　俺にもくれよ！」

「こんにちは～。銀目、挨拶が先でしょ」

そこにいたのは、烏天狗の双子、金目と銀目だった。

＊　＊　＊

日本全国、天狗伝説は多々あれど、一番有名な場所と言えばここだろう。

鞍馬山《くらまやま》――京都《きょうと》府にある、かつて密教による山岳修験《しゅげん》の場として栄えた霊山だ。

古くは鞍馬山を「暗部山《くらぶやま》」と呼んだという説がある。「暗部」とは、暗い場所を意味するのだが、檜や杉の巨木が鬱蒼とした森を形作っているその山は、なるほど明るいとは言い難い。広葉樹が少ないせいか、秋だというのに少々色が乏しく、常緑樹の生命力溢れる緑で一面覆われている。その代わり、霊山と呼ばれるに相応しい、厳《おごそ》かな雰囲気が山の至るところで感じられた。

かの源義経《みなもとのよしつね》は、ここで鞍馬天狗――別名、鞍馬山僧正坊《そうじょうぼう》から剣術を教わったと謂われている。今でも、叡山《えいざん》電鉄鞍馬駅には、駅前に大きな天狗の面が設置されていて、天狗伝説の山として人々から親しまれているのだ。

さて、現在も多くの人が訪れる鞍馬山だが、そこは今でも天狗たちの拠り所だった。

それは、烏天狗である金目と銀目にとってもそうだ。

「爺ちゃん！　ただいまー！」

「僧正坊様、戻りました〜」

「おう。来たか」

鞍馬山の中腹辺り――。そこに、杉の巨木の陰に隠れるように、荒れ果てた廃寺があった。その廃寺が、双子の現し世での住まいだ。

そしてそこには、双子以外にも住人がいた。

壊れた石灯籠の上に立って、私たちを待ち構えていたのは――鞍馬山僧正坊だ。

僧正坊の姿は、まさに天狗そのものだった。

真っ赤な顔に、長い鼻に髭。黒地の鈴懸《すずかけ》に、金色の梵天《ぼんてん》。額には頭巾《ときん》をつけていて、修験者らしい恰好をしていた。足もとには、歯が長い漆塗りの高下駄を履いていて、やたら背が高く感じる。

僧正坊は鞍馬山に棲む大天狗で、密教系の祈祷秘経「天狗経」にある、全国代表四十八天狗のひとつに数えられている。そして、わが家の昔からの常連のひとりで、五歳の頃、私が拾った双子の烏の雛を引き取ってくれたあやかしでもあった。

因みに、その双子の雛が成長したのが、金目銀目だ。

——そう、わが家の虫干しはこの場所で行う。

表紙の色あせを防ぐため直射日光は厳禁な虫干しに、この薄暗い場所は最適だった。境内は程よい広さがあって、わが家の豊富な蔵書も問題なく広げられる。そういう事情もあり、僧正坊に毎年場所を借りている。ついでに言うと、大量の蔵書は持って帰るのも一苦労。だから、今日はここに一泊する予定だ。

「僧正坊様、今年もお世話になります」

「夏織か。いい女になったなあ」

「え、そうですか？　へへ……」

「もうちょっと尻と胸が成長すれば、文句なしなんだが」

「……怒ってもいいですか？」

私があからさまに不機嫌になると、僧正坊は、ガハハ！　と豪快に笑った。

まるで、親戚の無神経なおじさんのような発言に若干うんざりしていると、なにやら可愛らしい声が聞こえた。

「わあ。かみ、まっしろー！」

「おにいちゃん、しろいとりさん？」

「……俺は白い鳥じゃない」

「じゃあ、なんのとりさん？」

「…………だから、鳥じゃない」

それは、三歳くらいの双子の男の子だった。まるで、金目と銀目をミニチュアにしたようなふたりは、水明をキラキラした眼差しで見つめている。水明は、こんな小さな子の応対に慣れていないのか、ムッツリと黙り込んでしまった。すると、そのふたりに気がついた金目と銀目が声をかけた。

「おお、なんだ。そら、うみ！　お前ら出迎えに来てくれたのか？」

「ただいま～。ほら、抱っこする？」

「……！　きんちゃん、ぎんちゃん!!」

するとそらとうみと呼ばれた双子は、満面の笑みを浮かべてふたりに抱きついた。そして小さな手を首に回すと、大好きだと言わんばかりに頬ずりをした。

「「おかえり！」」

そらとうみ、ふたりは僧正坊に育てられている烏天狗の子どもだ。金目銀目の弟子にあたり、幼いながらも立派な天狗になるためにと日々鍛錬に励んでいる。

「かおちゃんも、いらっしゃい！　ごほん、ほすんだよね！」

「ぼくたちも！　ぼくたちもやるからね～！」

ふたりはぷくぷくしたほっぺたを薔薇色に染めて、興奮気味に私に手伝いを申し出てくれた。「いいの？」と確認すると、そらとうみは、ニシシと紅葉みたいな手で口を押さえて笑った。

「じいちゃん、おてつだいじょうずにできたら、おもちくれるって」

「おもち、おいしいんだよ!!　かおちゃんもたべようね」

……どうやら、おやつ目当てらしい。

けれど、それを差し置いても可愛らしすぎる援軍に、私はゆるゆると頬を緩めた。

「楽しみだね。よっし！　じゃあ始めますか！」

「「おお～」」

頑張ろうと励まし合って、腕まくりをして気合いを入れる。

「……待て」

するとその矢先、水明が水を差した。

「どうしたの？」

「どうしたもこうしたも……」

水明は、ムッツリと不機嫌そうな顔で、ある場所を指差して言った。

「この状況で、本が干せるのか？」

「あー……」

水明が指差した先、そこには——ぼうぼうと雑草が生い茂る境内があった。地面には僅かに石畳らしきものが顔を覗かせているものの大部分が雑草で覆われていて、まるで手入れが行き届いていない空き地のような有様だ。正直、このままではまともに本を広げられそうにない。

すると、僧正坊がまた、ガハハ！　と豪快に笑った。

「すまんな。金目銀目に、今日までに草むしりしとけって言っといたんだがな！」

そして、ギラリと鋭い瞳を双子に向けると、低い声で言った。

「どうしてこういう状況なのか、説明して貰おうか。おお？」

「「……！」」

すると、双子は途端に青ざめると、水明の下に駆け寄っていった。

「だ、大丈夫だ。爺ちゃん。すぐにやるからさ！」

「別にサボってたわけじゃないですよ。たまたま、時間がなかっただけですって～。それにほら、今日は水明もいるから、すぐに終わると思いますし」

「おい、お前ら……一体、なにを」

「な、水明。手伝ってくれるよな。俺（僕）たち、友だちだろ!?」

双子はそう言って、水明に潤んだ視線を送っている。

「……」

水明は、しばらく黙っていたけれど、やがて諦めたように深く嘆息した。

「……仕方ない」

「おお、流石水明！　糞爺とは違うな。惚れちまうかも！」

「いやあ、本当に助かった。うちの爺様、魔王みたいに怖いんだ～」

「小僧共、なにか言ったか」

「「いいえ。なにも!!」」

すると、慌てて背筋を伸ばした双子は、雑草塗れの境内へと歩いていった。

「……仲いいなあ」

「アホなだけだろ」

私は僧正坊と顔を見合わせて笑うと、虫干しのための準備を始めた。


虫干しのやり方は、いたって簡単だ。

手袋をしたら、本のページをパラパラ捲る。そうやって、中に潜んでいる虫を落とす。そして本を九十度に立て、風通しがいいように少し開く。

後はしばらく置いておくだけだ。

本の大敵は湿気だ。黴《か》びてしまった部分につく虫もいるし、なにより本が傷む。黴には充分に気をつけているつもりなのだが、どうしても常夜の世界だからか湿気やすい。だから、毎年の虫干しはとても重要だ。冊数が冊数だし、大変な作業ではあるけれど、お客様に貸し出す大切な本だ。一冊一冊を大切にしていきたいと思いながら、草むしりが終わった場所で作業を進める。

すると、しばらく経った頃のことだ。

さわさわと、木々の間を風が通り抜けていく音を聞きながら作業をしていると、黙々と草をむしっていた水明が手を止めて叫んだ。

「〜〜〜〜!!　終わらん!!」

そして、その場に座り込んで空を見上げた。

現し世の秋の空は高く、澄み渡っている。小鳥の声が響く山中は、湿度も低く、外に出てもまったく苦にならないどころか、お昼寝したいくらいに爽快だ。けれど、流石に延々と草をむしり続けるのに飽きたらしい。水明は、その場にゴロリと横になってしまった。

「大丈夫？」

用意しておいた水筒とタオルを持って、傍に近寄る。

水筒の中身は冷たい紅茶だ。蜂蜜を少し落として、優しい甘さに仕上げてある。水明は体を起こして水筒を受け取ると、ごくごくと喉を鳴らして飲んだ。それで、ようやく一息ついたようだ。恨めしげな瞳を僧正坊に向けて、ぽつりと言った。

「雑草くらい、天狗の技でパパッとなんとかできないのか」

「ガハハ！　これも修行だぞ、坊主。忍耐力と握力、集中力が鍛えられる」

「……俺には、修行なんぞいらん。今は薬屋だ」

すると、僧正坊はニヤリと不敵な笑みを浮かべて言った。

「薬屋だって、祓い屋だって、忍耐力や集中力は必要だろうが？」

それを聞いた途端、水明の表情が険しくなった。自分が元祓い屋であったことを、知られていたとは思わなかったのだろう。しかし、すぐにその表情は緩んだ。

何故なら、そらとうみと一緒になって、大騒ぎしながら草むしりをしている双子の声が聞こえてきたからだ。

「……そういや、アイツらの師匠だったな」

「あのふたり、なんでもかんでも報告してくるからな！　お前のことも色々聞いてるぞ」

「……はあ」

水明は深く嘆息すると、未だ草ぼうぼうな境内を眺めて言った。

「それにしても、どうしてここはこんなに荒れ放題なんだ？　この山には、立派な寺がいくつもあるだろう。天狗に参りにたくさんの観光客が来てるじゃないか。少しぐらいは、直したらどうなんだ」

するると、僧正坊はまたガハハ！　と豪快に笑うと——スッと、真顔になって言った。

「そりゃおめえ……ここが、こんなにも荒れ放題になったのは、あやかしが人間から『いないもの』だって思われるようになったからよ」

意味がわからず水明と顔を見合わせる。すると、僧正坊はニッと黄ばんだ大きな歯を見せて笑った。

「まあ、聞けよ。多分、日本に住んでいて、あやかしの存在を知らねえ奴はあんましいねえよな。それだけ、あやかしってもんは日本人に馴染みの深いもんだ。なにせ、長い間ずっとお隣さんだったからなぁ」

「アニメとか漫画でもよくモチーフになってるもんね」

「そうだな。ポピュラーなあやかしなら、子どもから大人まで知っているだろう」

すると、僧正坊は「それだよ」と私たちを指差した。

「そういうもんが俺たちを『殺した』んだぜ？　アニメやら漫画だけじゃねえ、夏織がせっせと干してる本もそうだ。テレビとかいう奴もな」

「えっ……？」

思わず絶句していると、僧正坊は滔々と語り始めた。

「俺たちは、元々『現実』と『妄想』の間に生きてきた。『いる』と思う奴には『いる』し、絶対に『いない』と思う奴には『いない』。そういうもんだった」

いるかどうかわからない。多分、いないと思う。でも、本当はいるかもしれない。

そんな曖昧な存在があやかしだ。

遠い昔――人々は、光の届かない闇の向こうに、「なにか」の存在を感じていた。

そして、どこかから聞こえてくる得体の知れない音や、理解し得ない現象を「なにか」の仕業だと考えてきた。

けれど、メディアや科学の発達によって、あやかしは「存在しないもの」とされてしまった。彼らの纏っていた闇は払われ、明るい世界に引きずり出されてしまった。

「人間は、俺らのことを『誰かの創作物』『妄想』『非現実的』だとか言って、最初から存在しないものにしちまった。カガクテキ？　な検証で、俺らはまったく不思議なものじゃなくなっちまった。昔は、俺らが『いる』と思ってくれた奴らと親しくして、この境内なんかも直して貰ったりしたもんさ。俺らも、それなりの見返りを与えたりした」

僧正坊は「あの頃は楽しかったなァ」と笑うと、少し切なそうに言った。

「そういう時代は終わっちまったんだ。俺らを本気で『いる』って思ってくれる奴らは、みんないなくなっちまった。現し世に棲むあやかしの多くは、幽世に棲み家を移してる。少々寂しいが――『古いもの』は淘汰《とうた》されていくってことだろう。しゃあねえよな」

――本が、現し世に棲むあやかしを殺した。

そのことは、少なからず私に衝撃を与えた。

虫干ししている本に視線を落とす。これらの「物語」は多くがフィクションだ。あやかしが出てくるものも少なくない。私は、それらを楽しく読んでいた。知り合いのあやかしが出てきたら、嬉しく思ったりもした。

けれど、その「物語」自体が、私の大好きなあやかしたちの居場所を奪う原因となっているだなんて――……。

スッと血の気が引いていく。体が末端から冷えていき、立っているのが辛い。すると僧正坊は、苦笑いを浮かべて言った。

「別に夏織が気にすることはねぇよ。栄枯盛衰。世は流れていくもんだ。誰にも責任なんてないぜ。そう、本にだってな」

そしてなにかを思い出したのか、髭を指で擦りながら呟いた。

「そういや、最近こんな話を誰かともしたな。あれは――……東雲だっけか？」

「え、東雲さん？」

思わぬ人の登場に驚いていると、僧正坊はポンと手を叩いた。

「そうだそうだ。取材とか言ってたな。変なこと訊くよな、アイツも」

「そう、なんだ……」

「まあ、なにはともあれ気にすんな。別にお前が直接なにかしたわけじゃない」

僧正坊は大きな手で私の頭を撫でると、ガハハ！　とまた豪快に笑った。

「別に人間に信じて貰えなくたって構わねえよ。義経みたいな面白い奴と二度と会えねえってのは寂しいが、所詮、人間とあやかしは別もんだろ？　偶然、隣にいたのが、離れ離れになったってだけだと思うぜ、俺は」

「――……」

――そんなの、寂しいな。

私は、また笑い始めた僧正坊から視線を外すと、強く拳を握りしめた。


その日、鞍馬山に持ち込んだ本はなんとか虫干しできた。

干し終えた本を集めて、一纏めにする。

後は明日……にゃあさんが迎えに来てくれるまで、特に用事はない。

辺りはもうすぐ夕方に差しかかろうとしていた。遠く空は茜色に染まり始め、寝床に帰ってきた鳥の鳴き声が辺りに響いている。

流石に、境内一面を草むしりしたせいか疲れたらしい。水明は、廃寺のぬれ縁で眠ってしまった。私はその隣に座って、ぼんやりと空を流れるうろこ雲を眺めていた。

「よお、夏織」

「かおちゃん！　おつかれさまー！」

するとそこに、銀目とそらがやってきた。

水明と同じように草むしりしていたはずなのに、銀目はピンピンしている。そらに至っては、銀目に肩車して貰って大はしゃぎだ。日頃の修行の成果という奴なのかな、なんて思っていると、銀目は吊り目がちな瞳をキラキラさせながら、私の隣に座って顔を覗き込んできた。

「いいもんやろうか」

「いいもの？」

「へへ……。そら」

「かおちゃん、これどうぞー！」

そらが取り出したのは、ある和菓子だった。それを見た瞬間、私は顔を輝かせた。何故ならそれは、私の大好きな和菓子だったのだ。

「くれるの？」

「おう。疲れただろ？　一緒に食おうぜ」

すると、銀目はキョロキョロと辺りを見回して、ついでに水明が眠っているのを確認すると、口に人差し指を添えて「俺たちだけの内緒な。水明のぶん、ねえんだ」と笑った。

「フフ、わかった。よく買えたね？」

銀目が買ってきてくれたのは、鞍馬寺の門前町にある和菓子屋の一品だ。義経が鞍馬山で過ごしたという逸話に因んだ名で売られていて、餅で餡を包んだ菓子である。栃の実が混ぜられた餅は、むちっとしていてよく伸びる。餡は塩気が効いたこし餡で、餅との一体感が抜群だ。甘すぎず、大きさも手頃。日によっては、午前中に売り切れてしまうという人気商品だ。

するとどこか得意げに、そらが教えてくれた。

「あのねえ、ぎんちゃんねえ。きょうはかおちゃんくるからって、あさいちばんでおみせにいったんだよ。いつもはおねぼうなのにね！」

「……っ、そら。それは言うなって言ったろ!? ほら、お前のぶん。あっち行ってろ」

「わあい、おやつ！」

そらは、和菓子を受け取ると、ててて……とあどけない足取りで去っていった。照れているのかそっぽを向いている銀目に、お礼を言う。すると頬をほんのり染めた彼は、ぶっきらぼうに「別にいい」と答えた。

「んん～！　美味しい！　疲れた体に沁みる……」

「だなあ。もっといっぱい買ってくればよかったな……」

あっという間にふたりで食べきって、空になった容器を切ない目で見つめる。ふと喉の渇きを覚えて、お返しにと水筒を取り出し、注いでやった。

「悪いな。ん、うめえ！」

「でしょ。上物《じょうもの》ですぜお客さん」

「……変なもの入ってないだろうな？」

「さあ、どうかなあ～」

いつもみたいに、ふざけて笑い合う。すると、銀目がどこかホッとした様子で言った。

「よかった。そんなに落ち込んでないみたいだな」

「え……」

するると、脳裏に先ほどの僧正坊の言葉が浮かんできて、みるみるうちに気分が萎《しぼ》んできた。眉を顰めて、泣くまいと堪える。すると銀目が慌て出した。

「うわ。やべっ……思い出させちまったか!?　悪《わり》ィ、えっと。……ああ！　どうして俺はいつもこうなんだ！」

銀目はアワアワしながらそう言うと、私の頭を乱暴に撫でくりまわした。その手付きがあまりにも雑で、あっという間に髪が乱れてしまう。

「止めてよ、頭がすごいことになってる」

「お!?　おお……。強すぎたか。おかしいな。東雲が撫でたら、すぐに落ち着くのに」

「――小さい頃の話じゃない？　それ」

「そうかー？　今もだろ」

不器用ながらに慰めてくれているらしい銀目に、思わず笑みを零す。銀目は、照れくさそうに笑っている。おかげで、少し気分が上がってきた。

「ありがとね。落ち込んでたのは確かだったから」

「……そっか」

私は茜色に染まった空を見上げると、ポツポツと話し始めた。

「あやかしのためにならないものを、あやかしに貸し出すってなんだか矛盾してるなあって思ってさ。私がしていることってなんだろうなって。僧正坊様の言う通り、気にすることないのかもしれないけどね」

すると、銀目は眉間に皺を寄せて言った。

「さっきの話、俺も聞いてたけどよ……。正直、難しいことはちっともわかんねえ。けどさ、あんなこと考えてるのは爺ちゃんか東雲くらいのもんで、ほとんどのあやかしはなにも考えてないんじゃねえかなあ」

「そう？」

「そうだよ。じゃなきゃ、そもそも本を借りに来るわけがないだろ」

「でも……」

僧正坊の説明は、納得できるものだった。

現し世に棲むあやかしが減っているとは、私も思っていた。人間とあやかしの間の溝《みぞ》は、確実に深まっていっている。

すると、銀目は「よっし！」と手を叩くと、私の顔を覗き込んで言った。

「夏織！　今晩、時間あるか？　にゃあも呼ぼうぜ。きっと楽しいぞ」

「――え？」

すると銀目は、爽やかな笑みを浮かべて言った。

「いいもん見せてやるよ！」

＊　＊　＊

「……急に呼び出すなんて、なにを考えているのよ」

「まあまあ。楽しいことがあるんだって！」

「今日は一日寝ている予定だったのに」

「ごめんってば～」

私と水明は、不機嫌な態度を隠そうともしないにゃあさんと合流すると、銀目が待っているという、一本杉の下へと向かった。

既に時刻は夕方六時を回ろうとしていて、徐々に辺りが暗くなり始めている。

銀目は私たちを出迎えると、ある場所へと誘った。

「わ、ちょっと待って……！　いいの、これ！」

「大丈夫だって！　人間たちには俺らは見えてない！」

「そ、そうなの⁉」

銀目は軽い足取りで、木の上やら鞍馬寺の屋根の上を走り抜け、参道を歩いている人々の隙間を駆けては、凄まじい勢いで山を降りていく。

銀目に背負われている私は、そのあまりの速さに目を白黒させていた。

「銀目、夏織を落としたら承知しないわよ！」

すると、私たちに追いついてきたにゃあさんが、銀目に鋭い視線を向けて言った。

直接案内したいからと言って、今日は銀目が私を運ぶ役を買って出たのだ。

銀目はにゃあさんに向かって力強く頷くと、若干心配そうな声で言った。

「わかってるって！　それより、水明を落としそうになってるぞ」

「……大丈夫よ。元祓い屋なんだから落ちても」

「だ、だいじょうぶ、じゃ、ない……っ!!」

にゃあさんの背中にしがみついている水明は、振り落とされないように必死だ。

どうやらにゃあさんは、まったく乗客に気を遣うつもりはないらしい。私以外の人間を乗せたくないのかもしれない。

「だから言ったでしょ〜。今からでも、僕の背中に乗る？」

「だめだよ、しろいおにいちゃんはぼくたちがはこぶ〜」

「たのしそう〜！　びゅーんってしよ！　びゅーん！」

「絶対に、お、ことわり、だっ!!」

金目やそらとうみが代わりを申し出はしたものの、水明は絶対に首を縦に振ろうとしない。どうにも、男としてのプライドが許してくれないらしい。

……まあ、ちびっこふたりに抱えられて移動だなんて、私だってお断りだけれど。

そうこうしているうちに、ある場所に到着した。

鞍馬山の麓に広がる集落——。鞍馬山と鞍馬川に挟まれたそこには、歴史を感じられる古めかしい家々が立ち並んでいる。それは、かつてこの集落が丹波《たんば》や若狭《わかさ》へと繋がる街道の要所として栄えた証拠だ。その中の一軒の屋根に登った銀目は、私を下ろすと、辺りをぐるりと見回した。私も、つられて周囲の状況を確認する。

「なんだかやけに人が多いね」

「そうね、どうしてかしら？」

追いついてきたにゃあさんと、首を傾げる。

既に辺りは薄闇に包まれ始めているというのに、地元の人たちだけでなく、観光客たちが往来にひしめき合っている。更に商店や旅館の二階では、多くの人が窓辺に齧《かじ》りつくように集まっていた。誰もが、なにかを今か今かと待ち侘びている。夜だというのに一向に人が引く様子がない。それどころか、徐々に人の数が増えてきているようだ。

更には、通り沿いの家々の前に不思議なものが置いてあった。

それは木を組み合わせた棍棒のようなものだ。随分と大きい。ひとりでは抱えられないほどのサイズだ。

「ね、なにかあるの？」

辺りを包むどこか特別な雰囲気に、思わず弾んだ声で尋ねると、銀目はどこか得意げに言った。

「……今日は、鞍馬の火祭の日だよ！」

「お祭……？」

その瞬間、鞍馬寺の方向から大きな声が聞こえてきた。

「神事にまいらっしゃーれ！」

それを合図に、集落のあちこちに煌々と火が灯る。

すると、金目が楽しげな声を上げた。

「ほら、篝《エジ》に火がついたよ～。水明、見なよ！」

「えじ？　金目銀目、説明しろ」

状況が理解できないようで、水明はどこか不機嫌そうにしている。すると、水明の疑問に子どもたちが答えた。

「かがりびのことだよ～」

「こどもからはじめるんだ！」

「……子どもから？　おい、どういう──」

すると、そらとうみは、水明を放って通りに舞い降りた。そして、火のついた松明《たいまつ》を手に練り歩いている子どもたちに近寄っていくと、一緒に歩き始めたではないか。

一瞬、見るからに天狗っぽい恰好をしたふたりが交じると、混乱が起きるんじゃないかと心配したが、それは杞憂に終わった。そらとうみの姿は、普通の人間には見えていないようで、まるで初めからそこにいるみたいに馴染んでいる。

「たのし〜！」

「あつ〜い！」

そらとうみは満面の笑みを浮かべて、私たちに手を振っている。

その様子を呆気に取られて見ていると、やっとのことで銀目が説明してくれた。

「この祭は、子どもが持つ小松明から始まって、段々と大きな松明になっていくんだぜ。最後には、大人が数人がかりじゃないと持てないサイズになる」

「へー……そうなんだ。でも子どもが松明だなんて、危なくない？」

「親がついてるから、大丈夫だろ」

すると、銀目は集落のあちこちを指差しながら、鞍馬の火祭のことを教えてくれた。

鞍馬の火祭は、京都三大奇祭のひとつで、毎年十月二十二日の夜に行われる。天慶《てんぎょう》三年（九四〇）に平安京の内裏にお祀りされていた由岐《ゆき》大明神を、鞍馬に遷宮した際の様子を伝え遺《のこ》したものが起源とされていて、毎年、多くの人で賑わうのだそうだ。

「俺たち、この祭が大好きでさ。毎年、観にきてんだ」

「そうなんだ」

「大昔の遷宮の行列に感動したのが、祭を始めるきっかけのひとつだってさ。それが、今も続いてるんだってよ。すげえよな」

銀目はうっすらと笑みを浮かべて、母親に手伝って貰いながら、子どもたちが小松明を手に歩いているのを眺めている。

やがて子どもたちに代わって、あの棍棒らしきものを担いだ男たちが町を練り歩き始めた。どうやらあれは松明だったらしい。火が灯された松明を数人がかりで支えて、赤々とした火の粉を撒き散らしながら町の中を進んでいく。

「サイレヤ、サイリョウ！」

「祭礼や、祭礼」という意味の掛け声と共に、船頭篭手《せんどうごて》に締込み、草履《ぞうり》に半纏《はんてん》を着た男たちが景気よく進んでいく。観光客は彼らに夢中になってカメラを向け、松明を持つ男たちはどこか凛々しい表情で集落を練り歩く。

やがて、トントコトン……と、女性たちが叩く太鼓の音が集落の中に響き始めると、祭の熱気は一気に増していった。交通規制が始まり、警官が誘導を始めると、見慣れない恰好をした人たちが現れ始めた。

「わ！　かっこいい！」

その人たちは、紋付袴や鎧武者の恰好をしていて、やはり松明を持った人と共に通りを練り歩いている。まるでそこだけ大昔に戻ったみたいだ。

「時代祭みたいだね……って、わわわっ……」

すると突然、銀目に腰を抱えられた。

「な、なによ、どうしたの!?」

「こっからが本番だからな！　さあ移動だ移動！」

「ま、待って……せめておんぶ……うわっ！」

銀目は私のことなんてお構いなしに大きく翼を開くと、ふわりと宙に舞い上がった。

唐突に見舞われた浮遊感に目を白黒させていると、銀目はそのまま屋根の上を飛び移り始める。激しく上下する視界に辟易《へきえき》しながら、上機嫌な銀目に向かって叫ぶ。

「待ってってば！　うみとそらは!?　置いていくの!?」

「後で勝手に来るよ。にゃあ、金目。ちゃんとついてこいよー！」

銀目は、私を小脇に抱えたまま、どこかに向かい始めた。それはまるで、風のような速さだった。にゃあさんや金目の姿がみるみる小さくなっていって、あっという間に見えなくなってしまう。

「銀目!?　みんながついてきてないけど……！」

「金目がいるだろ？　迷わないから平気だって」

「その前に、頼むからおんぶ……きゃあっ！」

銀目が屋根を強く蹴った瞬間、体勢がぐらついて悲鳴を上げる。せめて、持ち方を変えて欲しいけれど、少年のように目をキラキラ輝かせている銀目は、私が怖がっているのに一向に気がつく様子がない。

――まったく！　昔から、なにかに夢中になると周りが見えなくなるんだから……！

体勢を変えて貰うのを早々に諦めて、せめて行き先ぐらいはと銀目に尋ねる。

「ねえ、どこ行くの!?」

「ん？　──松明の集まる場所!!」

そしてまた、銀目は大きく屋根を蹴った。

「……はあ」

舌を噛まないように口を閉ざして、仕方なしに流れていく景色を眺める。松明で照らされた少し古びた町並みはとても綺麗で、常夜の幽世とはまた違う趣がある。

ちろちろ蠢《うごめ》く炎の色は、気ままに辺りを照らす幻光蝶が放つ光とはまるで違う。その力強さは、見る者を惹きつけてやまない。眩しいのがわかっていても、見つめずにはいられない──そんな炎に彩られた世界。

「綺麗だなあ。人間は本当に賑やかなのが好きだね」

──私が知る世界とはまるで違うそれに、自分も人間だということを忘れて、思わず魅入る。非日常を楽しむ人々の笑顔をどこか眩しく思っていると──。

「サイレヤ、サイリョウ！」

その時、祭の掛け声と共に、あるものが視界に入ってきた。それは、私にとっては酷く馴染みのある光景だ。

──いやいやいや！

慌てて首を振る。ここは幽世ではないのだ。そんなものがいるわけがない！

「サイレヤ、サイリョウ！」

松明を抱えた男たちと一緒に大声で叫んでいたのは、恐ろしいほど大柄なひとつ目鬼。隣で歩いている人間と比べると、身長が三倍もあり、ひとつ目鬼が一歩足を前に出すたびに、人が踏み潰されやしないかと心配になる。

「え、ど、どういう……」

動揺して、思わず辺りを見回す。すると、それまで気がついていなかったものが見えてきて、呆気に取られてしまった。

「ワハハハ！　サイレヤ、サイリョウ！」

「きゃー!!　見て、あの人間！　おっかしい！」

鞍馬の集落、その歴史を感じさせる町並みは祭の熱気に溢れている。そしてそれに紛れるように、あちこちにあやかしたちの姿があったのだ。

民家の二階から身を乗り出して見物している人間たちの合間で、日本酒の入った升《ます》を啜っているのは鬼婆だ。太鼓の上で飛び跳ね、軽快な音を響かせているのは送《おく》り雀《すずめ》。空を見上げると、巨大な影が町並みを見下ろしている——ああ、大入道《おおにゅうどう》だ。

そのどれもが楽しげに笑みを浮かべ、地元の人や観光客と一緒に、炎に彩られた祭を楽しんでいる。多くのあやかしは幽世に棲み家を移したと思っていたのに、この盛況ぶりはどうしたことだろう!!

「……ああ、そうか。戻ってきたんだ。祭に合わせて」

そのことに思い至ると、思わず頬が緩んだ。あやかしたちは、時代に合わせて棲まう場所を変えた。けれども、決して現し世を忘れたわけではない。

「……まるで、里帰りみたいだね」

そのことが、なんだか嬉しいような。それでいて、羨ましいような。

「あのあやかしたちにとっては、ここが帰る場所なのかなあ」

ぽつりと呟く。そしてちょっぴりしんみりしながら、後ろに流れていく光景を見つめていた。


やがて、銀目は目的地に到着した。そこは鞍馬寺の山門の前だ。

普段は厳かな雰囲気で参拝客を受け入れている山門は、注連縄《しめなわ》が張り巡らされて、恐ろしいほどの熱気に包まれていた。松明を手にした男たちがひしめきあい、それを眺めている男たちは、掛け声と共にリズムよく手を打ち鳴らしている。

「サイレヤ、サイリョウ……サイレヤ、サイリョウ……」

男たちが手にした松明の明かりは夜空を煌々と照らし、まるで昼間のような明るさだ。

松明を支えている男たちに雨のように火の粉が降りかかり、熱くないのだろうかと心配になる。けれどもそれ以上に、人々から感じる情熱に当てられてしまった私は、興奮気味に言った。

「すごい……！」

「だろ？」

男たちの熱気と、炎の眩しさ、煙で白く烟《けむ》っている視界。

昼間には絶対に見られないその光景は、まるで別世界の出来事を垣間見ているようだ。

やがて盛り上がりが最高潮に達すると、松明が一箇所に集められ大きな篝火《かがりび》となった。火が燃え盛るたびに歓声が上がる。誰もが、魅入られたように炎を見つめている。

「さって、ここで俺の出番だな」

「――へ？」

銀目はニヤリと笑うと――今度は、私を両腕で抱えた。

「小脇に抱えるのは流石に怖かったよな。悪ィ」

「あ、気づいてたんだ……って、待って。それ以前になにをしようとしているの。本当に待って！」

その瞬間、銀目は背中から真っ黒な翼を出すと、大きく羽ばたいた。

そして、ふわりと浮かび上がると――巨大な篝火に向かって飛び始めた。

「まっ……ぎゃあああああああっ!!」

「オラオラオラオラ！　天狗様のお通りだあ!!」

そして篝火が間近に迫ったところで上空に進路を向けると、炎を掠めるようにして飛び回る。すると轟々と燃え盛っていた炎が、変則的に大きく立ち昇った。火の粉が渦巻き、まるで生き物のように蠢く。

それを見た瞬間、人々はポカンと口を開けて固まってしまった。

辺りには一陣の風も吹いていない。なのに、不自然に燃え盛る炎が理解できなかったのだろう。すると益々銀目は調子づいて、炎の周りをグルグルと回った。

「アハハハハハハハハ！　どうだー！」

「……っ！」

私は、大笑いしている銀目にしがみついて落ちないようにするので必死だった。銀目のしたいことがわからないまま、固く目を閉じて一刻も早く時が過ぎるのを願う。

やがてあちこち飛んで満足したのか、銀目は地面に降り立った。

やっと解放された私は、下半身に力が入らなくなり、ヘナヘナとその場に座り込んでしまった。そんな私を余所に、銀目は天まで届きそうなほど燃え盛っている炎を満足げに眺めている。

すると、どこからかこんな声が聞こえた。

「すごいな。なんで急に……。誰か、燃料でも投下したのか？」

「まさか。そんな危ないことしないって」

人々は、口々に「炎の勢いが急に激しくなった理由」について話し合っている。松明の中になにか仕掛けられていたとか、旋風が局所的に発生しただとか……しかし、そのどれもが納得できるものではなかったらしい。誰もが首を捻ってしまった。

するとと炎を見ていたひとりが、こんなことを言い出した。

「なあ。これって鞍馬山の天狗の仕業じゃないか？」

「……！」

その言葉に驚いて、銀目の顔を見る。

銀目はにっこりと笑うと、白い歯を見せてピースをした。

どうやら、それが目的だったようだ。銀目の思惑にまんまと乗せられたその人は、やや興奮気味に、周囲の人にそう思った理由を語っている。

「だってここは天狗伝説の地だろ？　如何《いか》にもありそうじゃないか」

すると、周囲にいた人々が「天狗か」「そうかもな」なんて言い出した。それは徐々に人々の間に広まっていき、科学的な考察を口にしていた人たちをも飲み込んで、みるみるうちに浸透していくではないか。

やがて、祭に参加していた男たちの中のひとりが言った。

「天狗も祭を楽しんでいるのかもな。よっしゃ、もっと盛り上げていこうぜ！」

「「──おお!!」」

その声に賛同する声は、徐々に大きくなっていった。彼らは「見てろよ」と言わんばかりに「サイレヤ、サイリョウ」と益々大きな声で叫び、激しく手を打った。

──その時だ。銀目がなにもしていないのに、炎の勢いが増した。

わあっ！　と歓声が上がり、周囲のボルテージが益々上がっていく！

「……」

その様子を呆気に取られて見ていると、ふいに銀目が言った。

「――へへ。古いもんは淘汰されるって？　あやかしはいないものにされたって？　嘘ばっか。少なくとも、今ここにいる人間たちの中には天狗はいるぜ」

　そして、銀目は私の頭をポンと叩いて言った。

「確かに、古いものの中で消えていくもんもあるだろうな。だとしても、この祭はどうなんだよ。昔からあるけど、今もこうやってたくさんの人間が楽しみにしてくれてる。残るもんは残る。残らないもんは残らない。それだけの話だ。それに、一度道が分かたれたってそれで終わりじゃねえ。また……戻ってくるかもしれねえし」

　なんだか泣きそうになって、思わず口を引き結ぶ。

　そんな私を、銀目はとても優しい瞳で見下ろしている。

「大丈夫だ。夏織が気にする必要はねえよ」

「……うん」

　私は、滲んだ涙を慌てて拭った。

「私、あやかしのみんなにもっと本を読んで貰いたいよ。面白い本がたくさんあるの」

「おう」

「だから、これからも頑張る。これは――間違ってないよね？」

「大丈夫だ。応援してる」

「…………っ。ありがとう、銀目」

　すると銀目は、白い歯を見せて笑った。そして、私に手を差し出して言った。

「祭はまだまだ始まったばかりだ。今度は神輿《みこし》が出てくるぞ。観に行こうぜ」

「……うん！」

「ふんどし姿の人間が、V字開脚しながら神輿と一緒に降りてくるんだ。面白いぞ」

「V字!?」

「チョッペンって言うらしい。元服の儀式だってよ。面白いよな」

そんなことを話しながら、今度はちゃんとおんぶして貰って、空に舞い上がる。

確かに石段の奥が騒がしい。神輿なんて、随分久しぶりに見える。なんだかワクワクしてきた。

するとそこに、ようやくにゃあさんたちが追いついてきた。

「んもう！　どこ行ってたのよ！」

「悪い悪い。金目、いつもと同じルートだろ？　どうして案内してくれなかったんだよ」

「いやあ、ふたりの邪魔しちゃ悪いかなって思って～」

三人がワイワイ話しているのを余所に、にゃあさんの上でぐったりしている水明に声をかける。

「相変わらず、空中移動は苦手？」

「……うるさい。安全ベルトがある分、ジェットコースターの方がまだマシだ……」

「アハハ！　お祭が終わったら、ゆっくりしよう。今日は色々あったからね」

「フン……」

すると、ふと誰かの視線を感じた。

それは銀目で、水明と話している私をじっと見つめている。

「銀目？　どうしたの？」

「いや。なんでもない」

銀目は首を小さく横に振ると「さあ、祭はこれからだ！」と言って、更に空高く舞い上がったのだった。

＊　＊　＊

鞍馬の火祭は日にちが変わる頃まで続いた。

祭を最後まで見届けた私たちは、フラフラになりながらも、やっとのことで廃寺へと戻ってきた。そのままお布団にダイブして、煙臭い体のまま泥のように眠る。

翌朝はお寺の掃除を手伝って、朝食に京都の美味しいお漬物をたっぷり食べた。最後にくらま温泉で日帰り入浴をすれば、身も心もさっぱりだ。

祭に、美味しい朝食に温泉。虫干しに来たはずなのに、まるで京都旅行をしているみたいだ。存分に二日間を満喫した私たちは、金目銀目に別れの挨拶をしていた。

「ふたりとも、色々ありがとうね。僧正坊様にも、お礼を言っておいてくれる？」

「おう、わかった」

「次の虫干しの時もよろしく」

「わかったよ～。この次は、境内が草でぼうぼうじゃないようにしておくから」

帰ろうか、と双子に背を向ける。すると、銀目に呼び止められてしまった。

「どうしたの？」

みんなから少し離れた場所に移動して、銀目に尋ねる。

すると、銀目は若干気まずそうに顔を逸らすと――ボソボソと言った。

「夏織、お前さ。――……水明のこと」

「水明？」

「あ～～～。なんでもねえ。忘れてくれ」

銀目は言葉を濁すと、ひらひらと手を振った。

なんとも歯切れの悪い様子に、少し心配になる。

「どうしたの？　なにか悩み事？」

「いや、そうじゃねえんだけど」

不思議に思って、高いところにある銀目の頭を背伸びして撫でる。昔よりも随分と高い位置にあるそれを、少し嬉しく思いながら言った。

「銀目は可愛い弟分だからね。なにかあったら相談してよ？」

「…………はあ」

すると、途端に銀目は深く嘆息した。能天気なこの子がため息をつくなんて珍しい。

意外に思っていると、銀目はどこか晴れ晴れとした表情で言った。

「俺がするべきことがわかったぜ。目指せ、脱・弟分だな！」

「えっ。なにそれ」

「別に！」

すると、銀目はからからと楽しげに笑って、私の背を強く叩いた。

――バチン！　大きな音が鞍馬山の山中に響いていく。

「あ。悪ィ」

私は若干涙目になると――。

「なにするのさ！」

銀目を強く睨みつけたのだった。

閑話　蝶と戯れ、人と成る

――俺は、果たして人間なのだろうか？

時々、そう思う時がある。

――感情を殺せ。

思えば、幼い頃からずっとそういう風に言われ続けてきた。

何故ならば犬神憑きが他人を羨むと、相手に苦痛を与えたり、ものを台無しにしたり、病気にさせてしまうからだ。なんの感情が嫉妬に繋がるかわからない以上、感情を殺すことは、俺が普通の人間のように生きるために必要なことだった。

しかし、俺は自分のせいで誰かが苦しんでいるのを見たことがない。

理由は簡単だ。口の端を少し上げる。目を細める。眉を下げる。眉根を寄せる――。それをした途端、過剰に反応した周囲の大人たちに取り囲まれ、責められたからだ。俺が感情を発露する暇なんて、誰も与えてくれなかった。本当に俺の感情が誰かに害を与えるのか、それは「ただの言い伝え」で嘘なんじゃないかと、何度思ったことか。

表情を変えただけで、まるで許されない罪を犯してしまったかのように、詰問する大人たち。幼い俺は、小さな手で自分の顔を覆い隠して、ひたすら許しを請うた。

『笑ってないよ。泣いてないよ。怒ってないよ。だから、叱らないで……』

『『――感情を殺せ！』』

『大丈夫だよ。誰も羨んだりしてない――だから少しくらい』

『『すべてはお前のためだ。だから――自分を殺せ!!』』

お前のため――。

それは本当に、俺のため……？

その疑問は、いつも俺についてまわった。

あの頃は本当に辛かった。感情を殺し、心を殺し、自分を殺した。

しかしそれも既に過去のことだ。今はもう、感情を殺す必要はなくなった。

だが、そういう風に育ったせいか、未だにどういう風に感情を表に出せばいいのかわからない。誰かが傷つくんじゃないかと怖くなる。

『大事なお客さんを苦しめたら大変だ。だから、我慢しておくれ』

耳の奥には、父の声が今もこびり付いている。

父はいつも大きな体で俺を抱きかかえ、歪んだ笑みを浮かべて、ヒソヒソと耳元で囁く。耳朶《みみたぶ》にかかる生ぬるい息に、鼻を摘みたくなるような酒の臭い、背中に感じる馴染まない体温――。骨ばった手は、色が抜けてしまった俺の髪をゆっくりと撫でている。

俺は耳を塞ぎたくなる衝動を必死に堪えて、その永遠とも思える時間を耐えていた。

『なあ、水明。うちの犬神憑きは、お前しか残ってないんだ。不出来な母さんは、お前を置いて死んでしまった。この家を守れるのは、もうお前しかいないんだよ？』

――だから心なんて殺してしまえ。感情なんて捨て去ってしまえ。

お前は祓い屋だ。たっぷり稼いで、父さんを幸せにしておくれ。

『水明、人形になれ。父さんの思うがままに動く操り人形に……』

光の一片も差し込まない、懲罰房。

呪詛《じゅそ》のような父の声が、部屋の中によく響いていたのを覚えている。

……ああ、そういえば。

俺が誰かと話をする時、相手がよく浮かべていた感情がある。

白い髪を持つ無表情の子ども。それも犬神という理解の範疇を超えたなにかを従えた俺は、普通の人間からすれば、さぞかし気持ち悪く映ったのだろう。

俺と相対する、多くの人間が浮かべた感情。それは――……。

「恐怖」と「嫌悪」だった。

――俺は、果たして人間なのだろうか？

誰もが許されていることを許されないなんて、俺はどんな罪を犯したというのだろう。

もしかしたら、自分が人間であったというのは、俺の思い込みだったのかもしれない。

そうだ、そうに違いない。きっと今も、遙か上空から伸びた白い糸が、俺の体に何重にも巻き付いて、雁字搦《がんじがら》めに縛り上げているのだ。

＊　＊　＊

「あら、炎症が酷いわね。薬を出すわ。水明、調合してくれる？」

「わかった」

「クロは、お客様にお茶菓子を出してね」

「うんー！」

　俺に指示を飛ばしたナナシは、患者とにこやかに話をしながら、必要な薬を用意し始めた。すると、酷い口内炎で苦労していたらしいあやかし「垢舐《あかな》め」は、ほうと安堵の息を漏らして頭を下げた。

「安心した。ありがとねえ……。最近は、垢を舐めるのが辛くて、辛くて」

「働きすぎよ。胃が疲れてるんだわ。少し休んだ方がいいわよ」

「そうしたいのは山々なんだけどね。ひとり暮らしの男の家だと、風呂に垢がたんまりなもんで。どうにもこうにも止められなくて……」

　垢舐めは長い舌をぬるりと動かすと、「うっ」と顔を顰めた。どうやら、口内炎が染みたらしい。ナナシは鮮やかな深緑色の髪をさらりとかき上げて笑うと、大陸風の服から伸びた長い足を組み替えて言った。

「ほんの数日だけよ。後になったらわかるわ。あの時、休んでよかったって」

ナナシはそう言って、茶目っ気たっぷりにウィンクを投げた。

艶めいた雰囲気を持つナナシがそれをすると、やけにしっくり来るから困ったものだ。

涼しげな琥珀色の瞳、深緑色の長い髪に、普通よりは遥かに小ぶりな頭、それに捻じくれた牛の両角――少々、普通の人間の感覚からすると特殊な見かけをしているけれども、ナナシはそれすらも妖艶だと思わせる魅力を持っている。きっと、うぶな男なら、今の一撃で首ったけになっていたかもしれない。

けれどもウィンクの相手は、一見すると枯れた老婆のような姿をしている垢舐めだ。ナナシの色気に当てられるどころか、プッと小さく噴き出すと肩を竦めた。

「そうだねえ。そうしよっかね」

「今日は、口内炎に直接塗る薬と飲み薬を出すわ。使い切っても治らないようならまた来てね。別の病気だと困っちゃうもの」

すると、垢舐めは笑顔になって、大きく頷いた。

――幽世には、厳密に言うと医師はいない。

何故ならば、大多数のあやかしたちは、たとえ重症を負ったとしても自力で治癒することを選ぶ。キジムナーのように自然の中で生きている者たちほど、その傾向は顕著だ。感覚が野生の動物に近いのだろう。現代に生きる人間からすれば非常に素朴な生活をしている彼らにとって、医療機関というものは決して身近なものではない。

けれど、幽世の町には「薬屋」が存在した。この町には、頻繁に現し世に出入りしているあやかしも多く、医療機関に馴染みがある者が多い。

よって、治療に対するニーズがあったのだ。

「薬屋」では、名の通りに薬を販売するだけでなく、簡単な治療行為も請け負っている。それらを取り仕切っているのは「ナナシ」だ。名が無いから、ナナシ。どこか大陸の匂いを感じさせるナナシは、謎めいた雰囲気を持っている。

そしてクロと再会し、祓い屋を廃業することを決めた俺に、一緒に薬屋で働かないかと誘ってくれたのもナナシだ。

「うーん！　これで、今日の診察は終わりね。ご苦労さま」

垢舐めが帰ると、ナナシはぐんと背伸びをした。秋は、冬ごもりの準備を始めたあやかしたちが、一冬ぶんの薬を貰いに来るため割りかし忙しい。だが、それもピークを過ぎるまでだ。ここ数日は客も少なく、幾分かはゆっくりとすることができた。

「水明、中庭でお茶にしましょ。クロちゃんに準備をお願いしてあるの。夕食の支度はそれからでもいいでしょう？」

「ああ、わかった」

俺は調合台の前から離れると、庭に足を向けた。

薬屋の店内は、どこか異国の匂いがする。複雑な、それでいて美しい文様の中華風の欄間に、鮮やかな赤を基調とした小物があちこちに飾られ、正方形の小さな戸棚がいくつも並ぶ薬棚が、調合台を囲むように設えられていた。

白い土壁に沿うようにして置かれた戸棚には、様々な薬の材料が入ったガラス瓶が置かれ、その種類は数え切れないほどだ。乳棒や乳鉢の置かれた調合台には、薬効が記された書簡が並び、店内には独特の匂いが充満している。

店の奥には、四方を部屋で囲まれた中庭があった。それは確か、中国——特に北京《ペキン》市街などでよく見られる、四合院《しごういん》と呼ばれる形式だったと思う。中庭を中心に、東西南北に部屋を造る独特な様式で、かつて中国ではそこに一族で住んでいたらしい。

北側にある「正房《せいぼう》」には、この家の主人であるナナシが住んでいる。俺たちは東側の「東廂房《とうしょうぼう》」の部屋を使わせて貰っていて、西側の部屋にはナナシの大量の衣類が収めてあった。そして、南側は薬屋の店舗となっているのだ。

「水明！　こっちこっち！」

中庭に足を踏み入れると、俺の姿を見つけたクロがはしゃいだ声を上げた。中庭に設置されたテーブルには、ナナシご自慢の中国茶が用意されている。

俺はゆっくりとクロの下へと向かった。途端に甘い香りが鼻を擽《くすぐ》る。それは、庭に植えられている銀木犀《ぎんもくせい》の香りだった。花の盛りはそろそろ終わるはずだが、濃緑の葉の間から顔を覗かせている白い花からは、まだまだいい香りが漂ってくる。銀木犀は、金木犀《きんもくせい》よりは香りが控えめだ。その香りは優しく、そして押し付けがましくない程度には甘い。

中庭を彩るのは、なにも銀木犀だけではない。薬用にもなる秋の花々があちこちで競うように花をつけ、庭は雑多な色で溢れている。

竜胆《りんどう》、吾亦紅《われもこう》、彼岸花《ひがんばな》……不思議なものでそれらの花の命は現し世よりもずっと長い。

芳しい香りに包まれ、花で彩られた中庭を照らすのは星明かり。そして——渡り廊下に下げられた、鳥かごに閉じ込められた光る蝶たちだ。星々と蝶の明かりにぼんやりと照らされた秋の匂いに溢れた中庭は、いつだって俺を優しく受け入れてくれる。

「ああ、喉が渇いちゃった」

椅子に腰掛けると、そこにナナシもやってきた。

ナナシは鼻歌交じりに中国茶を淹れると、くいと一気に飲み干した。

「くぅ〜〜!!　効くわ。やっぱり、仕事終わりにはこれね!!」

その瞬間、ナナシが纏っていた艶やかな雰囲気が霧散してしまった。

すると、クロがぼそりと呟いた。

「仕事終わりのオッサンみたい」

ナナシはちらりとクロに視線を向けると、匂い立つような艶やかな笑みを浮かべた。

そして、やけに筋肉質な腕を伸ばしてクロを抱き上げると——額の中央にある、第三の目をカッと開いてすごんだ。

「確かに生物学上は男だけれど!!　アタシの心は乙女なのよ!!　だから、そういう風に言うのは止めてくれるかしら。乙女の心は豆腐よりも脆《もろ》いのよ!!」

「嘘つけー!!　オイラ、その豆腐がコンクリート製だって知ってるんだからな!!」

「コンクリートだって、ショベルカーにかかれば壊れるでしょうが!?」

「それを脆いって言うのは、ちょっと無理があると思うよ……!?」

――そう。ナナシは一見、美女に見えるオッサンだった。

女性の恰好をしているのは、ただの趣味なのだそうだ。

いわく、「美女の方がなにかと便利」らしい。

……一体、なにが便利なのだろう。そこは、知らないでいた方が平和に違いない。

クロとナナシの、騒がしい声が中庭に響いている。

ここにきた当初は大人しくしていたクロだが、最近は遠慮しなくなってきた。体調を崩したりもしたが、ここのところは楽しく過ごしているようだ。調子に乗って、ナナシに対して減らず口を叩くのが玉に瑕《きず》ではあるのだが……。

「オッサンだけど、ナナシは見たこともないくらい綺麗だから、オイラ困っちゃうんだよなー！　性別ってなんだろうって悩んじゃって！　もう。やめてよね！」

「……えっ、あ。うん。綺麗とは思ってくれているのね？」

「当たり前でしょー!?　ナナシは綺麗だよ」

クロはさも当たり前のように言って、ヒュンヒュンとしっぽを振っている。すると、ナナシは満更でもない様子で笑うと――丁寧な手付きでクロを椅子の上に下ろして、自分のぶんの茶菓子をその前に置いた。

「クロちゃん、これあげるわ」

「わあい！　くれるの？　やったー！」

……と、まあ。問題の減らず口も、こんな風に大概がクロの天然な発言で終止符を打つので、一時の戯れだと思って見守ることにしている。

「そういえば、水明」

すると突然、ナナシが声をかけてきた。

ナナシは、茶器を片手に俺の様子をじっと窺っている。

「最近、眠れてないいんじゃない？」

――確かに、最近眠れていない。

昔のことを夢に見て、夜中に飛び起きるのが常だ。しかし、別の部屋で眠っているはずのこの男が、どうしてそれを知っているのかが不可解だった。

「……何故、そう思う？」

「うなされている声が、アタシの部屋まで聞こえてくるのよ。ねえ、もし眠れないなら、お薬を調合してあげましょうか」

「なに？」

「効き目が穏やかなものを用意するから、今日から飲んでみない？」

確かに眠れないのは問題だ。そのせいで消耗しているのも自覚している。だが、俺はそれでもいいと思っていた。この幽世で熟睡するなんて命取りだ。

ここは、あやかしたちが跋扈《ばっこ》する世界。人間を喰らうような者たちがすぐ傍にいるというのに、熟睡なんてしていられない。

「いや、いい」

「本当に？」

「ああ、問題ない」

「そう……」

するとナナシはどこか淋しげに微笑んだ。そんな時だ。

「あ、いたいた！　こんばんは！」

薬屋の中庭に、ある人物が入ってきた。

茶色がかったボブカット、まん丸の黒い瞳に、丸っこい鼻の女性。秋らしい暖色のチェックのワンピースを着たその人物は、村本《むらもと》夏織――貸本屋の娘で、俺と同じ人間だ。

夏織は俺と目が合うと、途端に顔を綻ばせ、ひらひらと手を振ると、ゆっくりと近づいてきた。

――うっ。

すると、俺の膝の上にひらりとクロが乗ってきた。

「あ、夏織ちゃんだ。どうしたのー？」

「クロ！　今日も可愛いねえ。あのね、ナナシにお薬を貰いにきたんだよ」

「へー。あ、よかったら隣に座りなよ。お茶、美味しいよ」

「ありがとう！」

夏織は機嫌よく俺の隣の席に座ると、ナナシとなにやら話し始めた。

俺はこっそりと安堵の息を漏らすと、夏織から視線を逸らした。すると、クロが小声で囁いた。

「大丈夫？　もしかして、夏織が来たから緊張してる？」

「――……してない」

「そう？」

クロは俺の膝の上に座ったまま、頭を反らして、つぶらな瞳で見上げてくる。

……別に夏織のことを嫌っているわけではない。

世話になったし、恩を感じてもいる。それを返したいとも。

しかしどうにも、あの笑顔だけは苦手だ。自分にはないものが溢れていて眩しすぎる。

そのせいか夏織の笑顔を見ると胸の辺りがソワソワする。苦しいわけではないが落ち着かない。

「夏織とはオイラが話す！　水明は相槌だけしてればいいよ。任せといて！」

――調子に乗ってるな、コイツ。

俺は深く嘆息すると、クロの喉元に手を伸ばし――優しく撫でてやった。

「変な気は遣うな、馬鹿」

「む!?　ふわ～……」

すると、クロは途端に腰砕けになって、俺の膝の上で横になった。そのまま、いいところを撫でてやると、気持ちよさそうにクネクネと体を動かしている。

俺をからかうなんて百年早い、少しは反省しろと思っていると、ふと誰かの視線を感じて顔を上げた。

「相変わらず、仲いいね〜」

それは夏織だった。彼女は、やけに嬉しそうに笑っている。それがなんだか恥ずかしく感じて、顔を顰めた。

「……別に。相棒だしな」

「そっか」

なおも楽しそうに俺を見ている夏織に、若干ムッとする。すると、夏織は小さく噴き出すと、「邪魔しちゃった？」と首を傾げた。

「それよりも薬を貰いにきたなんて、どこか具合が悪いのか？」

すると、夏織はフルフルと首を横に振った。

「私が貰いにきたのは、『蝶避け』の薬なの。明日、ご贔屓《ひいき》さんのところに配達に行くんだけど、そこは幻光蝶が多いから、飲んでいかないと大変なことになるんだよね」

「ああ、なるほど。そういうことか」

納得した俺は、渡り廊下に吊るされた鳥かごに視線を向けた。

そこにも、何匹かの蝶が囚われている。

ここ幽世には、幻想的な光を纏う霊体の蝶が棲んでいた。

その名も「幻光蝶」——。

幻光蝶は、常夜の世界にあって、明かり代わりに使われている。熱を発しないのに炎よりも明るいから、というのが理由のようだ。しかし、時間が経つと燃え尽きるようにして消えてしまう。なので、蝶を補充する「蝶守《も》り」という職業があるくらいだ。

そんな幻光蝶だが、とある特徴で幽世では知られている。

それは、人間に惹かれて寄ってくるというものだ。

夏織も、俺も人間だ。だから、外に出ると多くの蝶が寄ってくる。薬屋では、ナナシの調合した蝶避けの香を焚いてあるから、それほどではない。しかし香がない場所では、蝶に纏わりつかれて、そこだけ現し世かと錯覚するほどに明るくなるのだ。

常夜の世界で、否応なしに蝶に好かれてしまう人間は嫌でも目立つ。それが、この世界で人間が少ない理由なのだろう。人を好んで喰らうあやかし共の牙から逃れるのは、よほど強運の持ち主でもない限り難しい。逆に、あの蝶さえいなければと思わなくもない。

「どうして、あの蝶は人間に寄ってくるんだろうな」

「さあ……？　なんでだろうね。不思議だよね。私たちからなにか出てるのかな」

夏織は腕に鼻を近づけて、スンスンと自分の匂いを嗅いでいる。

あの蝶は、人間の発するフェロモンに反応しているのだろうか。一度調べてみるのもいいかもしれない。そんな風に思っていると、突然、ナナシがこんなことを言い出した。

「そうだわ、水明も行ってくればいいじゃない！」

俺は、じとりとナナシを睨みつけた。ナナシは、時折とんでもない思いつきをする。先日も、沖縄に無理矢理同行させられたばかりだ。どうせ今回もその類だろう。

「……なんでだ。明日も仕事があるだろう」

「最近、お客も少なくなってきたことだし、アタシひとりで平気よ。一度くらい、行ってみればいいわ。あそこは——とても興味深いところよ」

ナナシは透き通った琥珀色の瞳の奥に不思議な光を宿して、俺を見つめている。その様子に不安を覚えた俺は、ぐっと眉根を寄せた。どうやら、いつもの思いつきとは違うようだ。祓い屋であった俺の直感が告げている……これは、なにかある。

「……興味深い？　どういう意味だ」

「どういう意味もなにも、そのままの意味よ。興味深いの」

この薬屋は、どこか得体の知れないところがある。

夏織の母代わりだったらしいが、あやかしはあやかしだ。世話にはなっているものの、まだ俺は、夏織ほどあやかしを信じきれていない。

「ねえ、水明。行ってらっしゃいよ」

ナナシの浮かべる笑みが、どうにも胡散臭《うさんくさ》く感じて仕方ない。

——コイツは一体、なにを企んでいる？

ひとり考え込んでいると、その時、底抜けに明るい声が耳に飛び込んできた。

「え、水明も来てくれるの？　それはいいね、一緒に行こうよ！」

それは夏織だった。あまりにも呑気な様子の彼女に、小さく舌打ちをする。

なにがあるかわからないというのに、この女は危機感がまるでない。

……守ってやらないと。

俺は深く嘆息すると、夏織に同行することに決めた。

すると、ナナシは満足げに頷くと――。

「……よかった。じゃあ、ゆっくりしてきなさい」

と、どこか切なそうに笑った。

＊　＊　＊

――翌朝。俺はクロと共に、貸本屋のふたりと町はずれで合流した。夏織の親友の黒猫は、虎くらいの大きさに変化していて、背には大量の本が入った風呂敷を背負っていた。

どうやら、それを届けに行くらしい。

「水明、おはよ。蝶避けの薬飲んできた？」

「ああ、飲んできた。また地獄を通っていくのか？」

「ううん。今日行くところ、そんなに遠くないんだ」

「……そうか」

俺は小さく頷くと、腰に巻いたポーチに軽く触れた。そこには、清め塩や御神酒《おみき》、護符が入っている。有事の際は、これを使ってクロと一緒に戦うつもりだ。とはいえ、これくらいの装備は普段からしていた。あやかしたちが跋扈するこの世界で、丸腰で過ごすなんてあり得ないからだ。

「祓い屋は廃業したが……まだ腕は鈍ってないはず」

「ん？　水明、なにか言った？」

「いや。なんでもない」

適当に首を振って誤魔化す。

こんな物騒なものを持っていると夏織に知られたら、あやかしに絶大な信頼を置いているコイツは悲しむだろう。別にわざわざ教えてやる必要はない。

幽世で育った夏織と、現し世であやかしを狩って生計を立ててきた俺。俺たちのあやかしに対する価値観は決定的に違っている。それはどうしようもないことだ。

すると、のっそりとクロの前に移動した黒猫が、瞳に剣呑《けんのん》な光を宿しながら言った。

「駄犬、ついてくるのはいいけれど……仕事の邪魔はしないでよ」

「ちょっと大きくなれるからって、偉そうにぃ！　オイラのこと、馬鹿にすんなよ！」

自分よりも遥かに大きい黒猫に、クロは果敢にも強気な態度を見せている。黒猫は、じっと空色と金色のオッドアイでクロを見つめると、呆れ混じりに言った。

「……そのお腹に巻いたしっぽを、なんとかしてから言いなさいよ」

「きゃうん!?」

図星を指されて恥ずかしかったのか、クロは俺の後ろに逃げ込むと、足の陰から黒猫を見つめている。

このふたり、どうも馬が合わないらしい——いや、違う。

「フフ。駄犬はそうでなくっちゃね」

……クロが、黒猫のおもちゃにされているだけか？

俺は、黒猫にあまりクロをからかってやるなと忠告をすると、目的の場所へ向かうようにと促した。


そこは、幽世の町からそれほど離れていなかった。町から出て、三十分ほど進んだところに鬱蒼とした森がある。夏織が向かっていたのは、森の中にある大きな湖だった。

「ああ、綺麗だなあ。水明も、そう思うでしょ？」

その場所に到着した途端、夏織は自慢げに笑った。

今日は風がなく、湖はどこまでも凪《な》いでいる。磨かれた鏡のような水面には、赤みがかった幽世の秋の空が映し出され、空の色が微妙に変わるたびに、水面もまた新しい色を映し出す。湖の中央には小島があり、なにか建物が見える。何故か、その小島だけ周囲と比べるとやけに明るい。そこに向かって、湖岸から赤い橋がかかっている。

見渡す限り湖面が広がっていて、まるで海のようだ。昏いせいか、水平線がまるで空と繋がっているようにも見える。ひと続きの空と湖。浮かぶ無数の星々。それはまるで、星空に囲まれているようだった。

――ああ、なるほど。確かにこれは美しいかもしれない。

だが、美しさと安全は別の話だ。

一見すると問題ないように見えるが、橋を渡っている間に水中や空中から襲われたらひとたまりもない。これは慎重に行かないと。そう思って夏織に声をかけた。

「気をつけろよ」

「橋から落ちたりしないよ〜！　子どもじゃあるまいし！」

そういう意味じゃない、と心の中で思いながらも、素人にはわからないかとため息をつく。なんの警戒をすることもなく歩き出した夏織の後ろを、周囲に気を配りながら進む。

一見、古めかしく見える橋は、なかなかしっかりした造りをしていた。一歩踏み出すたびに、足音がまるで太鼓のような軽快な音に変わり、トントンと楽しげな音が辺りに響く。

すると、随分先を歩いていた黒猫に、息を切らした夏織が叫んだ。

「にゃあさん、もうちょっとゆっくり歩いてよ。追いつけない！」

「――嫌よ。重いのよ？　これ」

どうやら、黒猫は早く荷物を下ろしたくて仕方がないらしい。

俺たちを置いて、ひとりでさっさと橋を渡ってしまった。

「もう、にゃあさんったら。自分勝手なんだから」

いつものことと、夏織は早々に諦めたようだ。大きくため息をつくと、マイペースに橋を渡り始めた。するとその時だ。先行していたクロが、驚いたような声を上げた。

「わ、なにこれ……」

クロは、橋の上から湖の中を覗き込んでいる。

つられて、俺も湖の中に視線を向けた。

湖は随分と透明度が高いようだった。かなり深さがあると思われるのに、湖底までしっかりと見える。ゆらゆらと揺れる水草。群れをなしている魚は、まるで金魚のように尾が長く、鮮やかな赤色をしていた。

「……嘘だろ？」

魚たちの群れ。その向こうに、水中には絶対にあり得ないものがあった。

どこまでも透き通った美しい湖——その湖底に、巨大な平屋建ての屋敷があった。

常識的に考えれば、それはかなり奇妙な造りをしていた。

何故ならば、模型のように屋根がなく、室内が丸見えだったからだ。まるでアクアリウムのオーナメントのようにも見える。

けれども、その建物は明らかに飾りではなかった。巨大な屋敷には、無数の個室があるのが見える。畳敷きの、寝具が置かれただけのシンプルな部屋だ。そこには——白装束を着た人間が大勢いたのだ。多くの人間たちは、ぐったりと目を瞑り横たわって、微動だにしない。顔色も随分と悪いように見える。やせ細った者も多い。目を覚ましている者は、膝を抱えて体を縮こませていたり、ぼんやりとどこかを見つめている。

その部屋には、あまり見慣れないものがあった。それは格子だ。木製の、壁一面を占めるほどの大きな格子――。

そういうものがある部屋を、一般的にはこう呼ぶ。

――「座敷牢」と。

俺は全身に鳥肌が立つのを感じていた。まるで、目にしてはいけないものを見てしまったような――そんな恐怖に囚われ、足が竦む。

見間違いじゃないかと、目を擦る。

こんな場所に人間がいるはずがない。俺は夢でも見ているのだろうか……？

するとその時だ。眼前を、ひらりひらひらと幻光蝶が通り過ぎていった。

――ああ、夢なんかじゃない。

そのことをしみじみと実感して、同時に底知れない気持ち悪さを感じた。

ならば、あれはなんだ。あの人間たちは、何故ここにいる？

どうして、湖底などに閉じ込められている？

その瞬間、俺の中でなにかが繋がった。

――そうだ。そうだった。幽世は、あやかしたちが跋扈する世界だ。現し世と似ているようでまるで違う。おどろおどろしい異形たちが棲む世界。

この世界に棲むあやかしには――人間を好んで喰らう者も多い。

「夏織」

「ん？　なあに」

「これは――……これは、なんだ？」

背中に冷たいものが伝うのを感じながら、恐る恐る夏織に尋ねる。

「え？」

夏織は不思議そうに首を傾げた。それは、まるでなにもわかっていない顔だった。

「お前はこれを見てもなお、この風景が美しいというのか」

震えそうになりながら、湖の下に広がる光景を指差す。すると、夏織が笑った。

「綺麗じゃない？　湖に沈む屋敷なんて、他じゃ見られないし」

「……っ」

それを聞いた途端、俺は数歩後退った。

すると、素早く俺の足もとにクロが駆け寄ってきた。頭を低くしたクロは、喉の奥で唸り声を上げている。

――なんだこれは。なんだ、コイツは！

怖気《おぞけ》が立ち、思わず腰のポーチに手を添える。

夏織が得体の知れないなにかに思える。幽世で育った夏織は、時に驚くような行動に出ることがある。育った場所が違えば、常識が違うのは当たり前のことだ。価値観にズレが出ることなんて、同じ日本人ですらままある。世の中には、カルチャーショックなんて言葉があるくらいだ。

なにせここは、あやかしの世界だ。だからきっと、俺の知らないことなんて山ほどあるに違いない。だが、弱った人間をまるで家畜のように部屋に閉じ込めているこれは。

これだけは、受け入れられない……!!

「水明……？　クロ？」

……ああ、目の前にいるコイツは一体、なんなんだ。

さっきまではとても近い存在のようだったのに、今はまったくそう思えない。

俺の理解の範疇外にいる、これは。

同じ人間のはずなのに、よくわからないコイツは——……？

——『化け物』。

一瞬、そんな単語が浮かんで、息を呑んだ。そして、そんなことを考えた自分に驚きを隠せなかった。俺は一体、なにを考えているんだ。夏織相手に——なにを。

「え？　どうしたの!?　ふたりとも」

すると、俺たちの様子に困惑したのか、夏織がこちらに手を伸ばしてきた。

思わず一歩後ろに下がる。すると、夏織は酷く傷つけられたような顔になった。

「……あ」

夏織が悲しそうな顔をしているのを見て、胸が痛んだ。傷つけたのは俺なのに、どうしてか胸がジクジクと痛む。

その時、自分がどうしようもない間違いを起こしたことに気がついた。

相手のことがよくわからないからと拒絶するだなんて、それじゃまるで、俺を「恐怖」

と「嫌悪」の眼差しで見つめていた奴らとなにも変わらないじゃないか。

「おやおや」

するとその時、呆れの混じったような声が聞こえた。夏織の後ろから、誰かが橋をこちらに向かって歩いてきている。

俺は素早くポーチから護符を取り出すと、誰にもバレないように手のひらの中に握り込んだ。夏織は、ゆっくりと振り返ると……相手の名を呼んだ。

「八百比丘尼《やおびくに》」

「随分と面白いことになっているねェ。夏織」

その人は、湖の中央にある小島からやってきたようだった。

尼僧頭巾を被り、黒衣に紫色の絡子を首から下げている。右手には、凝った意匠の煙管《キセル》を握り、同時に長い数珠を手首に絡ませていた。尼と言えば、どちらかと言うと老齢のイメージがある。けれども、そこにいたのは美しい容姿を持った若々しい女性だった。

「アンタ、ここは初めてかい？　ここの『異様さ』は、初めて見た奴にしかわからないだろうねェ。慣れというのは恐ろしいものだが、同時に母のように優しい。だから、私はこう思っている。新しいものとなんて出会わない方がいい。ねェ？」

八百比丘尼と呼ばれた尼僧は、そう言うとクックツと喉の奥で笑った。その見かけは、花の盛りと言わんばかりに瑞々しいのに、やたらと口から出る言葉に重みがある。その身に纏う雰囲気は、見た目の年齢相応の溌剌《はつらつ》さはなりを潜め、どこか老獪《ろうかい》ささえ感じる。

八百比丘尼は煙管を口に咥えると、ふう、と白い煙を吹き出して言った。

「ま、アンタがどんな誤解をしようが勝手だがねェ、夏織に免じて説明してやろう。この場所はね、アンタが考えているようなところじゃない。ここは、傷つきすぎた魂が休む場所。生きてる人間なんてひとりもいない。別に……食おうだなんて、思っちゃいないよ」

八百比丘尼はそこまで言い終わると、くるりと小島の方へと体の向きを変えた。

そして顔だけこちらに向けると、美しい顔を歪めて、にんまりと笑った。

「寛げるほど綺麗な場所じゃないけどねェ。ゆっくりしていきなよ。少年」


橋を渡り終えた先には、また見慣れない光景が広がっていた。

巨木で組まれた鳥居の向こう——あまり大きくない島中に、木片で作られた卒塔婆《そとば》が無造作に突き刺さっている。それはまるで、誕生日ケーキに刺した蝋燭のようだ。

小島の中央には、無計画に増築を繰り返したような本堂があった。二重三重に重なるように建てられた本堂は酷く歪《いびつ》だ。正面にある扉は閉め切られていて、中にどんな仏像が安置されているのかは、ここからは窺い知れない。

いや——。この中に、祈りを捧げるための対象は本当に存在するのだろうか？

もしいたとしても、それそのものが本堂のように歪んでしまっているのではないかと想像してしまうほどには、その建物はただならぬ雰囲気を醸し出していた。

そして、その島でなにより特徴的だったのが、蝶の多さだ。

本堂の屋根にも、傍に生えている大柳の葉にも、地面にも、卒塔婆にも、あらゆる場所に幻光蝶が止まっている。夏織が蝶避けの薬を必要とした理由がわかる。万が一にでも、ここに生身の人間が迷い込めば集まってくる蝶で窒息死しかねない。

そんな、まるきり普通じゃない場所を管理しているのが……元人間の尼僧だ。

八百比丘尼は、元々は普通の村娘だった。

少女の頃、父親が土産として持ってきた人魚の肉を食べ、不老不死となってしまったが故に、人の理から外れてしまったのだという。見かけは若いが、齢《よわい》は八百歳をとうに超えている。そんな過去を持つ尼僧に誘われた俺たちは、ようやく島へと上陸した。

俺は、橋を渡り終えるなり、夏織に謝罪をした。

「夏織。すまなかった」

「ううん。説明をしなかった私も悪いよ。私にとっては当たり前の光景だったから、知らない人が見たらどう思うかなんて、考えもしなかった」

すると、安堵の表情を浮かべた夏織は、自分の胸に手を当てて言った。

「でも、びっくりした。水明が、突然知らない人を見るような目で見てくるんだもん」

「本当に、悪かったと思ってる」

「あ、責めてるわけじゃないんだよ。勘違いって誰にでもあるよ、気にしないで」

夏織は少し慌てたように手を振ると、「にゃあさんはどこに行ったんだろう」と、辺りを見回し始めた。謝罪の言葉をぐっと飲み込んで、夏織の後ろ姿を見つめる。

価値観が違うと感じた途端に拒絶反応を起こした自分が情けなくて、言い訳を並べたい衝動を必死に堪えた。

——自分がされて嫌だったことを、相手にもしてしまうなんて。

夏織は、気丈にも明るい態度で接してくれている。けれど、きっと傷ついたはずだ。

俺は唇を強く噛みしめると、二度と繰り返すまいと心に誓った。

「なあ、夏織。この場所のことをもっと教えてくれないか」

まずは相手を理解することだ。深く知れば、意味もなく恐怖を抱くことはなくなる。

すると、夏織は俺をキョトンと見つめていたかと思うと——会心の笑みを見せた。

「……っ」

……ああ、まただ。

心臓が鷲掴みにされたように苦しい。鼓動が自然と速くなっている。これは、一体どういうことなのだろう。夏織の笑顔には、なにか特別な効果でもあるのだろうか？

こっそりと首を傾げていると、当の夏織は、少し戯《おど》けたような口ぶりで話し始めた。

「じゃあ、幽世初心者な水明くんに、お姉さんが説明してあげよう。魂は廻ってる。死んだとしても、また新しい生が待っているんだよ」

そう言って、夏織はかつて八百比丘尼から教えて貰ったという話をしてくれた。

それは輪廻転生と呼ばれ、亡くなった後の魂が、何度も生まれ変わるという考え方だ。

輪廻転生という考えは多くの宗教で取り入れられているが、夏織が教わったのは仏教の教えのようだった。

「人間はね、死んだら六道《ろくどう》――天・人間・修羅・畜生・餓鬼・地獄の世界に生まれ変わるって謂われているんだって。確実に人間になるわけじゃないけど、なにかしらに生まれ変わるんだね。ここにいるのは、すぐにでも転生できるはずの魂なんだ。でも――この人たちには、それに耐えられるだけの力が残ってない」

「残っていない？　どういうことだ？」

するとと夏織の話を引き継いで、八百比丘尼が話し始めた。

「生きているうちに、心をすり減らしすぎたのさ。ほんと、今の現し世はどうなってんのかねェ。新しい生なんていらない。このまま消え去りたい――そんな魂が増えている。そういうのを無理矢理転生させると、歪に生まれてしまう。だから、ここで休ませているってわけさ。現し世で言う病院みたいなもんだ」

八百比丘尼はやれやれと肩を竦めると、煙管を咥えて笑った。

「ソイツらの尻を叩いて、回復させる。それが私の仕事。知ってるかい？　魂ってねェ、なににも縛られることはないんだ。するっとなんでも通り抜けられるんだよ。あの座敷牢は形だけさ。アイツらは、出ていこうと思ったらすぐにでも出ていける。そもそも、天井がないんだ。牢の意味がない」

ぐったりとして、微動だにしない人間たちを思い出す。すぐに出ていける場所から、出てこない人々。彼らを囚えているのは、きっと彼ら自身の心だ。

「その魂を救う手伝いに、私たちが来たのよ」

するとと俺たちの前に、どこからか黒猫が姿を現した。どうやら、本堂の屋根の上で居眠りをしていたらしい。ふわ、と大あくびした黒猫は、夏織の前で体勢を低くした。背に乗せたままの荷物を降ろせということのようだ。なんとも自由な黒猫に、夏織は苦笑を浮かべると荷物を解いていった。風呂敷の中から現れたのは、雑誌や漫画、コミック誌や小説……絵本などだ。

「……本を読ませるのか？」

それにしても、古いものから最新のものまで様々だ。古い本ともなると、紙が茶色く変色していたり、小説なんかは戦前のものまであったりして、古文と言っても差し支えないような文章のものすらある。かなりの読書家でもなければ、読むこと自体苦労しそうだ。

一冊の本を手に取って首を捻っていると、八百比丘尼はニヤリと笑った。

「古いもんは心を癒やすのよ。ゲームやら映画やら音楽やら色々ねェ。これらは、魂が必要としているもの。傷ついた魂は、放っておくと消えてしまうからねェ」

「へー！　やおび……やおびいいきには、弱っている魂を救ってるのか。すごいね！」

「クロ、ビキニじゃない」

冷静に、クロの言い間違えを指摘する。八百比丘尼はクックッと喉の奥で笑うと、どこか捻くれたような笑みを浮かべて言った。

「すごくなんかないさ。救えないことの方が多いくらいだからねェ」

「そうなのか。魂の救済が仕事なのに、救えない相手がいるのは心苦しいだろうな」

「全部を救おうだなんて、無理だしねェ。別になんとも思いやしないよ。――それに、私はそんなに優しくない」

八百比丘尼は意味ありげに目を細めると、どこか遠くを見て言った。

「私がどう手厚く面倒を見ようと、生きているうちになにかを見つけられなかった奴らは手の施しようがない。そういうのがここに来ちまった場合、消えるだけさ」

その言葉に、俺はなにも言えなくなって口を噤んだ。

つまりは、八百比丘尼はその人が救われるための「蜘蛛の糸」を垂らしているのだ。

その糸は、生前自分で用意したなにかでできている。結局は、自分を救うのは自分自身なのだと言いたいのだろう。だが、芥川龍之介《あくたがわりゅうのすけ》の同名の作品では、その糸を垂らすことをした人こそがお釈迦様であったと思う。

「この世は辛いことばかり。だから、人は膝を抱えて蹲るんだ。新しいものが目に入らないように、自分の殻に閉じこもる。それが一番優しいからねェ」

まるで救いのないことを口にした八百比丘尼は、ふうと白い煙を吐き出した。そして、この話はもう終わりだと言わんばかりに、夏織に指示を飛ばした。

「この本は本堂に持って行ってくれる？　あの、デカイ猫に持っていかせるといい。代金は検品してからだ。わかったかい？」

「はい。わかりました！」

夏織が元気よく返事をすると、八百比丘尼は目を眇めて、ジロジロと彼女を眺めた。

「それと――……夏織、その恰好」

「はい？」

「女の子が、素足を晒すんじゃないよ。まったく、将来子どもを産む時に後悔しても知らないよ。昔は、スカートなんて滅多に履かなかったじゃないか。色気づいちまってまあ」

「ちょ、待って。八百比丘尼、待って!!」

夏織は、真っ赤になってワンピースの裾を押さえている。

けれども、顔を顰めて煙管をひと吸いした八百比丘尼の勢いは止まらない。彼女は、鼻から白い煙を噴き出しながら言った。

「好いた男のために着飾るよりも、好いた男の子どもを無事に産むために、自分を守るんだねェ。冷えは女の大敵だ。股引《ももひき》、貸してやろうか。下半身は冷やすんじゃないよ」

「股引って、そ、それはちょっと勘弁してください!!　じゃあ私、本を運びますね！」

夏織はそれだけを言い残すと、「にゃあさん!?　どこー!?」と、いつの間にかいなくなっていた親友を捜しに、この場を離れた。

「あらま、逃げた。まったく、若いのは人の話を最後まで聞かないんだから」

八百比丘尼は、夏織の後ろ姿にブツブツと文句を言っている。

どうやら、かなりおせっかいな質《たち》らしい。しかも、相手を思い遣りはするものの、ズケズケとものを言うから若者に嫌われるタイプだ。

すると突然、八百比丘尼がこちらを振り返った。

なにか言われるのかと思わず身構える。八百比丘尼は俺をじっと見つめて言った。

「……そうだ。忘れるところだった。アンタに訊きたいことがあるんだった」

「なんだ？」

「アンタが、例の犬神憑き……祓い屋で間違いないかい？」

その瞬間、俺は八百比丘尼から距離を取った。すかさずクロも戦闘態勢に入る。俺は素早く護符を取り出すと、それを構えながら言った。

「確かに俺は祓い屋だった。だが、今は薬屋だ。尼のあやかしに恨みを買った覚えはないが……なんの用だ」

「ナナシのとこで世話になっているのかい。へえ、祓い屋よりかはよっぽどいいね」

八百比丘尼は、さも面白いものを見るような目をすると、気だるげに尼僧頭巾の境目をポリポリと指で掻いた。

「アンタの話は色々と聞いているよ。小さい頃から、随分と苦労したようじゃないか」

「ナナシとは親しいのか？　……俺の話は、ナナシから聞いたのか？」

「ただの仕事相手のひとりさ。でも、アンタのことは、ナナシから聞いたんじゃないよ。あの男が、自分のところの従業員の個人情報をペラペラと他人に話すと思うかい？」

「………………」

ナナシは薬屋という職業上、俺だけじゃなく様々なあやかしの個人的な情報を知り得る立場にある。だから、そういう部分に関しては口が堅いのは重々承知していた。夏織たちも同様だ。ならば、この食えない尼さんに自分のことを話したのは誰だ……？

八百比丘尼は、不思議な笑みを湛えて俺を見つめ続けている。

俺は、その視線をただ受け止めることしかできなかった。手のひらに汗が滲んで、護符がしっとりと濡れ、緊張が徐々に高まっていく。

するとその時だ。

八百比丘尼は俺から視線を外したかと思うと、ひらひらと手を振った。

「やっぱり止めとくわ。それとアンタ、か弱い尼僧に物騒なモンを向けるんじゃないよ」

そして、そのまま俺に背を向けて去っていった。

──なんだったんだ？

強ばっていた体から力を抜いて、護符を仕舞う。

クロも困惑しているようで、八百比丘尼の背中をじっと見つめている。

その時だ。クロがなにかを見つけたのか、小さく首を傾げた。

「あれ？　水明、あそこにいるの東雲じゃない？」

「なんだって？」

驚いて、クロの視線の先を追う。するとそこには貸本屋の店主の姿があった。夏織を迎えに来たのかもしれない。だが、東雲がいるのは夏織が向かった方向とは真逆だ。声をかけようと足を向ける。しかし、少し目を離した隙に東雲の姿を見失ってしまった。

これはいけないと、慌てて周囲を見渡す。するといつの間にやら、やけに派手な恰好をした男が近くに立っているのに気がついた。

「……フム。犬神じゃあないか。こんなところで会うなんて、奇遇だな。いや——これは奇遇なんて言葉ですませるべきではないな。『運命』とでも呼ぶべきか。劇的な言葉は、物語を彩るのに、実に効果的だ」

ソイツは片手を軽く上げると、ニヤニヤ笑いながら俺たちに声をかけてきた。丸いサングラスを指で持ち上げ、派手な羽織を翻して、遠慮なしに近づいてくる。

あまりにも怪しい男に、警戒して身を引く。すると突然、クロが唸り声を上げた。

「水明!!　下がってて!!」

クロは俺を守るように男との間に割り込むと、鋭い牙をむき出しにして唸っている。あまりにも異常な事態に、すっかり緩んでいた気持ちを引き締め直す。

「クロ？　その男は誰だ」

するとその男は、いやに楽しそうに三白眼を細めて言った。

「その態度はあんまりじゃないか。自分としては、涙ながらに礼を言われるだろうと想定していたのだがね。やはり、現実は物語ほど単純じゃないということか」

男は丸いサングラスの奥の瞳を細めると、なにが面白いのか、クックッと声にならない笑い声を上げている。

クロはちらりと俺に視線を向けると、硬い声で言った。

「前に話したよね？　オイラが、白井家から解放されるためにしたこと」

「ああ」

クロは、俺の生家——白井家の血筋に取り憑いた犬神だ。犬神憑きとして生家の連中に虐《しいた》げられてきた俺を解放してやりたいと、常々考えていた。

しかし、その手段がわからず、どうすることもできないでいたらしい。

そんなある日、クロの前にある人物が現れたのだそうだ。

——幼気な少年を呪縛から解放したいなら、直系の骨を喰らえばいい。

その男は、そう言ったのだそうだ。

そして、俺が十七歳になったある日のこと——クロは俺の母の墓を暴き、骨を喰らったのだ。結果、クロと白井家の呪いにも似た関係は断ち切られ、俺は自由になった。

「……まさか」

思わず息を呑む。クロはこくりと頷くと、その男を睨みつけて言った。

「その情報を教えてくれたのが、この男だよ」

「男だなんて、随分と他人行儀だな。あの時、名乗っただろうに。——玉樹、と」

すると、その男——玉樹は、ニヤニヤと厭らしい笑みを浮かべた。

「少年、自由になった気分はどうだね。感情を殺す必要がなくなった感想は？　古きものを捨て去るというのはいいもんだろう。黴が生えた柵は、足枷《あしかせ》にしかならないからな。新しく紡ぎ始めた物語は、以前とは比べものにならないほど面白いのではないか？」

玉樹はやや興奮気味に手を広げて、うっとりと三白眼を細めている。

その時、俺は心中複雑だった。俺がこうやってなににも縛られずに生きられるようになったのは、玉樹のおかげと言ってもいいのだろう。言うなれば、恩人だ。

だが――素直にそうは思いたくなかった。違和感があって、どうにも受け入れ難い。

玉樹の話を聞いているだけで、脳内でガンガンと警鐘が鳴っている。近づくべきではないと本能が告げている。この男――どこか信用ならない。

「礼は……言った方がいいんだろうな。ありがとう」

「ハハ。別に構わない。自分は――……少年に感謝してるくらいだからな」

玉樹は上機嫌で顎髭を撫でると、次の瞬間には表情を消して、俺に握手を求めてきた。

「おかげで、またひとつ古きものが消えた。それがなによりも嬉しい。これ以上の娯楽はない。最高の本を一冊読み終えた時のような気分だ！」

「……っ。そ、そうか」

――コイツ。

丸いサングラスの向こうに見える瞳に、理解し難い「なにか」が垣間見えて、恐怖を覚える。きっとその恐怖は、この男自身を知らないがための感情なのだろう。つい先ほど、そういう感情に振り回されないと決意したばかりだ。だが、どうにも「この男を知るのが怖い」と思ってしまう。

握手に応えるべきか迷っていると、クロが激しく唸った。

「アンタ、あやかしだったんだな。会ったのは、もう十年以上も前なのに、姿がちっとも変わってない。お前……白井家を潰すためにオイラにあんなことを教えたんだな!? オイラが解放されたら、祓い屋の一族がひとつ消えるから……!!」

心底悔しそうに顔を歪めたクロは、玉樹を睨みつけている。

玉樹は興味深そうにクロを眺めると、握手しようとした手を下ろして、ひょいと肩を竦めた。そして僅かに瞼《まぶた》を伏せると、元々低音の声を更に低くして言った。

「それは邪推と言うんだ。確かに俺は、もう人間と言えるかどうか怪しいがね……祓い屋云々には興味がない。言っただろう? 古いものを壊すのが快感だと。それ以上でもそれ以下でもない。深読みしすぎるのはよろしくない。物語を楽しめなくなるってものだ」

そして、ふむと眉を顰めると、今度は俺に向かって言った。

「犬神憑きの少年。ひとつ聞かせてくれないか。せっかく古きものから解き放たれたというのに、どうしてまだ犬神と共にいる? まさか付き纏われているんじゃないだろうな。それなら、そこの犬を消す方法を教えてやろうか?」

「――は?」

「自分は特別親切な質でね。なあに、人間が作り出したあやかしなんて、消す方法はいくらでもある。なんでも教えてやろう。過去と完全に決別しろ。そうすれば、もっと素晴らしい物語を描くことができる」

そして玉樹は、善意に満ちた笑みを浮かべると、自分の胸に手を当てて言った。

「そんな犬。とっとと捨ててしまえ。ああ、それがいい。そうし……」

「……っ、嫌だ!!」

俺は、その言葉を遮ると、クロを背後に庇《かば》って玉樹を睨みつけた。

「クロと共にいるのは、俺自身が望んだことだ。コイツは――俺の友人だから」

玉樹は片眉をピクリと持ち上げると、俺を繁々と眺めた。

「ほお――それだけか？」

「ま、まだなにかあるのか。いい加減にしてくれ」

「いいや？　……プッ。ハハハ！　なるほどね!!　そういうことか!!」

大笑いしていた玉樹は、白濁した右目をギョロリとこちらに向けると――途端に、興ざめしたような表情になった。

「さっきの言葉は撤回しよう。その目の下の隈《くま》といい、友人を『捨てろ』とまで言われたのに、碌《ろく》に怒りもしないこととといい――少年、君は本当に呪縛から解放されたのか？　なにも変わっちゃいないように見えるがね」

「……え？」

「今、少年がすべきことは、心の底から怒ることだった。相棒を消すだのと、わかりやすく煽ってやったのに。解釈……いやいや、選択肢を間違えたな？」

そして、玉樹は丸いサングラスを指で持ち上げると、酷く歪んだ笑みを浮かべた。

「感情も上手く表せない、祓い屋でもなくなった少年に、なんの価値がある？　お前の物語は、正しく前に進めているのか？」

「…………！」

咄嗟に、自分の胸に手を当てる。

……そうだ。今、俺は怒るべきだった。大切な友を消すだなんて、絶対に受け入れられない話だ。なのに。なのに、どうして――……胸の奥が空っぽなのだろう。

どうして、そこから「怒り」の感情が湧いてこない？

普通の人間なら、当たり前に持っている感情を持てない、この俺は。

……果たして、人間と呼べるのだろうか？

「やめな!!　玉樹」

するとその時、誰かが割り込んできた。

声の主を確認した玉樹は、やれやれと言った風に肩を竦めた。

そこにいたのは八百比丘尼だ。美しい顔に怒りを迸《ほとばし》らせた尼僧は、玉樹を睨みつけている。すると玉樹は大きく息を吐いて、くるりと踵《きびす》を返した。

「余計なお世話だったようだ。退散しようかね。……ああ、少年。犬神を本気で『いらない』と思ったら、すぐにでも自分のところに来るといい。この『物語屋』が、知りたいことを教えてやろう。なにせ、自分はとても親切なのが売りでね」

玉樹は不穏な言葉を口にすると、どこかへ行ってしまった。

困惑したまま、その後ろ姿を見送る。なにも浮かんでこない己の心に、微動だにできずにいると、八百比丘尼が声をかけてきた。

「……薬屋の水明と言ったねェ。やだよ、真っ青じゃないか」

八百比丘尼は、イライラと顔と頭巾の境目を手で掻くと——どこか忌々しげに言った。

「困ったもんだね。アンタみたいな奴が青っちろい顔をしていると、人形みたいで気味が悪い。仕方ない、アンタに仕事を依頼してやる。面倒を見て貰いたい魂があるんだ」

俺はなにも考えられず、ゆっくりと八百比丘尼を見た。

「きっと、今のアンタにぴったりの仕事だよ。受けてくれるね？」

美しい顔をした尼僧はどこか不満げに——俺をじとりと睨みつけていた。

＊　＊　＊

ぽたん、ぽたんと、どこかで水滴が滴る音がする。軋む音を立てている廊下を裸足《はだし》で歩きながら、ふと窓の外に目を向けた。

すると窓を掠めるように、外を大きな魚が泳いでいった。名も知らぬその赤い魚は、ギョロリとまん丸の瞳で俺を睨みつけ、尾を揺らして通り過ぎていく。俺は顔を正面に戻すと、提灯《ちょうちん》の中で羽ばたいている蝶に視線を落とした。

ここは湖の下に沈んでいる屋敷だ。

不思議なことに、この屋敷の中には空気が満ちていて溺れることはない。

廊下に沿ってずらりと並んだ座敷牢の奥から、複数の人間の唸り声や叫び声、すすり泣く声が聞こえてくる。そこかしこから粘ついた視線が絡みついてくるのを感じながら、無言で目的の場所に向かって進む。

ボコン、と歪な音をさせて、時々水泡が湖面に向かって立ち昇っていく。それを聞くたび、もしも空気がなくなったら……なんて妄想が脳裏を駆け巡り、居心地悪く感じる。

「おはようございます」

ほどなくして、朱塗りの格子戸の前に到着した。

そこには、ひとりの尼僧が立っていた。その尼僧は、何故か神事で使われる面布《かおぎぬ》をつけて、顔が見えないようにしていた。座敷牢の住人たちを世話している尼僧は、みんなそうやって顔を隠している。そのことに意味があるのだろうか。

すると格子戸を開けた尼僧は、俺にいつもと変わらぬ台詞を投げかけてきた。

「この先、明かりはご遠慮ください。それと、牢の住人とは必要以上に親しくなりませんよう。名を訊いたり教えたりはもってのほか」

「わかっている」

「ゆめゆめ、忘れませんよう……」

提灯を尼僧に渡して、中に一歩足を踏み入れる。

この先にあるのは、島をくり抜いて造った岩牢だ。一切の光が差し込まない濃密な闇に沈んだそこは、天井に発光する苔《こけ》がびっしりと生えているから、目が慣れてくるとそれほど暗くは感じない。石造りの冷たい通路の両側には、ずらりと格子が並んでいる。この場所には依頼の魂以外は住人がいないこともあって、辺りは静寂に包まれていた。

歩くこと数分。ようやく目的の牢に到着した。

天井の苔の光は、牢の奥までは届かないようだ。格子の向こうは、墨で塗りつぶされてしまったようで、まったく中の様子は窺い知れない。

「――いらっしゃい。今日も来てくれたのね」

俺が近づくと、牢の奥から女性の声が聞こえた。

女性は、白い手を牢の中から外に伸ばすと、早くと言わんばかりに手招きをした。

ほっそりとしたその腕は、血が通っているようには思えないほど白く、幾筋もの血管が浮き上がっている。けれども、小さな手のひらから伸びる長細い指は、如何にも女性らしく、たおやかだ。

俺は、その手に持参した薬と本を握らせた。そして本のタイトルを告げる。すると、その手はするりと牢の向こうに消えていった。

「まあ。懐かしいわ」

クスクスと女性の笑い声が聞こえる。その人は、しばらくページを捲っていたかと思うと、優しい声で内容を諳んじ始めた。どうも内容をすっかり暗記してしまっているらしい。

女性の声が岩牢の中に響いていく。俺はそれに耳を傾けながら、ゆっくりと目を瞑った。

女性と過ごす時間は酷く穏やかだ。それがもう三日も続いている。

八百比丘尼から依頼を受けたのは、ある魂の救済の手伝いだった。

その人を救うために、八百比丘尼が用意したのは数冊の絵本だ。それは子どもというよりは幼児向けの絵本で、赤ん坊に母親が読み聞かせるようなものが大半だった。それを一冊ずつ、十日かけて届けて欲しいと依頼されたのだ。

同時に、薬屋で調合した薬も一緒に持っていくようにと言われていた。

提示された報酬は、仕事内容に比べると破格であったと思う。もちろん、こういう仕事を依頼されたことはナナシにも報告してある。十日ともなると、決して短い期間ではないからだ。初めは渋い顔をされるかと思ったが、ナナシは快く賛成してくれた。

『じゃあ、その間は薬屋のお仕事はお休みでいいわ。せっかく依頼を受けたんだもの、きちんとやり遂げてくるのよ』

――本と薬を届けるだけ。なんて楽な仕事だろうと思う。

ここ最近の寝不足もあって疲れていた俺は、これ幸いとのんびり過ごすことに決めた。

「私ね、子どもがいたのよ。妊娠中ずっとずっと、きちんと親になれるかしらって不安だったの。でもね、産まれたての、まるでお猿さんみたいなわが子を見た瞬間、笑っちゃった。ああ、この子は私の子どもだわって、本能で理解したのね」

「……そうか」

その人は、本を受け取るたびに子どものことを話してくれた。その語り口は、どこまでも優しく、温かいなにかで溢れている。

「もちろん、育児で疲れ切った時もあったわ。夜は、授乳のために二時間おきに起こされるのよ。ゆっくり寝たいって何度思ったことか。でも、ふわふわのわが子を抱きしめて、乳臭い匂いを胸いっぱいに吸うの。そしたら、なんだかやる気が出たのよね」

「赤ん坊が近くにいたことがないから、よくわからない」

「あら！　それは人生損しているわ。どこかで小さな子を見かけたら、匂いを嗅がせて貰いなさい」

「……そんなの、ただの不審者じゃないか」

するると、「確かにそうね」と女性はころころと笑った。

「この本は、縁側で虫の声を聞きながら読んだわ。真っ赤な丸に、白い丸。風船の丸に、出食いの林檎。ちっちゃな手が、興味深そうに絵に触れるのよ。大人の私から見ると、ただの色のついた丸なのにね。……あの時、あの子の目に、この絵はどういう風に映っていたのかしら」

女性と過ごす時間は、ゆっくり流れているように感じた。時々、ボコンと歪な音をさせて水泡が湖面に浮かび上がる音が遠くから聞こえるだけで、奥まった昏い岩牢に響いていたのは、女性の声だけだったからだ。

――俺の母親も、こんな風にわが子を想っていたのだろうか？

女性と話していると、時折、そんなことを思う。同時に、どうにもやるせない気持ちになった。もう、いなくなってしまった人だ。二度と会えない人だ。けれどあの温かさを思い出すと、切なくて苦しくて泣きたくて——会いたくなって。

誰かを、強く抱きしめたくなる。

これは——この感情は、なんという名を持つのだろう。この擽ったくて、苦くて、けれどもずっと感じていたいような、この感情。

こんなものが、俺の中にあっただなんて、意外だった。

すると、女性は少し弾んだ声でこう言った。

「ねえ——見えないけれど、なんとなくあなたが笑っているような気がするわ」

「どうしてそう思う？」

「あなたの纏う空気が、ちょっぴり柔らかくなったと思ったのよ」

「そうか」

この仕事を受けてよかった。なにも見えない暗闇の中というのは、自分と向き合うのに最適だった。あの時、怒りを覚えることができなかった自分にも、きちんと感情があるのか確認するにはもってこいだったからだ。

それに——。

こんなに深い、昏い場所にいたら、俺を操ろうとする「糸」も、きっと届かないだろうから。ここにいる間は、自由な自分でいられる気がした。

俺は、暗闇の中で名も知らぬ女性と話をしながら、これからも人間であろうと——必死で、自分の感情に向き合っていた。

女性と別れた俺は、湖の底から本堂に繋がる梯子を昇った。重い金属の扉を押し開け、外に出る。新鮮な空気を胸いっぱいに吸い込んで、おもむろに空を見上げた。

幽世の空は、いつまでたっても相変わらず昏いままだ。そこを、光を放つ蝶の群れがゆっくりと飛んでいる。楽しげに空を舞う蝶たちは、気の向くまま風の吹くまま、自由を満喫していた。

「水明！」

「……夏織」

するとそこに、夏織が駆け寄ってきた。夏織は俺の隣に並ぶと、「一緒に帰ろう」と声をかけてきた。

「注文の本を届けに来たんだけどさ。もうすぐ水明も来るよって、八百比丘尼が教えてくれたんだ」

「そうか」

「お仕事は順調？」

「届け物をするだけだからな」

「そっか」

夏織は、それはよかったと笑みを浮かべている。ふたりで他愛のない話をしながら、湖岸と島を繋いでいる橋を渡る。夏織と過ごす時間は、あの女性と過ごす時間と同じくらいに穏やかなものだ。

「なあ。夏織は——自分の母親のことを覚えているのか」

なんとなく、尋ねてみる。すると夏織は一瞬驚いたような顔をして、それから少し寂しそうに眉を下げた。

「ううん、覚えてない。物心つく前に幽世に迷い込んじゃったからね」

「そうか」

「どうして、急にそんなこと訊くの？」

足を止めた夏織は、不思議そうにこちらを見ている。話していいものかと、一瞬だけ躊《ちゅう》躇《ちょ》するが、初めに話題を振ったのは自分だ。心を決めて口を開いた。

「今、薬と本を運んでいる相手がな、よく子どもの話をするんだ。なんと言うか……すごく嬉しそうに」

「へえ」

「その話を聞いていると、どうも死んだ母のことを思い出す。すると……この辺りが」

トン、と人差し指で自分の胸を叩く。そして、続けた。

「苦しくなったり、温かくなったり……変な感じになる。なんらかの感情なんだろうが、これの正体がわからなくて、困っている」

するとと夏織は何度か目を瞬くと——途端に、プッと勢いよく噴き出した。そして、お腹を抱えてケラケラと笑い出したではないか。なんとなくムッとしていると、目の端に浮かんだ涙を拭った夏織は、腰に手を当てて――少し気取った様子で言った。

「それは『愛』だね。『愛』!!」

「――『愛』？」

「そう。誰かを好きになったり、大切に思ったりする気持ちの『素《もと》』だよ。とっても、大切な気持ち」

そして、夏織はにっこりと笑うと「水明は、お母さんを愛していたんだね」と言った。

「……そうなのか？」

そっと、自分の胸に手を当てる。今も母のことを想うと、ジワジワと熱を持ったなにかが広がっていく感覚がある。

俺は母を愛していたのか？　そして、母も――俺を、愛してくれていたのだろうか。

「……いまいち、よくわからないな」

思わず首を捻ると、夏織は「気にすることはないよ」と教えてくれた。

「愛されているかどうかなんて、相手が傍にいたって、わからないことの方が多いよ。愛ってさ、与えられることが当たり前になると、ついつい忘れちゃうものなの。誰もが欲しがるのに、すっかり忘れる。それで喧嘩したり、すれ違ったりするわけ。変だよねえ」

――なるほど。「愛」とはなかなか複雑なものらしい。

夏織は、俺に背を向けると湖を眺めながら言った。

「だから、相手を『好き』だとか『大切にしたい』って思ったら、きちんと気持ちを伝えなきゃって思う。お互いに気持ちを常に伝え合っていれば忘れたりしないと思うし。言葉にするのって、大事だよね。感情は目に見えないからね」

そして、夏織は大きく伸びをすると言った。

「あー！　私も最近、東雲さんに言ってないかも。お養父《とう》さん、ありがとうー！　美味しいご飯をお腹いっぱい食べたいから、もっと稼いでくれー!!　って」

夏織は少し戯けて笑うと、ひとりケラケラ笑い始めた。

楽しそうな夏織を眺めながら、小さく肩を竦める。

「それは違うんじゃないか？」

「かなあ？」

そう言うと、夏織は上機嫌で橋の上を歩いていった。

──胸が苦しくなったり、温かくなるのはそういう感情を伴う反応なのか。

人間とは──いや、心とは、なかなか複雑にできているのだなと感心していると、ふとあることを思い出した。

「夏織、訊いてもいいか？」

「……わ、どうしたの。水明」

夏織を呼び止めて、その手を掴む。

俺よりも体温が高いらしい夏織の手は、手の中にすっぽりと収まるほどに小さく、同じ人間のものとは思えないほどに柔らかい。じっと夏織を見つめる。三つ歳上の夏織は、俺よりほんの少し背が高い。それがちょっと不満だった。

俺は驚きの表情を浮かべている夏織に、おもむろに尋ねた。

「お前といると、胸の辺りが変だ。……これも『愛』って奴なのか？」

「はあっ!?」

「先ほどのお前の話だと、どうもそういうことになるようだが」

すると夏織は途端に慌て出した。顔を真っ赤に染めて、辺りをキョロキョロ見回し、握った手に汗を滲ませている。俺はそんな夏織を見ながら、やはり胸の辺りが異常な反応を起こしているのを実感していた。

——つまり、俺は……。

俺が、脳内で結論を出そうとしたその時だ。夏織は勢いよく俺の手を払いのけると、いやに興奮した様子で言った。

「せっ……説明が足りなかったね!?　ええと、そういうのにも色々ありまして。多分水明のそれは……年上のお姉さんに対する、少年の淡い憧れ的なやつだと思うんだよね!!」

「お……ねえさん？　お前が？」

「そう!!　お姉さん!!　もしくは、心肺の異常!!　病院案件!!」

夏織は勢いよくそう言うと、ジリジリと俺から距離を取った。そして、酷く動揺した様子で片手を上げて言った。

「じゃ……じゃっ!! そういうことで!! 夏織お姉さんの相談室、終了! さよなら!!」

夏織は踵を返すと、とんでもない勢いで走り去っていった。

その後ろ姿を見送った俺は、小さく首を傾げた。

——なるほど。この胸のもどかしい感じは、また違うものらしい。

「難しい……」

俺は幽世の空を見上げると、深くため息をついた。


——翌朝。今日はあいにくの雨だった。冷たく、糸のような雨が四方を部屋で囲まれた庭を濡らしている。絶え間なく、雨音が庭に、そして部屋の中に満ちて、空中の汚れをすべて洗い流してくれるようだ。

「また、今日もひとりで出かけるの?」

そんな中、自室で出かける用意をしている俺に、クロは「くうん」と物悲しげに鳴いた。

俺はクロの傍にしゃがみ込むと、その体を抱き上げた。

「心配するな。仕事は順調だし、最近は俺も稀人《まれびと》として認められてきて、ひとりで出かけても、危険な目に遭うことは少なくなった」

「でも、なにがあるかわからないじゃないか。できれば、途中まで送らせてくれよ」

「駄目だ。この仕事は、ひとりでと言われている」

俺がそう言うと、クロは不満げにしっぽをゆっくりと振った。

……ああ、自分を心配してくれている。俺はそのことをしみじみと実感すると、クロの暖かな毛に顔を埋めた。

「……なんて言ったらいいかわからないけど、この仕事はひとりでやるべきだと思う。きちんとやり遂げられたら、ちゃんとできるようになる気がするから」

「——なにを？」

「怒ることを、だ。クロ」

クロは俺の言葉を理解できないのか、キョトンと首を傾げた。

俺は小さく笑うと、クロの鼻と自分のそれをくっつけた。

「大事な人を馬鹿にされたり、傷つくようなことを言われたら、きちんと怒れるように」

「もしかして、この間のことを気にしてるの？　オイラ、全然気にしてないよ」

「そういうことじゃないんだ。これは俺の問題だから。だから——待っていて欲しい」

クロはつぶらな瞳を潤ませると——ぺろりと俺の鼻の頭を舐めた。それが擽ったくて、小さく笑みを浮かべる。するとクロは調子に乗ったのか、小さな前足を俺の首もとに乗せて、更に俺の鼻や口を舐めた。

——ぺろり、ぺろ、ぺろり。

「こら、クロ。擽ったい。やめろ……」

「いいだろ、これくらい。これがオイラたちの愛情表現なんだから!!」

——ああ、こういう方法もあるのか。

俺は小さく笑うと——もう一度、クロを強く抱きしめた。

「今日も仲がいいわね」

振り返ってみると、部屋の入り口にナナシが立っていた。ナナシは俺と目が合うと、手に持った薬の袋を掲げた。

「これ、今日のぶん」

「ありがとう」

それを受け取ると、ナナシはまじまじと俺を眺めた。

「水明。——最近は、よく眠れている？」

「相変わらずだ。こればかりは仕方ない」

すると、ナナシはおもむろに俺の髪に触れた。

「——寝癖。もし……もし、水明が薬を飲んでもいいと思ったなら、すぐにでも相談して頂戴。本当は、飲まないで眠れる方がいいに決まってるんだけど」

「……わかった」

どうも心配させてしまったらしい。俺は小さく頷くと「すまない」と謝った。

すると、ナナシは眉を下げて笑った。

「早く、この世界を信じられるといいわね」

驚いて、ナナシの顔を凝視する。

「わかっていたのか」

「そりゃあね」

ナナシは「それも仕方ないことよ」と少し淋しげに笑っている。

「アンタは、あやかしと敵対していた祓い屋なのだもの。人間とアタシたちはなにもかもが違う。すぐに信用できなくたって仕方ないと思うわ」

「……それは」

「ここで育った夏織とは違うんだからね。ゆっくり、時間をかけて歩み寄っていければいいと思ってる。大丈夫、アタシもアンタに信じて貰えるように努力するわ」

ナナシは柔らかく微笑むと、「今日も頑張んなさい」と部屋を出ていった。

思わず、後を追いかけて部屋を出る。

声をかけようとも思ったが、なにを話すべきかわからなくて口を閉ざした。

——信用。そして、信頼。

……多分、クロに対しては、そういう感情を抱いているように思う。

でも、その他の相手にそういう感情を抱くには、どうすればいい。

心を預けられる相手だと、どうやって判断するんだ？

感情というものは、あまりにも複雑すぎる。

ああ、誰か——俺に答えを教えてくれ。

俺は強く手を握ると、ナナシの後ろ姿を見つめた。

その時、ふと甘い香りが鼻を擽った。それは銀木犀の香り。銀木犀が庭中に放っている香りは、押し付けがましくない程に甘く、どこまでも優しかった。

「ああっ、あああああぁぁあぁああああああ!!」

女性の下を訪れるようになって、五日目。

初めは穏やかだった女性は、時折、発作的に感情を乱れさせるようになっていた。

「ああっ!! 私の可愛い子……!!」

女性の叫び声が、座敷牢に響いている。

それを聞くたび、あんなに落ち着いて見えても、女性の魂は転生に耐えられないほどに傷ついていたのだと実感する。どうやら女性は、自分の子どもに対して悔恨の情に駆られているようだった。おそらく、なにか不幸なことがあったのだろう。

感情に疎《うと》い自分でも、自分の子になにかあれば、悲しみに暮れるだろうことは想像に難くない。しかし、女性はただ悲しんでいるだけではなかった。

「どうしてっ……!! 私……私さえ、あの子の傍にいてやれたなら……!!」

女性はそう言って、岩牢のあちこちに自分の体を打ち付ける。ドォン、と激しい音がして、パラパラと石片が落ちてきた。

「あの子を守れなかった私に存在価値はあるの。愛する子を幸せにできなかった私に!!」

女性が抱いていた感情――それは「怒り」だ。

彼女は、苛烈すぎるほどの怒りを自分自身に向けていた。

一度、怒りの感情が暴走し始めると、自分では押さえきれなくなるらしい。

そうなると、女性はいつだって自分を傷つけ始めた。その様子はあまりにも痛々しく、初めて見た時は思わず助けを呼んだほどだ。

けれども生者ではない女性にとって、自身を傷つける行為に意味はないらしい。

体は傷つかず、痛みも感じない。それは、自身に罰を科すように自傷行為をしている女性にとって、非常に虚しいものなのだろう。次第に、子どもへの謝罪の言葉に変わるのが常だった。

そんな女性を、俺はただ見守ることしかできなかった。

彼女の事情や悲しみ――そして、怒りを理解していない俺がなにを言っても通じるとは思えない。逆に女性を傷つけかねないと思ったからだ。

「……どうして……っ!!」

「……」

今日も、徐々に女性の声が嗚咽《おえつ》に変わっていく。

俺は、今日貸し出す予定だった本を強く握りしめた。女性はとても辛そうで、その苦しみを一刻も早く和らげてやりたかった。今は怒りに染まっている彼女も、この本を手に取ってくれさえすれば――きっと、またあの穏やかな声を聞かせてくれるはずだ。

――なにせ、この本は彼女を救うための「蜘蛛の糸」。

あの人を救うための、唯一の希望なのだから。

「おやまあ。今日も派手にやったね」

するとそこに、八百比丘尼がやってきた。その瞬間、座敷牢の中に煙草の臭いが漂い始める。俺は顔を顰めると、八百比丘尼に詰め寄って問いただした。

「……ひとつ訊かせろ。前に言っていた、俺に『ぴったり』というのはどういう意味だ。あの人のように、コントロールできないほどの激情に振り回されて正気を失うのが『怒り』なのであれば、それを教えてやろうとここに寄越したというのか」

すると、八百比丘尼は俺の顔に煙草の煙を吹きかけてきた。堪らずむせると、八百比丘尼は不機嫌そうに顔を顰めて、「自分で考えるんだね」と俺を突き放した。

「なにもかも教えるほど、私は優しくないんだよ」

「ゲホッ……だ、だが……」

「だが、もなにもない。私は仕事をしているだけさ。それに心や感情ってもんは、その人だけのものだ。真似たって、感情を手に入れたことにはならないさ」

八百比丘尼は、すうと瞳を細めると、俺を冷たく見下ろして言った。

「ねェ、少年。感情ってもんは、劇薬みたいなもんでね。心を癒やしたかと思うと、途端にどん底に突き落とすこともある。ちっともコントロールできやしない。それがあるおかげで、人間は幸福を感じるんだろうが、時に感情が人を殺すことすらある」

「――……なにが言いたい」

「アンタが欲しがっている『感情』さえなければ、この座敷牢は空っぽだったって話さ」

その時、突然、女性が格子に体を打ち付けた。

「あああぁぁぁあぁぁあああぁ!!」

「うるさいね。叫んだって哀しんだって、泣いたって……なにも変わらない。今更、足掻いたって、無駄だって気づくんだね」

八百比丘尼は、怒りと悲しみでのたうち回っている女性に冷たい視線を注いでいる。

俺は、どうにもやるせなくなって言った。

「無駄じゃない。馬鹿なことを言うな。この本を読めば、あの人は救われるのだろう?

その証拠に、本を届けると、いつも落ち着くじゃないか」

するると八百比丘尼は片眉を上げて、呆れたように笑った。

「本じゃあ、この魂は救えないよ」

「え?」

「本だの、映像だの、思い出だの。それだけで救える奴なんてほんの一握りさ。ああ、哀しいねェ。哀しいよ。この世は、どうしてこうも哀しいことばかりなのか」

そして歌うようにそう言うと、踵を返して俺に背を向けた。

「救いなんて、滅多に転がってるもんじゃないよ。たとえ救われたいと心底願ったって、神様はいつだって背中を向けたまま」

その後ろ姿はどこか寂しそうで。黒い衣で包まれた彼女の背中が小さく見えた。

「――……なんでだ」

俺は、今日女性に渡すはずだった本をじっと見つめて、八百比丘尼に向かって叫んだ。

「この本が彼女を救えないのなら、どうして俺に持って来させたんだ!!」

すると八百比丘尼はぽつりと言った。

「救えるものなら救いたい。そう思ったからねェ。……ともあれ、金は払ったんだ。残りの日数も頑張るんだね」

そして、ひらひらと手を振ると、去っていってしまった。

「救えないとわかっているのに、救いたい？ ……どういうことだ」

なにがなんやらわからない。頭の中がグチャグチャして、大声を出して滅茶苦茶に暴れたい気分だ。

「――どうしたの？」

すると突然、女性が声をかけてきた。知らぬ間に発作が収まっていたらしい。まるで先ほどまでの激情を忘れてしまったかのような女性は、格子の奥から白い手をすらりと伸ばすと、手招きをした。

女性に近づき、いつものようにその手に薬と本を乗せる。

すると、そうじゃないと笑われてしまった。

「おばさんに触るのは、嫌？」

どうやら、手に触れろということらしい。

俺は、一瞬躊躇したものの、恐る恐るその手に指先で触れた。

――その手は生者とは違い、冷え切っていた。

まるで石壁を触った時のような冷たさ。けれども、青白くたおやかなその手は、吸い付くように滑らかで触り心地がいい。

俺が触れると、女性は自ら手を伸ばして、するりと俺の手を撫でた。

「温かい手ね。まるで、あなたの優しさを表しているみたい」

「――ッ!!」

俺は勢いよく手を引くと、激しく首を振った。

「俺は優しくなんかない。大切な存在を誰かに蔑《ないがし》ろにされたとしても、碌に怒れもしないんだ。正しく感情を表に出せない人形が、優しいはずがないだろう?」

「人形?」

「そうだ。俺は――感情を殺せ、人形であれと、父親に……周囲に育てられた」

……ああ、胸が苦しい。

今感じている苦しさは、「愛」由来のものではないことはわかる。息苦しく、目を回してしまいそうな、膝を抱え蹲って耐えたくなるほどの苦しさ。夏織の言う通りに、苦しさにも色々とあるらしい。思わず顔を顰めて俯いていると、女性が言った。

「ねえ、もう少しこっちにいらっしゃい」

「……?」

「格子に寄りかかるみたいに。そう、ありがとう」

言われた通りに格子の近くに座る。すると、女性は暗い闇の向こうから両手を伸ばして
――俺を抱きしめた。あまりのことに驚いて固まっていると、女性はゆっくりと言った。

「いい子ね。いい子……本当にいい子ね。人形だなんて、辛かったでしょう」

そう言って俺の耳元に口を寄せると、穏やかな口調で言った。

「感情が上手く表せなくて困っているのね。でも、焦ることはないわ。知っている？　人間はね、一番最初に泣くことを覚えるのよ」

「……？」

「驚いて泣いて、お腹が空いて泣くの。赤ん坊だもの。仕方ないわよね」

女性はクスクス笑うと、話を続けた。

「そして、次は笑うことを覚えるの。最初はね、心が伴わないのよ。『新生児微笑』とか『生理的微笑』なんて言われるもので、神経の反射で笑ったように見えるの。でも、次第に笑い方を覚える。楽しいことを知って、愛する人の顔を覚えて笑う。自分の中から溢れてくる気持ちを伝えようと、大好きよって笑うの……」

「そうなのか」

どうやら女性は、子どもの発達のことを語っているらしい。人は初めから豊かな感情を持っているものだと思っていた俺は、その話に興味深く耳を傾けた。

「それで、一番最後に覚えるのが怒りの感情。その頃になると、もう赤ちゃんじゃないわね、幼児って言ったらいいかしら。幼児はねぇ、本当に自由に怒りを撒き散らすのよ。イ

ヤイヤ期なんて言われて、親はとっても苦労するんだから」

女性は格子越しに俺を抱きしめる手を強めると、どこか噛みしめるように言った。

「怒れないのは当たり前。人は順番に成長していくものなの。大丈夫、あなたは笑えているし、泣くこともできる。怒れなかったんじゃない。まだ覚えていないだけ。感情を育てるにはね、本が一番よ。だから、たくさん本を読みましょう。だって――

――あなたの人生は、始まったばかりなのだから。

女性はそう言うと、俺の手首になにかをつけた。

「これ、お守りよ。黒い玉と赤い玉が綺麗でしょう。私の大好きな色。よかったら受け取って。どうか、あなたの人生に幸運がありますように」

「……」

……ああ、まただ。

また胸が苦しい。この苦しさはなんだ。鼻の奥がツンとして、何故か唇が震える。

「…………どうして、そう思うんだ」

「なあに？」

「どうして、俺の人生が始まったばかりだと思う？」

「だってあなた、生まれたばかりの子どもみたいだわ。泣いたり、笑ったりはできる。でも、怒ることはまだできない」

「俺は、お前の前で泣いたことはないはずだ」

「そうね。この間は、なんとなく雰囲気で笑っていると思ったけれど、今日は違うのよ」

女性は俺の髪をゆっくりと撫でると、小さな声で言った。

「だって、あなたの温かい涙が私の腕を濡らしているもの」

「〜〜ッ!!」

俺は、嗚咽が漏れないように奥歯を噛みしめると——女性の腕に、そっと自分の手を添えた。女性の腕も手と同様にとてもひんやりとしていた。けれども、その冷たさはどうにも心地がよくて、俺はしばらくの間、その場を動けずにいた。

＊　＊　＊

女性との穏やかな日々は、あっという間に過ぎていった。

約束の十日目が近づくにつれ、自然と座敷牢への滞在時間が延びていく。

彼女とたくさん話をして、それから様々な本を読んだ。八百比丘尼から預かった本だけじゃなく、貸本屋にある本をいくつか持ち込んだのだ。

よくよく考えると、俺は碌に本を読んでこなかった。俺を育てた奴らからすれば情操教育は余計なものだったからだろう。こんなにもたくさんの本を読んだのは、生まれてこの方初めてのことだった。

彼女が特に好んだのはやはり絵本だった。子どものことを思い出すのと、必ず救いが待っているところが好きなのだという。幼児向けの絵本の世界は不思議で溢れていた。現実ではあり得ないことが、いとも簡単に実現するどこまでも優しい世界。それは俺の想像力を掻き立て、心を震わせた。

本に描かれた物語を通して、誰かとひとつのことを語り合う。

意見がぶつかり合うことだってある。同じことを感じて、嬉しく思うこともある。

俺はこの時初めて「心が豊かになっていく」という経験をしていた。

そして、最終日。十日目——。

その日は、八百比丘尼から夜に来るようにと言われていた。

相変わらず理由は教えて貰えなかった。本当にあの尼僧は「自分で考えろ」ということを徹底している。何故、今日に限って遅くなければいけないのかわからなかったが、とりあえず向かうことにした。

「……なんだ？」

湖のほとりに到着するなり、やけに空が眩しいことに気がついた。秋になると、幽世の空は赤みを増す。それはまるで空が紅葉するようだ。今日はその色合いが一層強い。星々の光が霞むほどに空が光を放って、地上を赤く染めている。

その光景はどこか心を不安にさせた。

「急ごう」

俺は、早足で小島を目指した。

橋を渡りながら、ふと湖の中に視線を向ける。今日は水面が波立っていて、湖の中に沈む屋敷は見えなかった。俺は、そのことに少し安堵していた。慣れてきたとは言え、あの光景はまだ馴染まない。

それに——どうも今日は朝から憂鬱《ゆううつ》だった。理由はわからない。今日が仕事の最終日だというだけで、特別なことは他になにもないというのに。

すると、橋を渡り終えようとした時だ。

小島の様子が、いつもと違うことに気がついた。

島のあちこちで、多くの尼僧が慌ただしく動いている。

中心にいるのは八百比丘尼だ。彼女の指示に従って、尼僧たちがあるものを運んでいる。

それを見た瞬間、背中に冷たいものが伝った。

尼僧たちが運んでいたもの——それは明らかに人間だった。黒い布を頭の先から被せられ、微動だにしない人間たちが担架に乗せられて次々と運ばれてくる。

「おや、来たのかい」

すると、八百比丘尼が声をかけてきた。

俺はビクリと身を竦ませると、八百比丘尼に向かって頭を下げた。そして、いつものように……いや、幾分かは早足で、女性の下へと向かおうとした。

だが、それは敵わなかった。何故ならば、ある人物が俺の前に立ちはだかったからだ。

それは、いつも朱塗りの格子戸前にいた、面布をつけたあの尼僧だった。

「本日、いつもいらっしゃっていた座敷牢は空でございます」

「……ッ！」

俺は勢いよく八百比丘尼の方を振り返ると、声が震えそうになりながら言った。

「……どこにいる」

「なにがだい？」

「あの人は……俺が本を届けていたあの人は、今どこにいる!!」

すると、八百比丘尼はある場所を指差した。そこは黒い布をかけられた人間たちが、粗末な筵《むしろ》の上に転がされている場所だった。

俺は、次の瞬間には駆け出した。手当たり次第に布を剥ぎ取ろうと手を伸ばす。すると「やめな!!」と八百比丘尼に制止されてしまった。

「――邪魔するんじゃないよ。馬鹿者め」

「別に邪魔をしようだなんて思っていない」

「アンタのそういう行動が邪魔だって言ってんだ。黙って見ていな。それに――その布を剥ぎ取ってどうしようってんだい。アンタ、相手の顔も知らないだろう？」

俺は、なおも黒い布に伸ばそうとした手を止めた。

確かに俺が知っているのは――……彼女の、声と手だけだ。

俺が動かなくなったのを確認した八百比丘尼は、おもむろに空を見上げた。彼女は、なにかの訪れを待っているようだった。

「……なんだってんだ」

どうすればいいかわからなくなって、その場に立ち尽くす。

周囲では、相変わらず尼僧たちが忙しく動き回っている。俺は、持参した鞄の中を覗き見た。そこには女性に渡すはずだった本が入っている。その本は、いつもの本とは意味合いが違うのだと、女性がこっそりと教えてくれたものだった。それは「子どもが大きくなったら一緒に読みたかった本」——彼女は、そう語っていた。

「楽しみにしていたのに」

ぽつりと零してから気づく。楽しみにしていたのは、果たして女性だったのか。

——それとも、自分だったのだろうか。

するとその時、誰かの悲鳴が聞こえた。

「ああっ……！　駄目。行っては駄目よ!!」

その声の主は、ひとりの尼僧だった。その人は筵に膝をつくと、黒い布を手で押さえている。不思議に思ってその様子を見つめていると——黒い布の中身が蠢いているのに気がついた。

「——始まった」

するとその時だ。八百比丘尼は、天に向かって人差し指を突きつけて言った。

「今日は、しし座流星群が極大を迎える日だ。星が流れる時——それは、誰かの魂が燃え尽きる時」

――この尼僧は、なにを言っている？

意味がわからず、八百比丘尼を凝視する。

すると、どこか青白い顔をした尼僧は、片眉を釣り上げて言った。

「この胸糞悪い日に、なにも知らない客人がいるってのも変な話だね。そもそも、アンタは客人じゃない。紛れもない当事者だ。知る権利があるだろう。今日の私は、気分がクサクサしてってね。特別に教えてやろうじゃないか――」

そう言って、八百比丘尼は筵の上で横たわる人々を眺めながら言った。

「古来、流星は不吉なものとされてきた。三国志《さんごくし》の時代には、諸葛亮孔明《しょかつりょうこうめい》が五丈原《ごじょうげん》の戦いで自分の死を予感した……なんて話もある」

「そんなもの、迷信じゃないのか？」

「ハハ。忘れちゃいけないよ。ここは現し世とは別の世界だ。幽世では、流星は本当に人の死を伝えるものなのさ。……幽世の空は怖いよ。誰かが力尽きた瞬間を、まざまざと見せつける。そんなもんを弱った魂が目にしたら、おかしくなっちまう。だから、私は魂たちを湖底にかくまっていた。空から最も遠い、昏い昏い湖底でねェ」

八百比丘尼は忌々しそうに空を見上げると、チッと舌打ちをした。

「今日は、年に何度かある流星群が地球に最も近づく日だ。弱りきった魂は、問答無用に連れて行かれる。だから、今日を越えられなさそうな人間の魂をここに並べた。これが最後のチャンスだからねェ」

星が流れるから、誰かが死ぬのか。誰かが死ぬから、星が流れるのか——。

そんな疑問が脳裏を過る。けれども、俺はそれを飲み込んだ。今、重要なのはそれじゃない。今日、多くの人の魂が消えてなくなるということだ。

八百比丘尼は大きく息を吸うと、筵の上に転がされている魂たちに向かって叫んだ。

「もう、充分に休んだだろう!! いい加減、次の生へ行く覚悟を決めな!! このままじゃ星に連れて行かれちまう。連れて行かれたら——全部、なくなっちまうんだよ。だから、頼む。私たちの話を聞いておくれ」

けれども、その声に誰も答えはしない。八百比丘尼はくしゃりと顔を顰めると、「今日は本当に胸糞悪い日だよ」と呟いた。

その瞬間、上空で一迅の光が走った。

空に白い線を引きながら儚《はかな》く消えていったそれは——流星。

すると様子がおかしかった魂に、劇的な変化が現れた。

横たわった魂を覆っていた黒い布。その中から、ぼんやりと光が漏れ始めたのだ。

その光は徐々に強さを増していき、眩しくて見ていられないほどだった。

やがて——ひらりと、黒い布の中からなにかが姿を現した。

——ひらり、ひらひら。中から現れたのは、眩い光を周囲に放つ霊体の蝶だ。

「……幻光蝶」

思わず、蝶の名を呼ぶ。

するとその声に応えるかのように、無数の蝶が黒い布の中から現れ、空に向かって飛び去っていった。

「ああっ……!!」

「待って。駄目……っ!!」

それが合図だったように、周囲から次々と尼僧たちの悲鳴が上がった。

やけに周囲が明るくなる。まさか、と慌てて周囲の様子を確認すると——あちらこちらで蝶が生まれ、空へと飛び去っていくのが見えた。

蝶たちは宙に舞い上がると、戯れにお互いの周囲を飛び回り、群れて飛んでいく。蝶が集まり、ひとつの帯のように連なって飛ぶ様は、まるで小さな天の川のようだ。その天の川を追うように、空には幾筋もの星が流れた跡が残っている。

辺りには、尼僧たちの嗚咽や泣く声が響いている。転生を拒んだ魂たちを一生懸命に世話してきたらしい尼僧たちは、大粒の涙を零して、魂の終わりを嘆き悲しんでいた。

次々と数を増やしていく幻光蝶に、八百比丘尼は忌々しげに呟いた。

「幻光蝶は魂の成れの果て。光を放ち、燃え尽きるようにして消えていく——。ああ、美しくもなんて胸糞悪い虫だろうねェ。新しい生を拒んだくせに、人恋しくて人間に寄っていくんだ。意味がわからない」

俺にとって、幻光蝶の正体は衝撃的だった。

だが、今はそれどころではない。

――どうすればいい。

俺は、焦りを感じていた。

あの女性もこの場所にいるはずだ。このままでは、あの人まで蝶と成り果ててしまう。

しかし、名前も顔も知らない俺になにができる？

そうやって悩んでいる間にも、次から次へと蝶が生まれ、空へと旅立っていく。

「……水明？」

するとその時、聞き慣れた声が後ろから聞こえた。

「あ……」

泣きそうになりながら、ゆっくりと振り向く。

そこには、俺の小さな相棒……クロの姿があった。

「どうして、ここに？」

「オイラ、やおび……？　えっと、あの尼さんに呼ばれたんだ。今日は特別な日で、水明が困るだろうからって手紙を貰って」

その言葉に酷く驚いて、思わず八百比丘尼を見る。彼女は、泣き崩れている尼僧の背中を擦ってやっていた。

「ねえ、水明。よくわからないけど、困ってるんだろ？　オイラ、役に立てるかなあ」

つぶらな瞳で、クロは俺のことをじっと見上げている。

――ああ。あの自称優しくない尼僧は、本当に素直じゃない。

俺は苦く笑うと、クロの前にしゃがみ込んだ。

「頼む。クロ……お前に捜して欲しい人がいる」

そして、ポケットからあるものを取り出した。それは、黒と赤の玉で作られた数珠だ。

あの女性から貰った唯一のもの。俺の幸運を願ってくれた、綺麗なお守り――。

匂いをたどれば、あの人の下へといけるだろう。意図を理解したクロは、早速それの匂いを嗅いだ。しかし途端に固まってしまった。

「クロ？」

思わず声をかける。すると、クロはゆっくりとこちらを見上げて――言った。

「……水明、一体、誰と会っていたの？」

「なんだって？」

そして、怒涛の勢いで駆け出した。

「クロ!!　待て!!」

クロは、俺の制止も聞かずに弾丸のように飛び出していき、風のように駆け抜けると、ある魂の前で立ち止まった。やっとのことで追いついた俺は、その場で微動だにしないクロに声をかけた。

「……クロ？　一体、どうし……」

「水明」

すると、クロは俺を見上げて言った。

「どうして、ここにみどりがいるの」

「かあ……さん？」

みどりとは、俺の母の名だ。

『強く生きなさい。どうしても寂しくなったり、感情を爆発させたくなったら、犬神を抱いて眠るのよ』

そう言い残して、俺が五歳の時に亡くなった――母の。

「みどり。みどり。起きてよ。みどり!!」

必死に、黒い布に包まれた母らしい人の体を、クロが揺さぶっている。

しかし、その魂はなにも反応を返さない。

「ああ、もう!!　みどりは、相変わらずお寝坊さんなんだから!!」

すると痺れを切らしたクロは、黒い布を噛むと思い切り引っ張った。

そこには――酷くやせ細った女性がひとり、横になって眠っていた。

「……」

それを見た瞬間、俺はなにも考えられなくなった。

俺の記憶の中にある母は、艶やかな黒い髪を持ち、青白い顔はしていたものの、とても美しかった。薄茶色の瞳で優しく俺を見つめていた様を、今もまざまざと思い出せる。

なのに、目の前の母「らしき」人は、どうだろう？

顔はやつれ、髪には白髪が交ざっている。唇は割れて乾燥していて、目の周りは落ち窪んでいた。白装束から覗く鎖骨は酷く浮き上がって見え、今にも儚くなりそうな印象があった。

……これが、俺の母なのだろうか。

本当に、これが？

頭の中がグチャグチャになって、どうにも混乱する。

美しかった母。大好きだった母。温かく俺を抱きしめてくれた母。母はいつだって俺のすべてを受け止めてくれ、とても強い存在だったのに。

その時だ。女性はうっすらと瞳を開けると、酷く弱々しい声で言った。

「……ゆ、め……かしら。クロちゃんが見える」

「みどり……!!　夢じゃないよ。オイラだよ、クロだよ!!」

「フフ。元気いっぱいね。相変わらず可愛い」

そして、ゴホゴホと何度か咳き込んだその人は、細く長く息を吐いて微笑んだ。

「魂の終わりに、クロちゃんに会えるなんて。とっても素敵……」

そしてまた、ゆっくりと目を瞑ってしまった。

――ああ。やはり、母だ。この人は、母なんだ。

それを理解した途端、呼吸が困難になるほどに胸が苦しくなった。

思わず、その場に膝をついて胸を押さえる。吐き気がこみ上げてきて、全身から脂汗が噴き出した。視界が揺れて体勢を保つのが困難だ。グルグルと世界が廻っている。自分の体なのに、まるで他人のもののように言うことを聞いてくれない。

「す、水明!? 大丈夫!?」

すると、クロが駆け寄ってきた。震える手で、その小さな体に手を伸ばして触れる。温かく柔らかなそれに触れると、少し落ち着いてきた。けれども、頭の中にはたくさんの疑問符が浮かんでいた。

どうして、どうして、どうして、どうして——。

どうして、母は転生を拒んでいる?

「すい、めい……?」

その時、クロの声が聞こえたのか、母が声を上げた。

恐る恐る、横たわっている母に視線を向ける。すると、母は顔だけをこちらに向けて、うっすらと目を開けていた。

そこには、記憶にある通りの、俺と同じ薄茶色をした瞳があった。

「私の、可愛い子がそこにいるの？ 本当に……？」

「……あ」

そして、自分の体を見下ろして愕然とした。

母の中では、俺はまだ五歳のままらしい。途端に、成長してしまった自分が憎らしくなる。仕方がないとは言え、母の求めている姿じゃないことが腹立たしい。

――息子だと俺が名乗り出たとして、ガッカリされたりしないだろうか。

そんな想いが浮かんでは消える。すると俺の迷いとは裏腹に、ぴんとしっぽを立てたクロは、鮮やかなピンク色の舌を出して、やや能天気にも聞こえる声で言った。

「そうだよ！　みどり、水明はここにいるよ!!」

――ああ、その無邪気さが恨めしい。

思わず眉を顰めると――ふと、母と目が合った。

母はまじまじと俺を見つめると――途端に、顔をくしゃくしゃにして笑った。

「まあ。こんなに立派になって」

そして、ゆっくりと両手を広げた。一瞬、その意図がわからずに思考が停止する。けれどもすぐに母が抱擁を求めているのだと気がついた俺は、ゆっくりと近づいていった。

「――お、かあ……さん？」

傍らにしゃがみ、母を呼んだ。抱きしめるのは恥ずかしくて、その手に触れる。

……ああ、牢の中で触れたままの手だ。ひんやりとして、ほっそりとして、手触りがいい。その手は、俺の頬をゆっくりと撫でた。

優しく、どこまでも優しく。まるで、宝物に触れるように。

「お母さん」

「ああ。奇跡だわ。奇跡が起きたのね。水明……本当に水明なの」

「お母さん」

「こんなに大きくなって。もっと早く気づけばよかった。本を運んでくれていたあなたが私の子だなんて、ちっとも気がつかなかった。暗かったものね、仕方ないわね」

「お母さん……っ!!」

なにを言えばいいかわからなくて。なにを話せばいいかなんて、思いつかなくて。

ただひたすら、馬鹿みたいに母を呼ぶ。母はどこかおかしそうに、目尻に皺をたくさん作って笑っている。その皺に沿うように、ポタポタと透明な雫《しずく》を滴らせながら、俺に愛おしそうな視線を向けていた。

するとし、母が妙なことを言い出した。

「これでもう心残りはないわ。すっきりした気持ちで、消えていける」

それを聞いた瞬間、俺は眦を釣り上げた。

「ど、どうしてだ。なんでお母さんが消えなくちゃいけないんだ。理由がないだろう?」

「フフ。そんなことないわ。理由ならちゃんとあるもの」

母はうっすらと目を細めると――どこか苦しげに言った。

「私は、あなたを不幸にしてしまった。それが私の罪。それ以上も、それ以下もないわ。母親が大事な子どもを守りきれなかった。母親が子どもに辛い思いをさせた。母親として傍にいてやれなかった。それだけで充分、次の生を拒む理由になる」

そして、母は俺の白くなってしまった髪に触れると――また、大粒の涙を零した。

「辛かったわね。苦しかったわね。……人形だなんて。本当にごめんなさい……」

そして俺をじっと見つめると、更に謝罪の言葉を重ねた。

「あなたを産まない選択もできたの。どう考えたって、あの家じゃ幸せになんてなれないもの。でも、私は産んだ。可愛い赤ちゃんに会いたかったの。ただ、それだけ。あなたは被害者なのよ。私という人間のエゴの被害者。愚かな母を恨んでね」

そして、俺の頭を撫でていた手をゆっくりと下ろした。

力なく、重力に従って落ちていくそれを呆然と眺め——けれども、それが落ちきる前に手で受け止めた。母は何度か目を瞬かせると、驚いたように俺を見つめている。

その時、俺はしみじみと感じていた。

——俺は『愛されていた』。

本当に、心から母に『愛されていた』んだ。

まるで太陽が胸に宿ったように、そこから温かいものが広がっていく。

あの座敷牢で聞いた話は、すべて俺のことだったのだ。愛おしかった、大切だったと何度も語ってくれた、あの話の中にいた子どもは——俺自身だった!!

己のことよりも、子どものことを一番に考えているこの人が母であるという事実が、誇らしく思えてならない。横たわっている母が、どんなものよりも大切なものに思える。その存在が堪らなく尊く、狂おしいほどに切ない。

——ああ。これが……これが、『愛』するということか。

俺は、自分の中に湧き上がってきた感情の名を知り、横たわる母に手を伸ばした。

そして、そのやせ細った体を強く抱きしめる。母の存在を確かめるように、俺を産み、育ててくれた存在に想いを馳せながら——。

「……俺、今でも覚えているんだ。お母さんの温もり。ほんの僅かだけど、見せてくれた笑顔。柔らかい感じ、いい匂いがしたこと。確かに辛いことも多かったよ。でも、そういう時に思い出したのは、いつだってお母さんのことだった」

俺は母を抱く腕を緩めると、驚きの表情を浮かべているその顔を覗き込んだ。

「だから、罪なんて言わないでくれ。後悔しないでくれ。……どうか、俺のお母さんを悪く言わないでくれ。俺にとって、かけがえのない大切な人なんだ」

「水明……」

「確かに、俺は不幸だったかもしれない。思い出すのが辛いことも多い。でも、今は——いい仲間に囲まれてるんだ」

相棒で親友のクロ。世話焼きな夏織。おせっかいなナナシ。俺にやたらと構ってくる金目に銀目。懐深く、俺を貸本屋に居候させてくれた東雲。

それに今はもう、あやかしを狩らなくてもいい。危ないことをしなくても、薬屋で収入を得ている。それはなんて生きやすいのだろう。命を懸けなくてもいいこの状況は、俺の人生の中で最も穏やかな時間だ。

「俺、多分……今が一番幸せなんだ。だから、だからさ」

喉の奥がひりつく。何故だか、声が上手く出なくなってきた。でも、言わなければ。夏織が言っていた。気持ちを理解したら、きちんと相手に言葉にして伝えなければ。このまま母とすれ違ってしまうのは、絶対に嫌だ!!

「――生まれ変わって、欲しい。消えないでくれ。子どもの我儘《わがまま》を聞いてくれよ、お母さん……!!」

するとと母は一瞬、大きく目を見開くと――気の抜けたような笑みを浮かべた。

「……転生したら、どこかで水明に再会できるかしら。それもとっても楽しそうね」

「オイラ！　オイラだって!!　みどりにまた会うよ!!」

「まあ！　フフ、みんな一緒ね」

後ろ足だけで立ったクロは、両手をぴょこぴょこ動かしてアピールしている。それを見た母は、心からおかしそうに笑った。微笑みを浮かべて、俺もクロと母のやりとりを見守っていた。けれど、そんな温かな時間はすぐに終わりを告げた。

突然、母が虚ろな瞳になったのだ。体から力が抜けて、ズシンと重くなった。

そして――空をぼんやりと眺めて言ったのだ。

「水明。もっとあなたに本を読んであげたかった。たくさん物語を共有して、一緒に笑ったり泣いたり怒ったりしたかった。これからは自由に生きるのよ。好きなことをするの。感情を我慢しちゃ駄目よ。いつでも――自分に素直でいなさい」

「……お母さん？　どうしたんだ。そんな、まるで遺言みたいな」

「それが母の願いよ。水明――辛い時は、犬神を抱いて眠るのよ。そしてできれば――あなたを抱きしめてくれる、誰かを見つけなさい」

その瞬間、母の瞳から一際大きな涙が零れた。

——ぽつん。俺の手に触れたそれは、やけに温かかった。

「おかあ……」

俺が声をかけようと、口を開いたその時だ。母の体が、解けた。

ほろほろと、体の末端からまるで絡まっていたリボンが解けるように崩れていく。そして、崩れた体は端から蝶に姿を変えて、空に向かって飛び立ち始めた。

「駄目だ……。待って、お母さん。待って!!」

俺は子どもみたいに喚《わめ》きながら、母の体から飛び去っていく蝶に手を伸ばした。けれども、蝶はひらひらと優雅に宙を舞って、俺の指をすり抜けていく。

その瞬間、沸々と体の奥から激流のようなものがこみ上げてきた。

それは、火口から流れるマグマのように俺のすべてを飲み込み、灼熱の炎で燃やし尽くし、塗り替えていく。頭の芯の部分が、じん、と痺れてなにも考えられなくなる。

炎の矛先は、自分に向かっていた。自分が……なにもできずにいる自分が憎くて、憎くて堪らない……!!

「ふざ、けるな」

みるみるうちに変わっていく母。

徐々に軽くなっていくその体に、俺は思わず叫んだ。

「――嫌だ。ふざけるなよ!!　チクショウ。愛している。愛してるんだよ。お母さん!!　うあああぁあああぁぁあああ!!」

その瞬間、俺の腕の中にいたはずの母は、大量の蝶と成り果てた。

抱きしめていたはずの体は消え失せ、光を撒き散らしながら蝶は空に散っていく。

それを知覚した瞬間、俺は呆然と手の中を見つめた。

――なにもできなかった。

喪失感が心の中を占めて、煮えたぎっていた頭を冷やしていく。

「……あ……」

けれど、最後に手の中に残ったものを見た瞬間、俺は小さく声を上げた。

それは小さな小さな胎児だった。黄金の光に包まれ、まだ完全に人になりきれていないのにも拘らず、手足を縮めて目を瞑っている。

その胎児は、ふわりと宙に浮くと――ゆっくりと空に昇って行ったのだった。

「珍しいこともあるもんだねェ」

なにも考えられずに呆然としている俺に、いつの間にか傍にいた八百比丘尼は、からかうと愉快そうに笑った。

「母は……どうなったんだ」

恐る恐る尋ねると、八百比丘尼はニヤリと意味深に笑った。

「自分で考えな。私は優しくないんだ」

「……そうか」

俺は脱力すると、地面に両手をついて足を伸ばし、空を見上げた。

幽世の空を大量の蝶が舞っている。群れを成し、大きな帯を形作って飛ぶその様は、なにも知らなければ美しく映るのかもしれない。けれども、それの正体を知ってしまった今、複雑な想いしか浮かんでこない。

すると背を向けて去ろうとしていた八百比丘尼が、こちらを振り返って言った。

「そうだ。蝶の正体だけどねェ。夏織には内緒にするんだよ」

「……どうしてだ？」

思わず尋ねると、八百比丘尼は片眉を釣り上げて言った。

「あの人間の娘は知らなくていいのさ。蝶は蝶のままでいい。昏い幽世を照らす、綺麗な蝶のままで。男なら、気を遣うことを覚えるんだねェ」

「……そうか」

俺は頷くと、絶対に口にしないと約束した。そして、満足げに去ろうとしている八百比丘尼に向かって言った。

「お前、優しいんだな」

「はあ!?　なに言ってんだい、馬鹿も休み休み言うんだね!!」

この尼僧、やっぱり素直じゃない。そんな八百比丘尼に、俺は笑ってお礼を言った。

「母と会わせてくれて、ありがとう」

八百比丘尼は気まずそうな顔をすると、フンとそっぽを向いた。

「たまには、奇跡が起こるのを見たかっただけさ。…………………おめでとう」

そして、そのまま去っていった。

「……水明？」

すると、八百比丘尼と入れ替わりに夏織がやってきた。いつもと違う島の様子に困惑しているらしい夏織は、おっかなびっくり、俺に尋ねた。

「なにかあったの？　ナナシに、迎えに行っておいでって言われて来たんだけど」

──ああ、俺の傍にいるのは、本当に優しい奴らばかりだ。

俺は苦く笑うと、慎重に立ち上がった。空には、今も眩しいほどに蝶の群れが飛び交っている。俺は、それを見るなり眉を顰めた。

「帰るぞ」

「え？　あ……うん。そうだね」

そして橋へ向かおうとした、その時だ。急に誰かに腕を引かれた。驚いて振り返る。するとそこには、少し迷っているような表情をした夏織がいた。

「……？　どうした」

「えっとね。なんて言ったらいいかわかんないんだけど」

夏織は、覚悟を決めたような顔になると、おもむろに両手を広げた。

「泣きたい時は、泣いてもいいんだよ」

「……え？」

困惑している俺に、夏織は言った。

「佐助《さすけ》とはつ《い》の時のこと、覚えてる？　悲しくて堪らない癖に、泣けなかった私に水明はこう言ってくれたんだ。『悲しんでなにが悪い。寂しくてなにが悪い。別れを惜しんでなにが悪い』……って。だからさ……」

夏織はゆっくりと俺に近づくと、遠慮がちに抱きしめてきた。

「苦しそうだから、今度は私に言わせてね。……『我慢するな、泣け。馬鹿』」

「……っ！」

──ああ。胸が苦しくて、切なくて……でも、甘酸っぱくて、心地いい。

俺は自然と目の奥から溢れてくる雫を、少し不思議に思いながら──ゆっくりと夏織の背中に手を回した。

「水明、頑張ったね。いい子、いい子だね」

「……子ども扱いするな、馬鹿」

「ごめん、ごめん」

俺は夏織の肩に顔を埋めると──声を殺して泣き続けた。

夏織から伝わる温もりは、どこまでも俺の肌に馴染んだ。その温もりは、俺の心の奥底にある凝り固まったなにかを溶かしていき、同時に全身に雁字搦めに巻き付いていた糸を、ふつりふつりと断ち切っていった。

秋色と蝶の明かりに彩られた幽世の空の下、ようやく涙が止まった頃……気がつくと、俺の心は以前よりも自由になっていた。

第三章　遠野の山の隠れ家

「――あれ？　どこから入ってきたの？」

ひらり、一匹の幻光蝶が部屋の中に入ってきた。

どうも窓が開いていたようだ。迷子の蝶は、まるで私の存在なんて見えていないように、チラチラと燐光《りんこう》を撒き散らしながら部屋の中を飛んでいる。

その様は美しかった。ずっと眺めていても飽きないくらいには、儚くて幻想的だ。

私は指に止まった蝶に向かって、にっこりと微笑んだ。

「君も食べる？　……って食べないか」

ひらひらと飛び去っていった蝶を見送って、苦笑いを浮かべる。居間のちゃぶ台に視線を落とすと、そこにはホカホカの焼き芋があった。

秋の味覚、焼き芋――。現し世では、肌寒くなってくると町中に焼き芋屋さんがやってくる。それは、日本中で見られる秋の風物詩だ。

一見、地味な見た目も、丁寧に皮を剥けば印象が激変する。ねっとり、ほくほくと透き通った黄金色の実は収穫期を迎えた田園を思わせる。砂糖が練り込んであるのかと疑いたくなるほどの、その甘さ。うっかり食べ過ぎると、夕飯に影響が出るのを知りつつも、ついつい手が伸びてしまうのが焼き芋だ。

なにもそれは現し世だけのものじゃない。幽世だって秋になると焼き芋売りが現れる。焼き芋売りは、小豆洗《あずきあら》いの「副業」だ。普段は小豆専売の小豆洗いだが、秋になると一緒に焼き芋を売るのが常だった。

「小豆磨《と》ぎやしょか、人取って食いやしょか、しょきしょき」と、小豆洗いの歌声が聞こえると、あやかしたちはいそいそと財布を握りしめて門戸から出てくる。この時期、通りに人だかりができている時は、大抵、小豆洗いが来ている時だ。

焼き芋の焼ける甘くていい匂い。あの無性に食欲をそそる匂いが鼻を擽ると、あやかしだって我慢ならなくなるらしい。みんな、笑顔になって小豆洗いを囲むのだ。

例に漏れず、私も小豆洗いの声に誘われて焼き芋を購入した。大きいのがひとつと、小さめのがひとつ。焼き芋を食べるには水分が必須だ。お供は渋めの緑茶。急須と湯呑みは準備してあるから、後はお湯を注ぐだけ。

甘い匂いが部屋に充満して、早く食べたくて仕方がない。

けれども、私はなかなか手をつけられずにいた。何故ならば——一緒に食べようと思っていた、東雲さんが留守なのだ。

「今日は帰ってくるって言ったのに」

じとりと、壁にかかった時計の文字盤を睨みつける。養父が「出かけてくる」とふらりと店を出てから三日経った。今日には帰れるようにすると言っていたのに、一向に帰ってくる気配がない。

「……はあ」

購入して少し経ったせいか、焼き芋を入れてある紙袋がじんわりと湿気《しけ》っている。

……せっかく、一番美味しいところを小豆洗いが選んでくれたのに。

なんだかモヤモヤする。私は、ちゃぶ台に顎を乗せて、脱力した。

カチ、カチと、時計の秒針の音が室内に響いている。

貸本屋に客はなく、にゃあさんも遊びに行ってしまっていていない。しん、と静まり返った室内は、普段が賑やかすぎるせいかまるで別の家みたいだ。

耳を澄ますと、遠くではしゃいでいる子どもの声が聞こえる。なんとなくそれを聞きたくなくて、私は気を紛らわそうと立ち上がった。

部屋の中をウロウロして、なんとはなしに東雲さんの部屋を覗き込む。いつもなら、そこに原稿と格闘している養父の後ろ姿があるというのに、使いすぎてぺたんこになった座布団があるだけだ。

「……はあ」

またひとつ、ため息を零す。

今までも、養父が気まぐれに出かけて数日帰ってこないことは何度かあった。しかし、最近はこういうことが続いていて、特にここ一ヶ月は碌に顔を合わせた記憶がない。

東雲さんは、本当になにをしているんだろう？

なにをしていてもいいけれど、それは私に内容を話せないようなことなんだろうか。

……その時だ。からりと引き戸を開く音がした。

「東雲さん？」

勢いよく振り返る。けれどもそこにいた人物を見た瞬間、がっくりと肩を落とした。

「……なあんだ、水明かあ」

「なんだとは、なんだ」

貸本屋と母屋を繋ぐ引き戸のところに立っていたのは、無愛想な少年だった。

彼は薄茶色の瞳を不機嫌そうに細めると、勝手知ったる他人の家とばかりに、部屋の中に入ってきた。

「今日も？」

「……ああ」

ここ最近繰り返している問答をする。すると、水明は慣れた様子で部屋の隅に積んであった座布団を手にした。そして、それを二つ折りにすると——枕代わりにして、ゴロリと横になった。

「水明、飲み物とかいらない？」

「……」

「水明くーん？」

声をかけてみたけれど、まるで反応がない。こっそりと顔を覗き込む。すると、すうすうと穏やかな寝息が聞こえてきて、思わず笑みを零した。どうやら、もう眠ってしまったらしい。ブランケットを持ってきて、体にかけてやる。

——八百比丘尼の仕事を終えてからというもの、水明は度々わが家にやってきては、睡眠を取るようになっていた。理由はよくわからない。そういえば、「まずは慣れた場所で眠ることを覚える」とかなんとか言っていた。水明がこうやって眠りに来ることは、ナナシからも聞いていて、私の母代わりでもある彼に「よろしく」と頼まれている。

水明のこの行動について、ナナシはこうも言っていた。

『あの子なりに、この世界を受け入れようとしてくれているのよ』

そしてそれはとても素敵なことなのだと、ナナシは穏やかな表情で語っていた。

「……ねえ。君のツンデレのツンの時代は、終わったの？」

人差し指で水明の体をつつく。けれども、もう既に熟睡しているらしい水明は、なにも反応を返すことはなかった。

するとその瞬間に、先日のことを思い出してしまって顔が熱くなってきた。

——それは、ナナシに水明の迎えを頼まれた日のことだ。

あれは、やたらと空が明るい日だった。不思議と、そういう日はナナシや東雲さんと一緒にいることが多いように思う。

ナナシの薬屋で夕飯をご馳走になっていた私は、ナナシに水明を迎えに行って欲しいと頼まれたのだ。

無数の幻光蝶が舞い飛ぶ小さな島に水明はいた。あの日の島は、いつもと様子が違っていたのを覚えている。至るところで島で働いている尼僧たちが泣いていた。それに、いつも以上に大量の蝶が舞っていた。幻光蝶は、本来ならば人間にしか惹かれないはずなのに、やたら尼僧たちの周囲に集まっていたのが不思議だった。

尋常じゃない雰囲気に少し不安に思いつつも、八百比丘尼と会話していた水明を見つけて声をかけた。その時の水明の顔を見た途端、私は胸が潰れるかと思った。

――それはまるで、あの日の自分を見ているようだった。

蝉の合唱が響く、夏の森の中。腕の中で逝ってしまった友人たち。

泣きたくても泣けなくて、自分の体の内に変な熱が籠もっているような感覚。

ともすれば、爆発しそうになる感情を持て余して途方に暮れるような――あれは、本当に息ができなくなるくらいに、辛かった。

もう二度と経験したくないと思うくらいには、心が引き裂かれるような辛い出来事。

水明はその時の私みたいな表情をしていた。彼に一体なにがあったのかは知らないけれど、黙って見ていることなんてできなかった。

私は、気がつけば水明に声をかけていた。

「今度は私に言わせてね。……『我慢するな、泣け。馬鹿』」

衝動に任せて、水明を抱きしめた。

そうしないでは、いられなかった。

水明が私の心を救ってくれたように、私も彼を救ってあげたかったからだ。

――とくん、とくん。

あの時、耳の奥で聞こえていたのは、水明の鼓動だったのか。それとも――私のものだったのだろうか。震えながら涙を零している水明の温もりを感じつつ、私はそんなことを考えていた。

「……顔、あっつい……」

パタパタと、汗が滲んできた顔を扇ぎながら、その後のことに想いを馳せる。泣き止んだ水明は、なにがあったのかを少しだけ教えてくれたのだ。

『亡くなった母と再会した』

水明が語ったのはそれだけだ。けれども、それだけで充分だった。

あそこは傷ついた人間の魂が集まる場所だ。そこに、たまたま水明の母親がいた。八百比丘尼は――水明を、母親に引き合わせたのだろう。

穏やかな寝息を立てている水明を見つめる。

目を瞑ると、水明の睫の長さがよくわかる。相変わらず、物語の中の王子様みたいに整った顔だ。きっと祓い屋の家系に生まれなければ、まったく別の人生を歩んでいたんじゃないだろうか。

「……苦労するね」

願わくは、水明には誰よりも幸せになって欲しい。

今まで苦しんだぶん……いや、それ以上に幸せにならなくちゃ。例えば、心から好きな人と幸せな家庭を築いて——……。

そこまで考えた時。私は、慌てて思考を止めた。

水明のある言葉を思い出してしまったからだ。

『お前といると、胸の辺りが変だ』

「〜〜〜〜ッ!!　い、いやいやいや……」

勢いよく頭を振って、その記憶を振り払う。そして膝小僧を抱えると、冷静になろうと目を閉じた。けれども、どうにも頭の中がグチャグチャして考えが纏まらない。

「うう……。どういうことなの」

私は盛大にため息をつくと、今度は店の方に視線を向けた。

「……東雲さん、まだかなあ」

どうにも、養父に会いたくて堪らない。この混乱の原因を相談したいのに、どうして必要な時に限っていないのか。いらない時は、しつこいくらいに構ってくる癖に。

東雲さんと交わした雑談が、随分と遠いことのように思える。それは、本当に他愛のない会話だ。でも、それが酷く恋しい。

「帰ってきたら、文句を言ってやるんだから」

私は唇を尖らせると、引き戸が開く音を聞き逃すまいと耳を澄ませた。

結局、東雲さんはその日帰ってこなかった。ちゃぶ台に置いておいた焼き芋は、気がつけば冷めてしまっていた。

——翌日。現し世でのアルバイトが終わった私は、幽世に帰るなり迎えに来てくれていたにゃあさんに尋ねた。

「——東雲さんは⁉」

「お帰りなさい。夏織」

するとにゃあさんは三本のしっぽをゆらゆら揺らすと、空色と金色の色違いの瞳を細めて言った。

「帰っているわよ、あの親父」

「本当⁉　嘘じゃないよね⁉」

「……あたし、滅多に嘘はつかないわよ」

「たまにはするんだ……」

「そりゃあね」

にゃあさんは、くるりと私にお尻を向けると、体勢を低くして言った。

「よかったら、あたしに乗っていく？」

「え、いいの⁉」

「ちょっと、夏織に怒られる東雲が見たい気分なの。あたしの親友を蔑ろにするなんて、東雲の癖に生意気なのよ」

そう言うと、にゃあさんはみるみるうちに巨大化した。ミシミシと筋肉と骨が軋む音がして、ただの猫だったにゃあさんが、虎みたいにしなやかで迫力のある姿に変身する。私は勢いよくその体に抱きつくと、ふわっふわの黒い毛に顔を埋めた。

「にゃあさん、大好き！」

「そういうのはいいから、行くわよ」

「ドライなとこも好き……！」

「しつこいわよ!?」

私はにゃあさんの背に飛び乗ると、思い切りしがみついた。

にゃあさんは、往来を行き交うあやかしたちの間を縫うように駆けた。

恐ろしいスピードで、周りの景色があっという間に後ろに流れていく。

普段なら、私の周りには常に幻光蝶がいるのに、遥か後方に置いてきてしまったくらいだ。道を歩いているあやかしたちが、邪魔しないように避けてくれるので、まったくスピードが緩まないせいもあるのだろう。ここ幽世では、あやかしが暴走するなんて日常茶飯事だ。これくらいじゃ、誰も驚きすらしない。

「稀人の嬢ちゃん、今日は寄っていかないのかい!!」

すると、いつもお魚を買っている魚屋さん――因みに、『ヒョウスベ』という宮崎《みやざき》から熊本《くまもと》の山間部に伝わる河童――が声をかけてくれた。

　私は振り落とされないように気をつけながら、ヒョウスベに向かって叫ぶ。

「ごめんね!!　今、時間がないんだ!!」

「おう、そうか。なら、後で来いよ！　今日はいい川魚が入ったからなあ。ヒッヒッヒ」

　怪しげな笑い声を上げるのが癖のヒョウスベの店のお魚は、種類が豊富で美味しい。お魚と言えばここだと、普段から決めているくらいにはお世話になっている。私は大きく手を振りながら、後で店に行くと約束をした。

「え、夏織ちゃん。うちも寄ってってよー？」

「秋の新作和菓子、始めたよ！　にゃあさんと食べにおいで!!」

「はぁい!!　絶対に行くから!!」

　舌を噛まないように苦労しながら、あやかしのみんなと挨拶を交わす。すると、ほどなくして貸本屋の前に到着した。

　にゃあさんが停まるのを待つのすらもどかしい。ひょいと飛び降りて、少し足をもつれさせながら入り口に手をかけ、勢いよく戸を開ける。

　すると古ぼけた店内に、誰かの影を見つけた。

「東雲さん!?」

　声をかけると、その人物は本棚の陰からひょっこりと顔を出した。

「おう。おかえり」

「……!」

それは予想通りに私の養父だった。東雲さんは無精髭を指で撫でると、「久しぶりじゃねぇか？」なんて笑っている。

「……帰ってきたんだ」

その笑顔を見た瞬間、シュルシュルと怒りの感情が萎んでしまった。代わりに、顔がにやけてきて仕方ない。単純に、東雲さんがそこにいるのが嬉しい。

……文句くらいは言ってやろう。

そう思って、軽い足取りで東雲さんに近づく。すると、つま先になにかが当たって、足を止めた。見ると、そこには山積みの本があった。

「あ、悪いな。散らかしちまって」

東雲さんは、店の貸し出し帳にいやに真剣な顔で向かい合っていた。毛筆が、すらすらと紙面で躍っている。

なにを書いているのだろう。不思議に思って覗き込むと、そこには多くの本のタイトルが並んでいた。貸し出した相手の欄には、東雲さんの名前が書かれている。

「その本、どこかに持っていくの？」

「ああ、ちょっくら必要になって」

「そうなんだ」

東雲さんは私に一瞥もくれずに、貸し出し帳と本のタイトルを睨めっこしている。

なんとなく手持ち無沙汰になった私は、アルバイトに持っていった荷物を片付けることにした。いつもなら洗濯ものを取り込んだり、夕食の支度を始めたりするのだけれど……今日は、なるべく東雲さんと一緒にいたい。

『秋の新作和菓子、始めたよ！』

そういえば、のっぺらぼうの奥さんに声をかけて貰ったんだった。のっぺらぼうの奥さんは、幽世の町一番の和菓子店を営んでいる。今は、旬を迎えた秋の果実を使った和菓子が出ているはずだ。

——そうだ。ちょうどおやつ時だし……和菓子でも買ってきて、一緒に食べよう。

そう心に決めると、途端にワクワクしてきた。

私は急いでお財布を掴むと、母屋と店を繋ぐ引き戸を開けた。

けれどもその瞬間、目に飛び込んできた光景に、思わず固まってしまった。

「よっこらせっと」

それはちょうど、東雲さんが大きな風呂敷を背負ったところだった。

風呂敷には大量の本が詰め込まれている。手には、和装に似合わない古びた旅行鞄。手入れが行き届いていないせいか、革の部分がひび割れてしまったそれは、東雲さんが長年愛用しているものだ。

鞄は見るからに荷物でいっぱいになっていて、唐傘が一本、持ち手部分に括り付けられている。その様子は、どう見たってこれから出かける支度にしか思えなかった。

「……あ」

私が小さく声を上げると、東雲さんはやっとこちらを見てくれた。

青灰色の瞳を細めて、目尻に皺をいっぱい作って微笑みを浮かべている。そして、ゆっくりと私の傍に歩いてくると——雑な手付きで、私の頭を撫でた。

「悪いが、また何日か家を空ける。アルバイトの日は、店は閉めていいからな。頼んだ」

「…………」

「最近、任せっきりで悪いな。今度、埋め合わせはするから」

煙草と体臭が入り混じった匂い。少し苦さを含む慣れ親しんだ匂いが、ふわりと鼻を擽った。東雲さんは、仕上げだと言わんばかりに、ポンポンと頭を二回叩くと、そのまま店を出ていってしまった。

——ピシャリ。

引き戸が閉まる音が、誰もいなくなってしまった店内に響く。

そしてその音は、あっという間に空気に溶けて消えていった。

「それで、うちに来たってわけね」

ナナシが、呆れ気味に私を見つめている。

薬屋の中庭——秋の花々に彩られた庭の真ん中にあるテーブルの上には、ホカホカのご飯が並んでいた。産卵のために河口付近まで下る習性を利用した、伝統的な「鮎《あゆ》やな」漁で獲られた鮎の塩焼き。今年採れた、ツヤツヤぴかぴかの新米を使った土鍋ご飯。小茄子のお漬物に、ナナシお得意の卵焼き。具沢山のお味噌汁。デザートには、のっぺらぼうの奥さん特製の柿の羊羹《ようかん》。どれもこれも、とんでもなく美味しそうだ。なのに――……。

「東雲さんの馬鹿」

気分が最悪のせいで、どうにも食欲が湧かない。秋の味覚盛りだくさんのご飯なんて、食欲がそそられて仕方ないだろうに、これはどうしたことだろう。

すると、焼き魚の匂いを嗅いでいたにゃあさんが言った。

「そんな状態の癖に、律儀にご近所さんとこで買い物してから来るなんて。あたしは、ムカついてるなら、さっさと行きましょって言ったのに」

「だって、約束したもの。約束は破ったら駄目じゃない」

「それを教えた当人が、約束を破ってるんだけどね」

思わず、盛大に顔を顰める。にゃあさんは、まだ熱かったらしい焼き魚を鼻で脇に寄せながら言った。

「まあいいんじゃない。夕食作りたくないから、ここに来たんでしょ」

「……だって、やる気がなくなっちゃったんだもん。ナナシには悪いと思ってる」

「別に気にしなくてもいいのよ？」

ナナシは、かぼちゃのグラタンをテーブルに置きながら笑った。

「頼ってくれて嬉しいわ。でも、頑張って作ったのに残されるのは寂しいから、少しでもいいから食べていってね」

「……うん」

おもむろに、鮎に手を伸ばす。真っ白になるくらいに塩をつけて焼いた鮎。串を手に持って、お腹の部分に思い切り齧《かぶ》りつく。すると、口いっぱいにパンチのある塩辛さと、肝《きも》のほろ苦さが広がった。身はほくほくしていて、それほど身厚くはないけれども、食べごたえがある。そしてなによりも肝の苦さ。決して嫌なものじゃなく、それどころか苦さの奥に甘みを感じるほど、旨みが凝縮した癖になりそうな味だ。

あまりの美味しさに、目を細める。

『――ワハハ。やっぱ、ヒョウスべんとこの魚はいいな。酒に合いそうだ』

その瞬間、東雲さんならこう言うだろうな、なんて妄想をしてしまった。

「ああもうっ！」

――最低。

私の様子を見守っていたナナシは、「あらまあ」と苦く笑っている。

「今日はとことん駄目ね。まあ、無理はしなくていいわよ」

「……まったく、本当にお前は東雲のことが好きだな」

すると、中庭にポットを手にした水明が入ってきた。

「義理の父親を好きなのって変かなあ」

頬杖をついてぼやく。すると、水明の後ろをついてきていたクロが言った。

「オイラはいいと思うけどなあ。東雲はいい父親だと思うし。オイラ、最低最悪な父親を知ってるからね。なおさらそう思うよ」

……どうも、とんでもないのがいるらしい。

クロは「だから気にしないでいいよ」と私を慰めていたが、視界ににゃあさんを認めた途端、「キュンッ!?」と子犬みたいな声を上げた。途端に、にゃあさんの目つきが悪くなる。不機嫌顔の黒猫はゆらりとしっぽを揺らすと、まるで獲物を狩る時みたいに足音を消してクロに近寄っていった。

「……なによ、その反応」

「べ、別に。猫が怖いなんて思ってないよ!」

「……」

にゃあさんは無言でクロの前に立つと、前足の肉球でクロの鼻面を押した。

「きゅうん……?」

「駄犬は、どこまで行っても駄犬だわ」

「なにしているんだ、お前ら」

そんな二匹を、水明は呆れ気味に見つめてため息をついた。そして私に向き合うと、お茶を淹れながら言った。

「変だとは思わないが、普通お前くらいの年頃なら、父親とは距離を置くものだろう」

日本茶と違い、中国茶は淹れ方が複雑だ。しかし水明の手付きが、随分と熟《こな》れていて驚いた。それは、彼がこの家に馴染んできた証拠だ。

「……普通ってなんだろうね」

「さあな。俺も普通の生活はしてこなかったから、正直わからんが」

水明はそう言うと私の前に茶器を置いた。そのあまりの香りのよさに、思わずまじまじと中身を覗き込む。すると、水明がそのお茶の正体を教えてくれた。

「青茶《チンチャ》……所謂、烏龍茶《ウーロン》だ。気分が落ち着くし、食欲不振にもいい」

「え。私が知ってる烏龍茶と全然香りが違うよ!?　こっちのが、力強くて鼻の奥がスッとする感じ」

「市販品と一緒にするな。ちゃんといい茶葉を使ってる」

感心しつつ、烏龍茶を口にする。すると途端に芳しい香りが口一杯に広がって、ほうと息を吐いた。温かな烏龍茶が喉を通り過ぎていくと、それだけで安心する。

「……うん。美味しい。ありがとう、水明」

「フン」

私はそっぽを向いてしまった水明に苦笑すると、ふたりに向かって軽く頭を下げた。

「色々と気を遣ってくれてありがとう。確かに、ちょっと落ち込み過ぎだよね。他の人から見たら、たかが義理の父親が頻繁に家にいないだけなのにさ」

すると、私の隣の椅子に腰掛けたナナシが「なにを言ってるのよ」と眉を顰めた。

「夏織にとって、あのぼんくらが大切な存在なのは理解してるわ。だから、そういう風に言わないの」

「……ごめん。つい」

私は、ゆらゆら揺れているお茶の水面を見つめながら話を続けた。

「東雲さんが、自分がしていることを詳しく教えてくれないのは、私が『本当の娘』じゃないからかもって、思っちゃったんだ」

「本当の娘？」

「うん――私、東雲さんとは血が繋がっていないでしょう？」

東雲さんの「本当の娘」になりたい。

それは、私がずっと抱いてきた夢だ。けれどそんなものになれるはずはないと、随分前に気がついていた。私ももう大人だ。小さな子どもみたいに、無邪気なままではいられない。叶えられる夢と、そうでないものの違いくらいはわかっているつもりだ。

きっと東雲さんが夢中になって今していることは、彼にとって大切なことなのだ。誰かに内容を知られたら、支障が出る類のものなのかもしれない。

そういうものはきっと、心から信じられる相手にしか話さないと思う。

チクリ、胸の奥が痛む。胸の奥に深く突き刺さった棘《とげ》は、私を苦しめ続けている。

「……ッ、ふ、ふふふふ……馬鹿ね？　そんなことで悩んでたの？」

「え……」

すると、ナナシが笑い出した。心底おかしそうに、お腹を押さえて肩を震わせている。

私はその笑いをどう受け止めたらいいかわからず、思わず水明に視線を向けた。

すると、水明まで呆れきった目で私を見ているではないか。

「本当だの、本当じゃないだのと……馬鹿らしい」

「実の親子以上に仲がいいのに、そんなこと思っていたの？　もう、おかしいったら」

「……なによー」

まるで、私の取り越し苦労みたいじゃないか。

思わずムッとしていると、ナナシは酷く穏やかな声で言った。

「アンタが気にすることないわ。むしろ……あのぼんくらが好きなら、信じてあげて」

信じる──その意味をすぐには理解できずに、じっとナナシの言葉に耳を傾ける。すると、ナナシはグラタンをフォークでつつきながら、おかしそうに笑った。

「あの男の、娘への溺愛っぷり。あれだけは、なにを差し置いても信用できるでしょう？身に覚えがないなんて言わせないわ」

「……うん」

すると、ナナシの言葉に水明も続いた。

「今度会ったら訊いてみるんだな。自分で言ってただろう？　言葉にしなくちゃ伝わらないって」

「……そう、だねえ」

……なんだか、泣きたくなってきた。

私はテーブルに突っ伏すと──往生際悪く、弱音を吐いた。

「頭ではわかってる。わかってるんだけど……血さえ繋がっていたら、無条件で安心できるのになって……考えが堂々巡りしちゃうんだよねえ……」

するとナナシはため息交じりに言った。

「これぱっかりは、心の問題よね」

私はそれを聞くと、ゆっくりと瞼を閉じた。

大切なものは目に見えない。それは理解しているけれど、見えるものの中に大切なものを探してしまう。それが……どうにも苦しかった。


それから、三人と二匹で穏やかに夕食を食べた。

正直、東雲さんのことは気にならないわけではないけれど、ウジウジ思い悩むのは止めにした。すっきりはしていないが、ひとつのことをいつまでも悩めるほど、後ろ向きな性格でもない。なので、とりあえずは頭の隅に置いておくことにする。

色々話しているうちに随分遅くなってしまった。後片付けを水明とクロのふたりに任せて、帰ることにした。薬屋の入り口まで来た時だ。念のために、見送りに来てくれたナナシに最後の確認をする。

「……本当に、ナナシは東雲さんがどこに行ってるかは知らないのね？」

「そうね。知らないわ」

「なにをしようとしているのかも、教えられない？」

「内緒にしてくれって、アイツに頼まれたからね」

ナナシの笑顔に唇を尖らせる。私の足もとにいるにゃあさんも、「ケチね」なんて言って不満そうだ。すると、ナナシはころころ笑いながら言った。

「本人から聞いた方がいいわ。その方が、きっと感動するでしょうし」

「……？」

「ねえ、本当になにをやろうとしてるわけ？　あのぼんくら」

「ごめんなさいね。アタシからは言えない。口が堅くなくちゃ、薬屋なんてやってられないもの。ここで漏らしたら、家業の信用問題に関わるわ」

……そんなに、重要な隠しごとなのだろうか。

にゃあさんとふたり、首を傾げていると――ナナシは、私の背後になにかを見つけたのかきらりと目を光らせた。

「――あら、ちょうどいい。口が軽いのが仕事みたいな奴がいる」

そして、ニヤニヤと意地の悪そうな笑みを浮かべた。

「あれに訊きなさい。むしろ、あれも首謀者のひとりよ。アタシ、もう可愛い夏織に隠しごとをしたくないわ。だから押し付けちゃいましょ。ねえ、にゃあ？」

「なによ」

「あの男を――捕まえなさい!!」

「……夏織のためなら、仕方ないわね」

するると、にゃあさんがどこかに向かって駆け出した。走りながら、徐々に巨大化していったにゃあさんは、往来を歩いていたある人物に追いつくと——そのまま組み伏せた。

「うわあああああああっ!?」

「——にゃあさん!?　いきなりなにを……って、あ!!」

小走りでにゃあさんに追いつく。すると、にゃあさんの巨大な足の下に、やけに派手な羽織を着た人物が下敷きになっているのが見えた。

その人は、しばらくにゃあさんの足の下でジタバタと足掻いていたかと思うと——諦めたかのように四肢の力を抜いて言った。

「自分を食べても美味くはないと思うがね。……どうしても味見をしたいなら、等価交換といきたいものだ。珍しい話百個で手を打とう。どうだい」

それは、見るからに怪しい風体をした「物語屋」——。

東雲さんの古くからの友人、玉樹さんだった。

＊　＊　＊

玉樹さんから東雲さんの居場所を聞き出した私は、一旦店に戻って身支度をすると、にゃあさんと共にその場所へと向かった。

幽世から、八大《はちだい》地獄の第五、大叫喚《だいきょうかん》地獄を通っていく。

大声で泣き叫ぶ亡者たちを囲む、切り立った岩壁の中央にある洞《ほら》を潜っていくと――そこは東北六県のうちのひとつ、岩手《いわて》県に繋がっている。

洞は、遠野市と釜石市の境目にある六角牛山《ろっこうしさん》山中に繋がっていた。ゴツゴツした岩壁を伝って外に出る。夕飯を食べた後に出発したこともあって、到着した時には既に辺りは真っ暗だった。今日は雲ひとつない快晴で、空には満天の星が広がっていた。遠くには、星明かりに照らされた北上《きたかみ》山地の峰がうっすらと見える。

ここ六角牛山を含む遠野市は、「民話の里」として有名で、数多の伝説が残ることで知られている。この辺りは、昔から人ならざるものと人間の距離がとても近い場所だった。そのおかげなのか、ここには今でも多くのあやかしが棲んでいる。

「……寒っ」

息を吐くと、冷え切った空気に白く染められ溶けていく。この時期の東北は、まだ雪は降らないとはいえ夜ともなるとかなり冷え込む。

すると、にゃあさんが無言で私の傍に寄り添ってくれた。

にゃあさんの気遣いが嬉しくて、遠慮なしに抱きつく。

そうしていると――そこに、青白い光がひとつ。ゆっくりと近づいてきた。

「……来たね」

青白い光――提灯に、青い人魂《ひとだま》を灯らせたその人は、私たちに向かって頭を下げた。

それは、襤褸《ぼろ》を纏った老婆だった。白髪はボサボサで、碌に櫛《くし》も通していないのが見て取れる。肌は乾燥しきって、まるで岩石の表面のようにひび割れていた。両目は白濁し黄色い目やにがこびり付いていて、襤褸から覗く手足は、まるで棒きれのように細く、靴も履いておらず裸足だ。

「玉樹様から案内を任されている。こっちへ」

老婆はそう言うと、私たちに背を向けた。そして、すう……と、まるで氷上を滑るようにどこかへ向かって歩き始めた。私はにゃあさんと頷き合うと、下草がぼうぼうに生えている山中を歩き始めた。頼りになるのは、老婆が手にした提灯の明かりのみだ。

「……最近は、やたら客が多い。珍しいことだね」

老婆は呵呵《かか》と笑うと、獣道をずんずん進んでいく。私は必死にその後を追いながら、老婆に問いを投げかけた。

「玉樹さんとお知り合いなんですか？」

老婆は立ち止まると、こちらを振り返ってにたりと笑った。

「あの方は、オラのような……人間からあやかしに成り果てた者の面倒を、よう見てくださるからね。ありがたいことだよ」

そしてまた山中を進み始めると、ぽつりと言った。

「人の輪から外れたモンは、どこにも行き場がないからねぇ」

その言葉に、一瞬、ドキリとする。

あやかしには大まかに言うと三種類いる。ひとつは、元々あやかしとして生まれ落ちたもの。そして器物などに宿った念が、長い年月を経て意思を持ったもの。

最後は――人間だったのに、なんらかのきっかけであやかしになってしまったものだ。

先日会った八百比丘尼なんかもそうだ。そういう人たちは、決して多くはないが存在する。どうやら、この老婆もその類らしい。

老婆はどこか淋しげに笑うと、通りすがりに山中に生えていた木に触れた。途端に、空気が変わって驚く。にゃあさんも足を止めて周囲を警戒している。

すると老婆は、すきっ歯から空気が抜けるような笑い声を上げた。

「気にするんじゃないよ、境界を越えただけさ。さあ、進もうじゃないか」

「……は、はい」

「夏織。私の背に乗って」

「うん」

にゃあさんは未だ警戒を解いていない。大きくなった親友の背に乗って、また老婆の後を追った。老婆は何箇所かで同じような仕草をした。そのたびに空気が変わる。

老婆いわく、山の中はいくつかのエリアに分断されていて、それぞれを土地神や山の神が治めているのだそうだ。空気が変わったように感じるのは、そこを治めている主ごとに雰囲気が違うかららしい。

「さあ。ようやく到着だ」

やがて――老婆は、森の中にぽっかりと開けた場所で足を止めた。そこには、一本の木が生えていた。よくよく見ると、枝に剪定《せんてい》したような跡が見て取れる。もしかしたら、昔々はここで人間が暮らしていたのかもしれない。

「この梨の木の下で履物を脱ぎな。そして、木に触れて願うんだ。そこに行きたいと」

「……わかりました。ありがとうございます」

老婆にお礼を言って、言われた通りにする。靴を木の下に綺麗に揃え、幹に触れようとして――手を止めた。

「あの、その前にお名前を訊いてもいいですか？　今度、案内をしてくれたお礼をさせてください」

すると、老婆は酷く驚いたように目を瞬くと、顔を皺々にして笑った。

「律儀な子だね。お礼なんていらないよ。でも――名前くらいは教えようかねえ。昔々、生まれた場所では『サダ』と呼ばれていたよ。茂助《もすけ》という男の娘だった。その後は、登戸《のぼと》の婆と呼ばれ、色々と呼ばれはしたが……中でも寒戸《さむと》の婆って名が一番有名かねぇ。どこにでもいる――神隠しにあったせいで人間じゃなくなっちまった、可哀想なおなごさ」

私は寒戸の婆に重ねてお礼を言うと、自分も名乗った。

すると老婆は益々皺を深くして笑った。そして近くにあった切り株に腰掛けると、いやに機嫌がよさそうな口ぶりで言った。

「じゃあ、アンタたちが戻ってくるまで、ここで待っていてやるからね」

「なるべく早く帰りますね」

「別にどれだけかかっても構わないさ。普段は石に身を変えているからね。時間なんてあってないようなものだよ。気兼ねなく過ごしておいで。……夏織」

「わかりました。本当に、色々とありがとうございます!!」

私は老婆に向かって手を振ると――そっと、梨の木の幹に触れた。

その瞬間、また空気が変わった。ふと視線を前に移すと、梨の木の向こうがいやに色鮮やかだ。

「……わあ!」

そこには、遠野地区でよく見られる伝統的家屋「南部曲がり屋」があった。L字型をした平屋建ての民家なのだが――それが、どこからともなく目の前に現れたのだ。

屋敷の周りには、たくさんの落葉樹が生えている。赤や黄色に色づいた葉が、立派な屋敷を賑やかに飾り立てていた。

どこかから、馬のいななき、牛の鳴き声、鶏の羽ばたく音が聞こえる。造り自体は古めかしいのに、どこも新築同様に真新しく清潔だ。室内からは煌々と明かりが漏れ、如何にも暖かそうに見える。

しかし屋敷の中は静まり返っていて、どこにも人影は見えない。

私はごくりと唾を飲み込むと、にゃあさんと一緒にその屋敷に向かった。

ここは、遠野伝説で最も有名と言っても過言ではない場所――マヨイガ。訪れた者に富を与えると謂われる幻の家。この場所に、私の養父である東雲さんがいるのだ。

「お邪魔します」

南部曲がり屋の中は一風変わっていた。入り口から入ると大きな土間があり、すぐ隣に馬屋がある。この地域は、畜産に適した気候であったことから、かつて南部駒の産地として栄えていた。それもあり、家の中で馬を飼う様式が採用されたと言われている。

竈《かまど》から立ち昇る煙が、馬屋方向に流れる仕組みとなっていて、屋根裏に置いた干し草や馬屋を暖めるようになっている。冬ともなると、随分と雪深くなる地域だ。馬が寒くないようにと、家族のように扱っていたのかもしれない。そんな当時のことを思わせるあやかし絡みの逸話もあるのだが、それはまた別の話だ。

土間から上がると、そこには板間が広がっている。まるで先ほどまで誰かがいたかのように囲炉裏《いろり》には火が入れられ、鉄瓶からは湯気が立ち昇っていた。大きな部屋を仕切っている襖《ふすま》を、そろそろと開け放つ。しかし、どこにも東雲さんの姿は見えなかった。

「夏織、多分あそこよ」

すると、周囲の臭いを嗅いでいたにゃあさんが、屋敷の奥に向かって歩き出した。

屋敷の最奥部――そこにあったのは、他の部屋よりは上等な襖が使われた部屋だ。どうやら、畳の間になっているらしい。所謂、家の主人が眠る部屋なのだろうか？　凝った意匠の欄間からは暖かな光が漏れていて、中から誰かの気配がする。

「……よし、行こう」

私はにゃあさんと視線を交わすと、襖に手をかけた。

そこには、見慣れた背中があった。

普段よりも更にヨレヨレの一張羅の紺の小袖。白髪交じりの髪に、うっすらと肌に浮かんだ鱗模様。襟首からは、いつものラクダ色のシャツが覗いている。

かゆいのか、万年筆の柄《え》で首を掻いている。それは小さい頃から見慣れた仕草だ。文机に向かっている東雲さんの周りには、書き散らした原稿と没になったらしい丸まった紙くず、塔のように積まれた資料本がいくつもそびえ立っていた。

「――東雲さん？」

声をかけてみる。しかし反応が返ってこない。聞こえなかったのかと、移動して顔を覗き込む。そして再び声をかけようとして――止めた。

「……どうしたのよ、夏織」

私は東雲さんから離れると、部屋を後にした。

そして、怪訝《けげん》そうに私を見上げているにゃあさんに言った。

「集中している時の東雲さんには、声をかけちゃ駄目だよねって思って」

「別に、文句くらい言ってもいいじゃない。あんなに落ち込んでたでしょう？」

「いいの。東雲さんの邪魔したくないもの」

そのまま台所に向かう。調理台の上には、使ってくださいと言わんばかりに露で濡れた瑞々しい野菜や新鮮な肉、米などが置かれていた。流石、マヨイガだ。私たち以外には誰の姿も見えないのに、もてなしの準備だけは万端だ。

「……ここのご飯を食べたら、無条件で幸せにならないかな」

苦笑して、水瓶の蓋を開ける。中には、冷たい井戸水がたっぷりと入っていた。

「よし!! ねえ、にゃあさんも手伝ってくれる?」

「……なにをするつもり?」

私は、首を傾げているにゃあさんに笑いかけると——やや得意げに言った。

「東雲さんの……『娘』としてのお仕事!」


「うあー……。できた!!」

東雲さんは、ぐんと両手を伸ばすと、そのまま畳の上に倒れ込んだ。文机の上には、きちんと整えられた原稿の束が載っている。黒と赤のインクで汚れた原稿は大分ヨレてしまっていて、まるで東雲さんの一張羅みたいだ。

東雲さんが一段落するまで待っていた私は、気持ちよさそうに畳の上で寝転んでいる養父の顔を覗き込んだ。

「お疲れ様。ご飯とお風呂、どっちにする?」

「……うおっ!?」

東雲さんは勢いよく起き上がると、四つん這いで私に迫ってきた。そして、私の顔を両手でがっしりと掴まえると、まじまじと眺めながら言った。

「え？　は？　原稿疲れで、幻覚が見えてんのか……？」

「幻覚には触れないでしょ」

「そりゃそうだ」

東雲さんは、手でグニグニと私の顔を弄《いじ》ると、ニッと白い歯を見せて笑った。

「……ああ。紛れもなく俺の娘だ」

私は胸の奥がムズムズするのを感じながら、乱暴な手付きで東雲さんの手を払った。

「やめてよ。ご飯とお風呂、どっちにするのって訊いたでしょ」

「おー！　そういう不機嫌そうな顔も、確かに俺の娘だなア」

「いい加減にして!!」

「ワハハ!!　悪いな。じゃあ、飯にする」

私は「まったく、これだから」なんてブツブツ言いながら、東雲さんを囲炉裏に案内した。囲炉裏にかかった自在鉤《じざいかぎ》には、鉄鍋がぶら下がっている。その中には、白い湯気を上げている汁物が入っていた。

それを見た瞬間、東雲さんは顔を輝かせた。

「お！　ひっつみ!!」

「どうせ、しばらく碌なものを食べてないんでしょ。油っこくない方がいいと思って。それに、ここは岩手だしね。せっかくだし作ってみたんだ」

ひっつみ汁は、岩手県に伝わる郷土料理だ。

小麦粉を耳朶くらいまでの柔らかさに捏《こ》ねた「ひっつみ」を薄く延ばして、根菜などが入っただし汁で煮込む料理。「手で引き千切る」ことを、岩手県の方言で「ひっつむ」ということから、こういう名になったらしい。出汁や具材が家庭ごとに違うのも特徴で、まさに故郷の味という料理だ。

「東雲さん、普段からお肉ばっかりでしょ？　根菜と茸、たっぷり入れたからね。それとおネギも！　一応、鶏肉も入ってるけど、野菜をメインで食べること」

「……酒は？」

「だぁめ。見るからに疲労困憊じゃない。そんな状態で飲んだら大変なことになるよ」

「ぐぬ……」

途端に不満顔になった東雲さんを余所に、盛り付けのためにお玉を手に取った。

ひっつみは醤油ベースの汁物だ。鰹だしをベースに、みりん、淡口《うすくち》醤油で味付けされたもの。鶏肉や、出汁がよく出る根菜や茸が盛りだくさんに入っている。結果、汁の中には充分すぎるほどの旨みが溶け出し、渾然一体となって、どこかホッとする味となるのだ。

「いっぱい食べてね」

お椀にたっぷりの具材を盛って、それから汁を流し込む。醤油色に染まった汁の表面では、クルクルと鶏の脂が円を描き、ぼんやりと辺りの光を反射していた。醤油のいい匂いが辺りに充満して、容赦なく胃を刺激する。夕食を済ませているはずの自分でさえ、食べたくて仕方がないくらいだ。

クックツと鍋が煮立つ音をＢＧＭにして食べる夕食というのも、なかなか乙なものだ。

お椀を渡すと、東雲さんは目もとを和らげ、嬉しそうに中身を覗き込んでいる。

「そういや、にゃあは？」

「待ちくたびれちゃって、馬を見てくるって」

「ふうん」

他愛のない会話をしながら、次いで自分のぶんも用意する。

食べてきたのだし少なめでいいや、なんて思っていると――。

「うめえっ!!」

「うわっ」

大声に驚いてお玉を灰の中に落としかけてしまった。慌てて握り直して、ホッと胸を撫で下ろす。そして、じろりと東雲さんを睨みつけた。

「もう！　まだ、いただきますしてないでしょ！」

「悪い。そういや、もう何日も温かい汁もんなんて食ってなくて。我慢できなかった」

「子どもじゃあるまいし……」

「いいだろ？　別に」

そして、東雲さんはもうひとくちだけひっつみ汁を飲むと、しみじみと言った。

「やっぱり、うめえなあ。俺にとって、夏織の飯が一番のご馳走だな」

「……………」

東雲さんは、あち、あちなんて言いながら、出汁が染みて茶色くなったひっつみと格闘している。私は自分もお椀に視線を落とすと、おもむろに口をつけた。

——素材の旨みが複雑に混ざり合い、それを醤油が上手に纏めてくれている。もちもちのひっつみは、食べごたえがあって、まるですいとんみたいだ。

……うん、美味しくできたと思う。けれど、私にとっては普通の味だ。何故なら、何度も何度も味見をしたから、舌が慣れてしまって今更感動なんてない。

けれど——。

「おかわり!! ひっつみ多めでな。あと……鶏肉もサービスしてくれよ」

「……はいはい」

この人は、本当に美味しそうに食べてくれる。私がいないとちっとも食べてくれない癖に、一緒に食卓を囲むと途端に食欲が旺盛になる。

お椀を受け取りながら、にやけないように俯く。同時に、鼻の奥がツンとしてきた。視界が滲みそうになって、慌てて気を引き締める。

するとまた、東雲さんがしみじみと言った。

「ああ、本当にうめえ。これ、また作ってくれよ」

「うん」

久しぶりにする一緒の食事。ふたりで囲炉裏を囲んだその時間は、どこまでも優しく、どこまでも温かかった。

「――そうか。ここにいるって、玉樹に聞いたのか」

東雲さんはボリボリと頭を掻くと、紫煙をくゆらせながら気まずそうに笑った。

「それにしても、マヨイガにいるだなんて。ここのお家のものを持って帰って、億万長者にでもなるつもり？」

「そうじゃねえよ。それにこの家は借りているだけで、招かれたわけじゃねえ。ここの家のものを持って帰っても、祟《たた》られることはあっても恩恵はねえよ。そういうもんだ」

「そうなんだ」

私はまだ帰ってこない親友の猫を心配しつつ、ちらりと東雲さんの様子を窺う。そして、少し緊張しながら尋ねた。

「よかったら、なにをしているのか教えてくれない？　理由を知らないまま、留守番ばかりしているのは不安だよ」

東雲さんが、私を実の娘のように思ってくれているなら……教えてくれるはずだ。

すると、東雲さんは一瞬だけ迷っていたようだったが、すぐに立ち上がると、先ほどの部屋からなにかを持ってきた。それは、東雲さんが文机で格闘していた原稿の束だった。

「見てみろよ」

「いいの？」

「内容は他言無用だぞ」

恐る恐る、原稿を捲る。

「……これは？」

その内容を目にした瞬間、驚いて東雲さんの顔を見た。

原稿には、私の知っているあやかしの名や、知らないあやかしの名……その住まいや来歴、どういう伝説があるかなどが細かく書かれていた。以前、本を貸す代わりに、あやかしたちから聞かせて貰ったエピソードなども盛り込まれている。

東雲さんは照れくさそうにはにかむと、事情を詳しく教えてくれた。

「俺は――俺たちは、幽世版の拾遺集《しゅういしゅう》を作ろうと思っているんだ」

「拾遺集？」

「あやかしたちが語ってくれた話を集めた本だ。これを読めば、幽世中のいろんな話を読めるし、あやかしの由来や、伝承を知ることができる。すげえだろ」

改めて原稿を見つめる。確かにそれはすごいかもしれない。現し世にも、あやかしたちの伝承や由来を集めた事典や資料なんかはあるが、「本人」から聞いた生のエピソードを集めたものなんて絶対にない。内容を紐解いていけば、あやかしたちがどういう暮らしをしているかなんてのも知ることができる。これは文化研究的な意味でも重要な資料になるのではないか。そんな本、面白くないわけがない！

「東雲さん。すごい！　それに、幽世発の本なんて聞いたことないよ」

「ああ。間違いなく、初の試みだろうな。知り合いの伝手《つて》を使って、印刷所の手配もしてある。これができたら、すげえことになるぞ」

そして、東雲さんはやや得意げに語ってくれた。

メディアや流通の発達によって、あやかしの存在が「空想」や「想像」、「虚構」のものであるとされてしまった現し世。古来より人間たちは、自ら体験したものを「恐怖」と「注意喚起」をこめて世に残してきた。けれども、人間とあやかしの距離は時代が流れるにつれて離れていった。人はあやかしを信じなくなり、実際にあやかしを目にすることもなくなった。何故なら、あやかしたちも現し世から幽世へと棲み家を移したからだ。

結果、あやかしの生の情報を扱った本は、現代では作られなくなってしまった。

物語を創ったり、本にしたりするのは人間の為せる技だ。あやかしは記録として遺される方であって、自ら本や物語を創ったりはしない。有名なあやかしの名は残ってはいるものの、そうでもないあやかしの名や存在は徐々に忘れ去られようとしている。

「だから俺らが、自分たちの生き様を遺すためにやってやろうってなったんだ。この世から、誰にも知られずにいなくなるあやかしを少しでも減らすために」

東雲さんの話を聞いているうちに、あることを思い出した。

実は、あやかしを取り扱った書籍は、うちの店の人気上位に入る。

特に鳥山石燕《とりやませきえん》の本は、ひっきりなしに借りていかれる。文章もそう多くないイラストメインの本だから、何故だろうと思っていたのだけれど……そういう理由だったらしい。彼らは、自分たちの生き様を本に見ていたのだ。

東雲さんは、やや渋い顔をすると煙管をひとくち吸った。そして、紫煙を吐き出しながら話を続けた。

「記録に遺されなくなった……これぱっかりは、あやかしにはどうにもならねえ問題だと思ってた。だが、玉樹が言ったんだ。変えてやろう。できないならできるようになればいい。いや、むしろ……できないと思っているだけなんじゃねえか？　って」

「あやかしにだって――本を創ったり物語を創ったりできるってこと？」

東雲さんは頷くと、インクで黒ずんでいる自分の手をじっと見つめて言った。

「それで思い出したんだ。夏織が小さい頃、お前の成長を日記に書いてたこと。それを引っ張り出して読んだら意外と面白い。現し世に『育児本』ってあるだろう？　商業作品に比べたらそりゃ拙いかもしれないが、『読み物』っぽいなにかになっている気がした。俺は、知らないうちになにかを創り出していたんじゃねえか――？」

更に貸本屋の業務をしているうち、東雲さんはあやかしたちがそれぞれ面白いエピソードを持っていることに気づいた。彼らは自分が面白いと思う出来事を、友人や家族に語ってコミュニケーションを取っていたのだ。

そこには、あやかし個人の嗜好や、相手に面白く思って貰うための工夫がなされ、同じ話をとっても語り部によっては内容が全然違ったりした。本人たちは創作しているつもりはないようだったが、オリジナリティが生まれていたのだ。そういった一連の行動は、大昔から人間たちがしてきたこととなんら変わらない。

「あやかしだって、実は人間と大差ない。今まで、自分たちで本を作ろうと思わなかっただけじゃねえかってな、そう思ったんだ……」

　そのことに気がついた東雲さんは、代金を持ち合わせていないあやかしたちから、エピソードを聞き出して書き残すことにした。そしてそれを「原稿」として、玉樹さんに売った。いつか、書き溜めたものを本にするために。

「……嘘。私が物心ついた頃には、代金の代わりに話を聞いたりしてたよね!?」

「へへ。足掛け十年以上かかってんだぜ、すげえだろ」

　東雲さんは、どこか誇らしげに言うと、ポンと原稿の束の上に手を置いて言った。

「昔、現し世で本が高価だった時代。人間の文学者たちは、もっと多くの人に本を読んで貰おうと、貸本屋を開いたんだぜ。戦時中、空襲警報の合間を縫って人が殺到したらしい。ソイツらはな、そのうち貸し出すだけじゃ飽き足らず、本の自費出版を始めたんだ。不思議だよな、気がついたら俺も同じことをしてる。あやかしと人間はまるで違うもんなのに
──行き着く先は一緒だった」

　すると東雲さんは、やや興奮した口ぶりで語った。

「幽世のあやかしは、ほぼ網羅したつもりだ。こんな本……人気が出ねえわけがねえよ！　玉樹的に言えば、『にーず』に合致？　してるってことだ！　自分の話が載ったあやかしはもちろん、口コミでも評判が広がるぜ。そうすりゃ、いっぱい、いっぱい……今より、たくさんのあやかしがこの本を借りに来るだろ？」

「うん」

「そしたらよ、生活も楽になる。お前にアルバイトして貰う必要もなくなる」

「……え？」

驚きのあまり言葉を失っていると、東雲さんは大きな手で私の頭をくしゃりと撫でた。

「いつまでも、だらしねえ親父じゃいられねえよ。俺も変わらなきゃな。俺は本を作る。そんでもって、自分だけの稼ぎで娘に飯を食わせられるような大黒柱になるんだ。娘が胸を張って自慢できる父親に。……夏織、応援してくれるか？」

それは東雲さんの「夢」だった。

幽世では初めての、出版物の刊行。

人間の本を享受するだけでなく、自分たちで後世に残るものを生み出していく。

でも、その夢が行き着くところは、結局は「私」だった。

私……「娘」のために、東雲さんは新しい道を切り開こうとしている！

東雲さんは、以前に比べると少しやつれたように見えた。しかしその青灰色の瞳は、キラキラと眩しいくらいに輝いていて、まるで希望に満ち溢れた少年みたいだ。

――ああ。なんてことだろう。

私は胸が熱くなるのを感じながら、大きく頷いた。

脳裏に思い浮かんでいたのは、幼い日に養父とした約束。星空の下、大好きな養父と交わした大切な約束だ。東雲さんは見つけたのだ。大人になってからも、自分がなりたいものを。自分がなるべき「何者か」を。

「……私、応援する。絶対に応援するから！」

「お前には迷惑かけるな」

「そんなことないよ、気にしないで。応援してるから……お養父《とう》さん」

笑ってそう言うと、東雲さんは渋みがかった顔を蕩けそうなほどに緩めて、私を強く抱きしめてきた。そして、無精髭だらけの顔を私の頬に擦りつけて言った。

「ああ。頑張るからな。ぜってぇ、成功させてやる！」

「髭痛い！　痛いってば!!」

――ああ、話を聞けてよかった。

心からそう思う。そして、しみじみと自分の望みを再確認した。

東雲さんを娘として支えていきたい。大切にしたい。

血が繋がっていなくとも、本当の娘以上にこの人の娘らしくありたい。

そのためには――髭の刺さる痛みくらい、我慢するべきだろう。

私は苦く笑うと、肌を襲うチクチクした痛みに耐えるべく、目を瞑った。

……――その時だ。

突然、すぐ傍で紙の破れるような音がした。

まさか暴れすぎて大切な原稿を破いてしまったのかと、慌てて確認する。けれども東雲さん入魂の原稿は無事だった。

「東雲さん、なにか音が——……」

声をかけようとして、途中で言葉が途切れる。

何故なら、私に抱きついていた東雲さんが、ゆっくりと倒れていくのが見えたからだ。頼もしいその腕が、私の肩からいとも簡単に外れたのに気がついたからだ。すぐ傍にあった心地いい温もりが、離れていくのを知ってしまったからだ。

「……え？」

——ドスン、と鈍い音がして、板間に東雲さんの体が転がる。知らぬ間に、東雲さんの体にいくつもの亀裂が入っている。それはまるで陶器に入ったヒビのような。もしくは……破いた紙を、無理矢理つなぎ合わせたような、そんな亀裂。

「かお……かお、り……」

東雲さんは、私にゆっくりと手を伸ばしてきた。状況がまったく理解できず、私も手を伸ばす。けれどもその指先が触れそうになった瞬間、また紙の破ける音が聞こえた。

それはすべてを切り裂くような……鼓膜を強制的に震わせる、いやに不愉快な音。

怖くなって、慌てて東雲さんを抱きしめようと手を伸ばした。東雲さんは、青ざめた顔で私をじっと見つめ——。

「だい、じょうぶ。しん、ぱい、するな」

そう言って、私を安心させるように笑った。

そして次の瞬間、まるで存在自体が幻であったかのようにかき消えてしまった。

——大切な、私を守り育ててくれた養父は。大切にしたいと思ったばかりの養父は。

温もりだけを残して、消えてしまった。

「嫌……」

私は自分で自分を抱きしめると、その場に蹲った。

何故か、寒くて寒くて堪らない。

けれども、自分自身の熱だけでは足りない。あの力強くて、大きくて、頼りになる……

私をあらゆるものから守ってくれた養父の温もりでなければ、この寒さは拭えない。

「嫌ああああぁぁあっぁぁぁぁあ!!」

そのことに気がついた瞬間、私はなにも考えることができなくなってしまった。

そしてまるで子どもみたいに、大きな声で泣き叫んだのだった。

第四章　若狭国の入定洞

「泣くな、泣くな。大丈夫だ」

幼い頃、泣きじゃくる私を東雲さんはいつもそう言ってあやしてくれた。

まだ小さい私を抱っこして、背中をポンポンと叩く。普段は雑な手付きの癖に、そういう時はやけに優しい。そうされると、不思議と気分が落ち着いてきて、泣いて体力を消費していたこともあり、段々とウトウトしてくる。

私が微睡《まどろ》み始めたことを知ると、東雲さんはゆらゆら揺れ始めた。

東雲さんは、子どものあやし方をナナシやご近所の奥さんから教わったらしい。なのにどうしても慣れないらしく、少し不器用な揺れ方をする。

ゆら、ゆら、ゆら。ゆうら、ゆらゆら、ゆうらり。

こんな風に一定じゃないリズムで揺れるものだから、時々覚醒してしまう。

けれどそれもまた無性に心地よくて、私は短い腕を東雲さんの首に回すと、ぎゅうと抱きついて目を瞑るのだ。

「なーんも、心配することはねぇよ。俺がいる。俺がいるからな」

子守唄は恥ずかしい。以前、東雲さんがそう零していたのを覚えている。

だから、私を安心させるために東雲さんは言葉を重ねるのだ。

養父が口にする優しい言葉。それと汗と煙草が混じった、東雲さんの匂い。

それはいつだって私を包み、守ってくれていた。

＊＊＊

突然、東雲さんが姿を消してしまった後、私たちはすぐに幽世に戻ってきていた。

消えてしまったのはなにかの手違いで、もしかしたら、貸本屋に帰ってきているかもしれない……そう思ったからだ。

時は既に深夜を回ろうとしていた。町は静まり返っていて、幽世の赤っぽい空に薄ぼんやりと照らされている。誰もいない大通りは、まるで他人のような顔をしていた。

そこには私に声をかけてくれるお店の人も、立ち話をしてくれる近所の人たちもいない。普段の熱気が失われた町は、私を容赦なく冷たい空気で包み、決して優しさを見せてはくれない。

貸本屋に到着するやいなや、私たちは店内や母屋中をくまなく捜した。けれど、なんの明かりも灯っていない冷え切ったわが家で、養父の姿を見つけることはできなかった。

泣きたくなって、道端に蹲る。けれど何故か涙が出てこない。頭の中を支配しようと蠢いている不愉快な妄想や、胸の中に渦巻くモヤモヤとしたものを、涙に乗せて発散してしまいたいのに、視界が滲みすらしない。そればかりか、胸の奥がぽっかりと空いてしまったような虚ろな感覚がする。

――どうしたんだろう。まるで、感情が枯渇してしまったような。

いや、違う。胸の奥には複雑な感情が渦巻いている。それを上手く表に出せないだけだ。悲しみと恐怖と後悔と――いろんな感情がせめぎ合って、頭が混乱しているのだ。

そう思い至った時、思わず苦笑を零した。

これではまるで先日までの元祓い屋の少年みたいだ。

「……水明に、偉そうなこと言えないな」

ぽつんと呟く。そして、膝を抱え込んで目を瞑った。

すると、店の周辺を捜してくれていたにゃあさんが戻ってきた。

「どこにもいないわ、あの馬鹿。まったく手間のかかる親父だこと!!」

すると、苛立たしげに三本のしっぽで地面を叩いたにゃあさんは、私に自分の背に乗るように指示してきた。

「どこに行くの？」

「決まってるでしょ」

そして、向かったのは――私の母代わりで薬屋、ナナシの下である。

流石にこの時間ともなると、薬屋は店じまいしていた。奥の方から明かりが漏れているから、まだ起きてはいるらしい。裏口から回った方がいいだろうかと考えていると、誰かが声をかけてきた。

「……夏織？」

それは水明で、彼は周りに幻光蝶を侍《はべ》らせながら、クロと一緒にそこに立っていた。

すると突然、にゃあさんがクロに近づいていった。

「ちょっと、駄犬。話があるんだけど」

「えええ？　お、オイラに……？」

にゃあさんはクロをちらりと一瞥すると、ついてこいと言わんばかりにどこかに向かって歩き始める。するとクロは、渋々と言った様子でにゃあさんの後に続いた。

「え。にゃあさん？　待って……」

「すぐ戻るから。水明、夏織のこと頼んだわよ」

そう言うと、ふたり連れだって闇の中に消えてしまった。私は、にゃあさんの姿が見えなくなると、途端に息苦しくなって顔を顰めた。

——にゃあさんが勝手に行動するのはいつものことなのに、どうしてこんなに心細くなるんだろう。まるで、自分じゃなにもできない子どもに戻ったみたいだ。

私は深く嘆息すると、気分を切り替えることにして、水明に向かい合った。

「どこかに行っていたの？」

すると水明は小さく首を振って「頭を冷やしていた」と答えた。

「……頭？　なにか、怒るようなことがあったの？」

「いや、問題ない。もう過ぎたことだ」

「そっか。ナナシに用があるんだけど、入ってもいいかな？」

そう言うと、水明はこくりと無言で頷いた。ポケットから鍵を取り出して、薬屋の扉を開ける。すると次の瞬間、ピタリと動きを止めた。

それを不思議に思っていると、水明はおもむろに私に向かって手を差し伸べてきた。

「え……」

その手に対して、どうリアクションすればいいかわからず困っていると、水明はボソボソと小声で言った。

「――迷子の子どもみたいな顔してる。繋いどけ」

「……」

「なにがあったのかは知らないが、俺に頼りたい時は頼れよ」

それを聞いてもなお動けないでいると、水明は私の手をやや強引に繋いで、扉を開けて薬屋に入っていった。手を引かれて、一緒に建物の中に入る。

――手が熱い。夜の冷気に当てられて、冷え切った体がそこから温まっていくような感覚がする。

……ああ、水明が前を向いていてくれてよかった。

きっと、今の私はとっても変な顔をしているから、また心配させてしまうもの。

私は、万が一にでも涙ぐんでいるのを見られないようにと、やや俯き加減になって、水明の歩調に合わせて歩き始めた。

店舗を抜けて薬屋の中庭に出る。銀木犀の香りで満ちているそこには、やけに険しい顔をしたナナシと、いつも通りに怪しさ満点の玉樹さんの姿があった。

「おや、貸本屋のお嬢さん。東雲には会えたかい。それにしてもどうしたんだ、真っ青な顔をして。酷く辛そうだ。ああ、俺も大概だがね。どうだい、物語に出てくる死にかけの兵士みたいな有様だろう？」

そう言った玉樹さんは、顔を歪めて自分の体を擦った。なにかあったのだろうか。あちこち傷だらけだ。一瞬、にゃあさんが押し倒した時の傷かと思ったが、どう見てもそれだけではできないほど酷い傷だった。

「自業自得よ。この男のせいで、水明たちがどれだけ苦しんだと思っているの」

刺々しい口調で言い放ったのは、機嫌の悪そうなナナシだ。ナナシは、まるで鬼のような形相で玉樹さんを睨みつけている。

「アンタの悪い癖よね。好き勝手に状況をかき回して、それで満足したら責任も取らずに去る。最低ね。水明からアンタのしたことを聞いた瞬間、殺そうかと思ったわ」

「ハハ。耳が痛いな。だがな、薬屋の姐《ねえ》さん。自分が一石を投じなければ、そこの祓い屋の少年は今ここにいない。詳細な設計図《プロット》は用意してやったんだ。それを基《もと》にどう話を展開しようと、筆を執った者の自由だと思わないか」

「アンタねえ!!」

どうやら、水明絡みで玉樹さんがなにかやらかしたらしい。ナナシが顔を真っ赤にして怒っている。普段から戯けることはあっても、あまり感情を乱さないナナシにしては珍しい。それとは対照的に、玉樹さんはうっすらと笑みを貼り付けたまま飄々としている。

そんなふたりを、水明はどこか憮然とした表情で見つめていた。なにか複雑なものを抱えていそうな顔に、心配になって声をかける。

「水明、大丈夫?」

「問題ない。あの男がいなければ、俺は今でも苦しいままだっただろうからな。特に直接なにかをされたわけでもないし、恩人は恩人だ。……だが、なんと言うか」

水明は一瞬だけ言い澱むと、今度は玉樹さんに視線を向けて言った。

「あの男、どうにも信用ならない。だからあれは敵でも味方でもない、そういうものだと理解することにした」

「フム、少年はそう考えるか。ま、そういう捉え方もある」

「よく言ったわ、水明。この野郎は、絶対に信用しちゃ駄目よ。そうだ。このことは東雲にも伝えておくからね。覚悟しておきなさいよ!!」

「それは勘弁してくれ。東雲の野郎、キレると手がつけられなくなるんだ。名誉の負傷なんて、物語の中では歓迎される言葉だが、現実では痛いだけだ」

玉樹さんは心底嫌そうに顔を歪めた。そうだった、東雲さんから原稿を回収する時は強気の玉樹さんだけれど、普段は東雲さんに怒られてばかりなのだ。玉樹さんがなにかやらかすたびに、お酒を酌み交わしながら説教するのが定番となっているくらいに。

「なにをしたのか知りませんけど、あんまり東雲さんに負担かけないでくださいよ。ただでさえ、最近疲れ切って……」

苦笑しながら言いかけて、息が詰まりそうなくらい胸が苦しくなる。

……そうだ。私、東雲さんのことでここにきたのに。

今の今まで、東雲さんのことを忘れていた自分に気がついて、罪悪感がこみ上げてきて堪らなくなる。自分のあまりの愚かさに、冷や汗が浮かんだ。

「夏織？」

すると、ナナシが心配そうに覗き込んできた。

私は堪らずナナシに抱きついた。花のような華やかな香りに包まれて、硬い胸に顔を埋める。ナナシは私を受け止めると、耳元でそっと囁いた。

「どうしたの？　なにかあった？　ごめんなさい、玉樹の野郎に気を取られて、気づくのが遅くなってしまったわ。こんな遅くにうちにくるなんて……なにかあったのね？」

私は呼吸を整えると、ナナシに向かって言った。

「わ、私。どうすればいいかわからないの。助けて。東雲さんが消えちゃった……！」

そして、みんなに今までのことを話し始めた。

東雲さんを訪ねてマヨイガに行ったこと。一緒にご飯を食べたこと。東雲さんの夢を知ったこと。東雲さんが――突然、消えてしまったこと。

すると、玉樹さんが意外そうな声を上げた。

「東雲の奴。内緒にして驚かせると息巻いていたのに、結局教えたのか。意気地がないな。これじゃあ、伏線にもなりゃしない」

「アンタは黙ってて。それで？　突然、東雲が姿を消したのね？」

「うん。紙が破れるような音がして……まるで、そこに初めからいなかったみたいに」

自分で口にしておいてゾッとする。そんなわけないのに、今までの幸せな生活が幻だったんじゃないかと眩暈《めまい》がした。足に力が入らなくなって、へたり込みそうになる。

すると、ナナシが私の体を支えてくれた。お礼を言おうと顔を上げると、ナナシが見たこともないくらい怖い顔をしていたので、思わず口を噤んだ。

「玉樹、アンタ心当たりがあるんじゃないの」

玉樹さんは小さく肩を竦めて言った。

「まあ、それなりに」

その瞬間、私を支えていた手が消えた。すとん、と地面に私のお尻が着地するのと同時に、ナナシの姿はいつの間にか玉樹さんの傍にあった。ナナシは、玉樹さんの顔に手をかけると、緑に染めた長い爪を頬に食い込ませた。

「――てめえ。どういうことか、白状しやがれ」

怒気に溢れ、普段の女性らしい言葉遣いではなくなったナナシには、ゾッとするほどの迫力があった。ギリギリと締め上げられ、顔が歪んでしまっている玉樹さんは、脂汗をかきながら、ナナシの腕を降参とばかりにポンポンと叩いている。

「ナナシ、それじゃしゃべれないだろう」

「あら、ごめんなさいね？　つい」

水明が指摘すると、ナナシはやっと玉樹さんの顔から手を離した。解放された玉樹さんは、やや疲れたような顔でナナシを見上げて言った。

「ハハ。流石のナナシも、東雲のこととなれば動揺するんだな。なかなか興味深……い、いやいやいや、冗談だ。冗談だよ。痛いのはもう勘弁してくれ。俺は一介の物語屋で、本よりも重いものは持ったことがない」

慌てた玉樹さんは居住まいを正すと、ゴホン、と咳払いをひとつ。

そして、私たちに向かって「心当たり」を話し始めた。

「新しいものが生まれる時というのは、いくらかの反発が起こるものでね。今回のことはまさにそれだろう。これは、幽世に変化が起きるのを好まない奴の仕業に違いない」

――幽世の本質。それは「停滞」や「緩やかな変化」だ。

目まぐるしく変化していく現し世とは違い、この世界には古いものが多く残っている。そもそも現し世基準からすれば、あやかし自体も古きものと言えるのだろう。それらが集まり、ひとつの形を成しているのが幽世。変わらぬものが、今もまだ残っている世界だ。

「俺はこう解釈している。『変わらないもの』に価値を見出す奴らが集まったのが、幽世だとね。だから、そういう考えを持つ奴らは『変わる』ことに対して酷く臆病だ」

東雲さんがやろうとしていること……書籍の発行は、もちろん初めての試みだ。今までなにも生み出してこなかったあやかしが、自分たちの手でなにかを創り出す。現し世で作られたものを享受するだけでは飽き足らず、自分たちから発信する──。

これが上手く行けば、幽世発の作品が今後、どんどん生まれるかもしれない。

「そうなったら、幽世は活性化するだろうな。創作は議論を生み、考察を深め、感動を呼び、想いを作り出す。きっと、東雲に触発された何人ものあやかしが筆を執るだろう。創作だけじゃない、新しいものづくりに目覚める奴も出てくるかもしれない。自分たちでもなにかを創り出せる。その衝撃は、想像するよりも遥かに強い力を持っている。幽世が根本から変わるかもしれないな」

すると、玉樹さんは目をとろりと蕩けさせた。頬を上気させて、口を半開きにする。

そして左手を大きく広げると、まるで宙になにかを見ているかのように──どこか熱狂的に言った。

「結果──古いものが淘汰されていく……！　新しいものが生まれたら、古いものが消えていくのは必然。ああ、変化というものは素晴らしい!!　今までは、世界に関心を持てずにいたあやかしも、誰かと協力してなにかを生み出そうとするかもしれない。本棚からは古い本は追いやられ、新刊で埋めつくされる。最高じゃないか！」

——だから、古いものは駄目だ。古いものはすべてを腐らせる。これからはもっと新しいものを作っていかねばならない、と玉樹さんは語った。

「……」

私はナナシや水明と視線を交わすと、曖昧に微笑んだ。

玉樹さんの言っていることは、正しいことのように思える。停滞し、変わらないことによって消えてしまうものもあるのだ。例えば、本に遺されなければ誰にも知られずに消えてしまうマイナーなあやかしのように。彼らの生きた証を遺すためには、誰かが動かねばならないのだろう。

けれど、同じようなことを言っていた東雲さんと違って、玉樹さんの言葉はどこか簡単に受け入れ難い雰囲気があった。きっとそれは——。

「古いものは捨て去るべきだ。歴史？　伝統？　そんなものいらないさ。革新的なものの前に、古いものはすべて膝をつくべきだ」

玉樹さんの口ぶりが、新しいものを求めるというよりかは、古いものへの憎悪とも呼べる粘着質で仄暗い感情で満ちていたからだろう。その様子は、どう見ても尋常じゃなかった。新しいものの価値も、古いものの価値も知っているからこそ、玉樹さんの言葉を素直に聞く気にはならなかったのだ。

思わず黙り込むと、ナナシが盛大にため息をついた。

ナナシは、深緑色の髪をかき上げると、渋い顔になって言った。

「アンタがどう思っているかわかった。それも……ひとつの考えだとは思うけれど。それにしたって、新しいことを始めるだけで、人に害を与えるほど反発する輩《やから》がいるってことよね？　正直、信じられないわ」

「なにを言っている。現し世の歴史を振り返れば、容易に想像できるだろう？」

「……それは、そうかもしれないけれど。まあ、その議論は後にしましょ。それよりも、東雲を拐《かどわ》かした野郎は誰。それも心当たりがあるんじゃないの」

するとと玉樹さんは、綺麗に整えられた髭をショリショリと指で撫でると、どこか考え込んでいるような様子で言った。

「……犯人の目星はついているがね」

「ほ、本当!?」

思わずその言葉に食いつくと、玉樹さんは苦い笑みを浮かべて言った。

「そんなに、養父が心配なのか。まあ、犯人の下へはすぐにでも行けるだろうが……それよりも先に確認したい場所があるんだが、いいか？」

「……それは、東雲さんを助けに行くよりも大切なこと？」

「もちろんだ。なにせ、そこには――……」

玉樹さんは目をうっすらと細めると、白濁した右目で私を見て言った。

「東雲の『本体』があってね」

貸本屋にある複雑に重なり合った可動式の本棚を、手順通りに動かしていく。本がぎっしりと詰まった棚は重く、腰を入れて押さないと動かないほどだ。

ほどなくして地下へと続く階段が姿を現すと、中から底冷えするような空気が漏れてきて、肌が粟立った。私は身を縮めると、肩からかけていたカーディガンを着込んだ。

「……行こっか」

「ええ」

ごくりと唾を飲み込み、ナナシと目を合わせて頷くと、ゆっくりと地下へと足を踏み入れた。私の後ろには、玉樹さんとにゃあさん、水明にクロもついてきている。

「怖っ。暗いし、滅茶苦茶寒いんだけど!?」

「うるさいわよ、駄犬。だったら、アンタだけ帰りなさいよ。現し世に」

「幽世から追い出すのは、流石にいくらなんでも酷くない!?」

にゃあさんとクロがやりあう声を聞きながら、無言のまま足を進める。

奥にある燭台の火が消えていることもあって、地下室の中は真っ暗でなにも見えない。それは予想していたので、幻光蝶を提灯に入れてきていた。提灯の明かりにぼんやりと照らされた本たちは、以前見た通りの姿のままそこにあった。変わったことと言えば、真新しい蜘蛛の巣が張ってあることくらいだ。

慎重に、一歩一歩奥へと進んでいく。

……闇が濃い。光が奥まで届かないせいで、どこかになにかが潜んでいるような気がしてならない。常夜の世界に育ったから、暗い場所には慣れているのにも拘らず、地下室の闇が空恐ろしく感じるのは、この奥に東雲さんの「本体」があるという事実が私を動揺させているのだろう。

――「本体」。

本体とはなんだろうか。普通のあやかしにはそんなものはない。東雲さんに私の知らない秘密がある……その事実を、どう受け止めればいいのかわからなかった。

「……！」

けれども最奥に到着した瞬間、恐怖や戸惑いなんて、すべて忘れてしまった。それ以上の衝撃と驚きが、私を襲ったからだ。

提灯の明かりが、地下室の最奥を照らし出す。封じられた赤い扉。長年、謎をもって私の興味を引き続けていたそこの――封印が解かれている。元祓い屋である水明に、強力だと言わしめた札が破かれてしまっている！

「おやまあ。派手にやったもんだ」

玉樹さんが、楽しげな声を上げている。笑いごとじゃないと怒る気力すら湧かない。

私はその場にしゃがみ込むと、床に落ちていた御札を拾った。ミミズがのたくったような呪文が書かれた黄色い紙片からは、なんの力も感じない。すると、水明と玉樹さんがなにやら話しているのが聞こえてきた。

「これほどの札を、こうも簡単に破るなんて。よほど力のあるあやかしの仕業か？」

「さあ。どうだろうな。見るに、あやかし以外には大して効果を現さない札のようだが」

「つまり、犯人は人間ということか？　この世界に、俺たちの他にも人間がいると？」

「はて。どう答えたものか。自分で考えてみたらどうだ。探偵が簡単に答えを教えてしまったら、そもそも物語が成立しないだろう？」

「誰が探偵だ。お前は、自分で言うほど親切じゃないな」

「解釈は自由だといつも言っているだろう。親切かどうかは受取り手次第だ」

　水明の言葉に玉樹さんが笑っている。なにもかも知っている癖に、情報を小出しにする感じが厭らしい。

　そんなふたりを余所に、札の欠片を拾いながら赤い扉に近づく。

　明かりをかざしてみると、扉自体も壊されていた。鈍器で殴りつけたのだろうか。あちこちが凹み、無残な姿を晒している。

「ねえ、奥から東雲の匂いがする！」

　すると、辺りの臭いを嗅いでいたクロが、扉の奥へと向かった。

　ドキリとして、その後を追う。

　そこは、なにもない部屋だった。

　二畳ほどの小さな部屋だ。窓ひとつどころか、棚も飾りもない。

　──奥の壁に、千切れた掛け軸が一幅《ぷく》、下がっていること以外には。

「掛け軸しかないよ？　なんで？　東雲はどこに行っちゃったの？」

クロは「くうん」と鼻を鳴らして、不思議そうに首を傾げている。

私は壁にかけられたそれに近づくと、じっと眺めた。

「まさか」

その掛け軸は、一匹の龍を描いたものだった。細長い体をした龍が、身をくねらせながらゆったりと雲間を泳いでいる水墨画だ。残念なことに、下部はビリビリに破られてしまって、どういう構図だったのか窺い知ることはできない。

「……東雲、さん？」

そっと、掛け軸に描かれた龍に触れる。

墨で描かれたとは思えないほど細かく書き込まれた龍は、まるで生きているようだ。

鱗の一枚一枚が丁寧に描かれていて、鱗で太陽光をきらりきらりと反射しながら、空を飛ぶ姿が思い浮かぶようだ。長い体をくねらせて飛ぶ様は迫力があって、どれだけ見ていても飽きない。

特にその瞳だ。

心の奥底を覗き込んでくるような、それでいて透明感のある双眸――。

思わず、吸い込まれるように見つめる。

そうしていると、水墨画の表面にじわりと色が滲んできた。墨の濃淡で描かれた絵のはずなのに、見る間に色鮮やかに画面が彩られ始める。それは、目にも眩しい黄金色。豊かに実った風にそよぐ田園、夕暮れ時の太陽の光なんかを思わせる、秋の色だ。

「……綺麗」

するとその時だ。ナナシに両目を塞がれてしまった。

「これ以上は見たら駄目よ」

「……どうして？」

視界を塞いでいた手を外して、ナナシに尋ねる。

すると、ナナシは少し間を置いてから教えてくれた。

「…………人間がこの掛け軸を見すぎるとね、魅了されてしまうの」

「魅了？」

「そう、魅了。この掛け軸には不思議な力が籠もっている」

そしてナナシは小さく首を横に振ると、物憂げに言った。

「これはね、持ち主に幸運をもたらすといわれた、呪いの掛け軸」

「幸運をもたらすのに、呪いなの？」

「ええ、そうよ。この掛け軸の効果を求めて、多くの人間が奪い合い、殺し合った。一時は、この掛け軸が争いを呼ぶとまで謂われたのよ。だから呪い。東雲は……この掛け軸の付喪神《つくもがみ》なのよ」

「そう、なんだ」

東雲さんが――付喪神。

そういえば、娘だ娘だと言いながらも、東雲さんのことをほとんど知らない自分に気がつく。養父がどこから来て、どうしてこの場所に店を持つに至ったのか。それすら知らないでいた。それなのに、娘になりたいだなんておこがましいんじゃないか。

強く手を握りしめる。自分の不甲斐なさを実感してしまって、情けなくて堪らない。

「私、東雲さんのことをもっと知りたいよ」

悔しさのあまりそう呟くと、ナナシは穏やかに笑って私の肩を抱いた。

「本人に訊けばいいわ。大丈夫。まだアイツは死んでない」

「本当⁉　下半分がなくなってるけど……大丈夫なんだよね⁉」

「ええ。死んだなら、ここにあるぶんもただじゃすまないはずだもの」

ナナシはそう言って、私を安心させるように大きく頷いてくれた。

ホッと安堵の息を漏らす。するとそこに、なにかを手にした玉樹さんが入ってきた。玉樹さんはそれを私に渡すと、ニヤニヤと厭らしい笑みを浮かべながら言った。

「自分は推理小説の犯人の予想を外したことがないのが自慢でね。——今回も読みが当たったよ。東雲を連れ去った奴は、元人間で決まりだ。それなら、この封印を解くのも容易《たやす》かっただろう。随分と自信満々のようだ。自分を表す花を置いていきやがった。ま、その純真無垢な花と違って、ご本人は随分と歪んじまってるようだがね」

私は手の中のそれに視線を落とした。

それは、穢れひとつ知らないような純白を持っていた。五枚の花弁に、中央には黄色い雄しべが密集している。葉は濃緑で白い花とのコントラストが美しい。

藪椿……枝ごと手折《たお》られたそれは、私の手の中でひっそりと咲き誇っていた。

＊　＊　＊

長い……なんて、長い一日だろうと思う。

焼き芋を一緒に食べようと、東雲さんを待っていたのが随分と昔のことのようだ。

ようやく朝を迎えた現し世の空は白み始め、鳥たちは朝日を歓迎するかのように遠くに向かって飛んでいく。

空気は透き通り、目覚めを促すように冷たい空気が全身を包んでいる。

貸本屋の地下室で白い藪椿を見つけた後、私たちはすぐに移動を始めた。無言のまま、地獄を通って目的地に向かう。大騒ぎしながら沖縄に向かったあの日が懐かしい。あの時は怖がっていたクロも、今回ばかりは水明の腕に抱かれたまま大人しくしていた。

意外だったのは、玉樹さんだ。彼も、文句ひとつ言わずについてきてくれた。なにかしら思うところがあるのだろう。普段通りに怪しさ満点ではあるのだが、素直に私たちを目的地まで案内してくれた。

玉樹さんに連れられてやってきたのは、福井県《ふくいけん》小浜市《おばまし》にある寺院、空印寺《くういんじ》だ。大永《だいえい》二年(一五二二)に、若狭守護武田元光《たけだもとみつ》が、後瀬山《のちせやま》城の山麓に移した若狭守護館の跡地に建っている寺院で、小浜藩主酒井《さかい》家の菩提寺である。

「ここは、犯人に縁《ゆかり》がある場所でね」

玉樹さんはそう言って、ずんずんと寺の敷地内に入っていく。すぐそこに見える小高い山が、後瀬山のようだ。まだ薄暗いながらも、ところどころ赤や黄色に色づいた葉が顔を覗かせているのが見え、様々な色が山を彩っている。

「……」

玉樹さんの後に続きながら、はあと息を吐き出すと、白く烟った吐息が空に溶けていった。一睡もしていないのに、不思議と眠気は襲ってこない。それくらい、気が張っているということなのだろう。

――本当に東雲さんは無事なのか。気になるのは、そのことばかりだ。

「夏織、無理しちゃ駄目よ」

そんな私をナナシが気遣ってくれている。

――今、無理をしなければ、いつするというの。

私は曖昧に微笑むと、わざとそれには答えなかった。すると、ナナシは寂しそうに表情を曇らせた。つきりと胸が痛んだが、こればかりは仕方ない。私は、東雲さんを助け出さねばならないのだから。

ほどなくして、玉樹さんが足を止めた。

そこには、綺麗に整えられた生け垣に木柵が設えてあった。奥には、山肌にぽっかりと大きな洞窟が口を開けている。

すると、洞窟のすぐ傍に人影を見つけて心臓が跳ねた。

「……あ、違う。人じゃない」

しかしすぐに見間違いだと気がついて、ホッと胸を撫で下ろす。

それは、ある人物を模した石像だった。手に椿らしき花を持っている尼僧の像……それは、朝日に照らされてぼんやりと白く光って見える。それは誰よりも色白だった彼女を思わせて、また胸が苦しくなってしまった。

――八百比丘尼入定洞。

そこは、人魚の肉を食べて不老不死となってしまった八百比丘尼が、最期の地に選んだ場所だった。

洞窟の中は明かりがないせいで薄暗く、かつ大変狭い場所だった。高さは約一・五メートル。幅は人がふたりも並べば狭く感じるほどで、奥行きもそれほどない。中に、ぽつんと石碑が設置されているだけの場所だ。

ここで、八百比丘尼は「入定」した。入定とは、僧が衆生《しゅうじょう》救済のため、永遠の瞑想に入ることを言う。断食をし、鉦《かね》を鳴らし、読経をあげ……体はやがて、即身仏《そくしんぶつ》となる。けれど、私は幽世で活動している八百比丘尼を知っていた。だから、ここで彼女が亡くなったとか即身仏になったとか言われても、正直納得ができない。

すると、中に入るなり玉樹さんはくるりと振り返ると、やや得意げに語り始めた。

「さあ、ここは物語屋の出番だろう。聞くも涙、語るも涙——可哀想な、ひとりの女の話をしようじゃないか」

「待って、時間がないの。今、それをする必要があるとは思えないんだけど」

「ハハ、お嬢さん。急《せ》いてはことを仕損じる……もしくは急がば回れでもいい。そんな言葉があることを知っているだろう？　貸本屋の娘だ。知らないとは言わせないがね。慣用句を正しく理解することは、物語を読み解くのに必須だ」

思わずムッとして、玉樹さんを睨みつける。すると、彼はクククと喉の奥で笑うと、胸に手を当てて軽く頭を下げた。

「それに、話すべきことがあれば語りたくなるのが、物語屋の性分でね。大事な、だぁいじな養父に危険が迫っていると焦るのはわかるが……少々、お耳を拝借」

「……」

「昔々、若狭にある東勢村《ひがしせいむら》というところに、玉のように美しい娘がひとりおりました」

そして玉樹さんは語り始めた。初めは不承不承聞いていた私だが、その巧みな話術にすぐに惹き込まれていった。

それは、八百比丘尼が八百比丘尼になるまでの話だった。

娘が十六歳の頃、父親はある男の家での夕食会に招かれていた。その男は、代々その地に住んでいた者ではない。いつの間にか住み着いていたのに、周囲に受け入れられていた不思議な男。

「その男は『竜宮からの土産』だと言って、芳しい香りを放つ、得体の知れない肉を馳走してくれたんだ。しかし、父親は口にするのを拒んだ。何故なら、それが『人魚』だと知ってていたのでね」

人魚……それは、肩から下が魚、白い二本の腕に子どもの頭を持った奇妙な生き物のことだ。それを、どう調理しようかと料理人たちが相談しているところを、父親は予め目撃していたのだ。

「父親は人魚の肉を食べはしなかったが、土産話のタネにでもしようと、なん切れか持ち帰った。それが娘の運命を変えるとは、露ほどにも思わずに」

娘は、父親が持ち帰ってきたその肉に興味を抱いた。

試しにひと欠片だけと食べてみたところ、あまりの美味しさに娘は虜《とりこ》になってしまった。結局、人魚の肉片を全部食べきってしまった娘は――それからというもの、まったく老いることがなくなってしまった。

「それからが悲劇の始まり、始まり」

玉樹さんは、にんまりと怪しい笑みを浮かべると、左手を大きく広げて語った。

「娘は大層美しかった。なので、裕福な家に嫁いだのさ。優しく、嫁を心から愛してくれる素敵な旦那様……娘は幸せだった。だが忘れちゃいけない。娘は決して歳を取ることがない。愛する人は老いていき『変わって』いく。だが本人は『不変』のままだ！」

――それが、どれだけのことか。お嬢さんにはわかるかね？

まるで最高に面白い冗談を言った時のように、玉樹さんは笑いを堪えている。

正直、ゾッとした。笑えない、笑えるはずがない。愛される人に置いていかれる、愛する人の命が尽きるまでをまざまざと見せつけられる。愛しているからこそ、最期まで見届けてしまう。それはなんて、恐ろしく哀しいことだろう。

「娘は、それから何人かの下に嫁いだのさ。だがね、結局はすべてに置いて逝かれた。一説では、その数……三十九人」

「……そんなに？」

「ああ、多いだろう？　それだけの数を看取ったんだ。更には、人間ってもんは自分と違うものに容赦がない。次第に村人に疎んじられるようになってしまった」

娘は、生まれ故郷から逃げるようにして出ていったのだという。そして、当時は女性の命であった髪を剃り、出家して……八百比丘尼として全国行脚《あんぎゃ》を始めた。

「八百比丘尼の伝説は、日本各地に残っている。人々を助け、神仏の教えを説く。八百比丘尼が植えた杉の木や『椿』の伝説は、今もなお各地で息づいている。……やがて八百比丘尼は、生まれ故郷であるこの地に舞い戻ってきた。何故なら……」

「――長すぎるこの人生を閉じるためだねェ」

その瞬間、洞窟の奥からするりと白い手が伸びてきた。

「ぐっ……！」

「余計なことをペラペラと。物語屋というのは、厄介なもんだ」

その手は玉樹さんの首に巻き付くと、強い力で締め上げ始めた。途端に、玉樹さんの顔色が青くなり、仕舞いには白くなっていく。

「離せ!!」

その瞬間、水明が動いた。ポーチから取り出した護符を素早く投擲《とうてき》する。すると、それは吸い込まれるように白い手に張り付くと、じゅう、と肉が焼けるような音がした。

「チッ」

すると、その手はするりと玉樹さんの首から離れた。しかし、意識を失ってしまった玉樹さんの襟首を鷲掴みにすると、洞窟の奥に引きずり込み始めたではないか。

「クロ!」

「わかったよ!」

水明の掛け声と共に、クロが風のように疾《はや》く駆けていく。けれども、玉樹さんの姿はあっという間に奥に消えていき、それを追いかけていったクロもまた消えてしまった。

「クロ！　玉樹さん!!」

堪らず叫ぶ。けれども、なにも返事が返ってこない。不安に思って、思わず後ろを振り返ると、私の横をするりとなにかが通り抜けていった。それは、黒猫のにゃあさんだ。

にゃあさんは辺りを注意深く観察しながら、石碑の奥へ顔を突っ込むと……そのまま、上半身を壁にめり込ませた。

「えっ……!!　嘘。にゃあさん!?」

「夏織、ちょっと黙っていて頂戴」

思わず叫ぶと、まるでなにもなかったかのように、にゃあさんはこちらを振り返った。

そしてもう一度石碑の奥を眺めると――「この奥、行けるみたいね」と三本のしっぽを揺らした。

「よくわからないけれど、空間が広がっている。随分と広いみたいよ」

「……変ね」

　すると、ナナシが怪訝そうに眉を顰めた。

「この先、今は行けないはずよ。大昔はもう少し奥に行けたらしいけどね。そういえば、空印寺の和尚が戯れに奥に行ってみたら、丹波の山中に出たとかって話を聞いたことがあるわ。空間が歪んでいる？　まさかね。幽世じゃあるまいし」

　ナナシは「どこに繋がっていることやら」とため息を漏らすと、私に言った。

「でも――行くしかないわよね？」

「……うん」

　私はこくりと頷くと、歯を食いしばって洞窟の奥を見つめた。

　……正直、とても怖かった。なにが待ち構えているのか予想もつかない。けれど、行かなくちゃならない。東雲さんを助けるためだもの。「娘」の私が行かなければ!!

　するとその時、誰かが私の手を握った。

　驚いて、そちらに顔を向ける。そこには、いつも通りに無表情の水明がいた。

「俺が守るから、安心しろ」

「え……？」

「ひとりで気負うな。俺たちはお前の味方だ。頼れと言っただろう？」

その言葉に、ハッとして周囲を見回した。

そこにいたのは、親友のにゃあさん、私の母代わりのナナシ。それに……水明。

彼らは、ただの人間の私と違って、それぞれ大きな力を持っている。私なんかよりも、よほど頼りになるはずだ。

……ああ、忘れていた。

誰よりも頼りになる、私の大好きな人たちが一緒にいるじゃないか。

その瞬間、肩の力が抜けて気が楽になった。頭の中に立ちこめていた靄《もや》が晴れていくような感覚。同時に、水明がやや青ざめているのにも気がついた。

……そうだ、水明にとってクロは大切な相棒なのだ。なにかあったんじゃないかと、不安なのに違いない。すぐにでも追いかけたいだろうに、私のためにここに残ってくれている。それが嬉しくもあり、申し訳なくもあった。

「心配かけてごめん。クロ……大丈夫かな。早く行こう」

「ああ」

私は水明の手を強く握り返すと、洞窟の奥へと向かって歩き出した。

すると後ろの方で、ナナシとにゃあさんがなにやら話しているのが聞こえた。

「ああん！　青春ね。青春だわ!!　いいわねえ。アタシもあと千年若かったら!!」

「ねえ、ナナシ。これって、そういうことなのかしら……」

「本人たちは、気がついてないけれどね。そういうことに決まってるじゃない！」

ナナシはやけに嬉しそうにはしゃいだ声を上げると、一転、落ち着いた口調で語った。

「早く、東雲の馬鹿に報告してやらなくちゃね。じゃないと、可愛い娘が盗られちゃうわよって。アイツ、本当に手間がかかるんだから」

「まったく……肝心な時にいないのよ、あのオッサン」

「ね～!!」

ふたりはそう言って、盛大にため息をついている。

私は振り返ると、「早く！」と急かした。

すると、ふたりはやけに軽やかな足取りで、私たちの後に続いた。


「白い椿が枯れていたら、私の命は尽きていると思ってください……そう告げてから、もう何年過ぎたかねェ。今年も美しい花が咲いた。純白の、穢れなき椿の花が」

水明と手を繋いで入った石碑の奥。にゃあさんが言った通り、そこには空間が広がっていた。天井に裂け目があるらしく、朝日が一筋差し込んでいる。けれども、圧倒的に光量が足りていないせいか、辺りは薄ぼんやりとしか見えない。壁際にずらりと並ぶ奇妙な形をした岩々が、時折、人の姿に見えて酷く圧迫感がある。

そんな場所で、八百比丘尼は幽世で見たのと同じ笑みを湛え、私たちを出迎えた。

そして手にした白い藪椿に鼻を寄せると、僅かに眉を顰め——無造作に地面に放り投げて言った。

「椿は、香りが弱くていけないね。……いらっしゃい。寛げるほど綺麗な場所じゃないけどねェ。ゆっくりしておいきよ」

「東雲さんは!?　クロや、玉樹さんは!」

すると、八百比丘尼はゆらりと片手を上げ、ある場所を指差した。それは、大小様々な奇岩が並んでいる場所だった。

「……っ!　東雲さん!」

「クロ!」

私たちは、八百比丘尼が指差した方向に向かって走り寄った。そこには、クロ、玉樹さん……そして東雲さんが、折り重なるようにして倒れていた。

一番上に乗っていた玉樹さんをどかして、意識がない東雲さんの体を揺さぶる。私の横では、水明がクロに声をかけてやっていた。

「……ちょっと、この扱いは酷くないかね。……ま、自業自得か」

横に転がされた玉樹さんは、ぽつりと文句を零して、また目を瞑ってしまった。頭から血が流れている。なにか硬いもので殴られたのかもしれない。申し訳なく思いつつも、玉樹さんのことは置いておくことにした。それよりも、東雲さんだ。

「東雲さん、東雲さん!!　起きて……」

私は、一向に意識を取り戻さない養父を強く抱きしめた。

東雲さんの匂いがする。けれど、その手は私を抱きしめ返してもくれないし、雑な手付きで撫でてもくれない。それがどうしようもなく悲しかった。

「どうして!!　どうして、こんなことをしたの!!」

怒りに任せて、八百比丘尼に向かって叫ぶ。

すると、八百比丘尼は薄ら笑いを浮かべて、煙管をぷかりと吹かした。天井から差し込む僅かな朝日を反射して、紫煙が暗闇の中に糸のように広がっていく。

「どうして？　そんなの、気に入らなかったからさ」

「なにが気に入らなかったの。東雲さんがなにをしたっていうの!!」

「なにを？　——馬鹿だねェ。自分で考えろ……と、親切じゃない私はそう言いたいところだが、今日は教えてやろう。その男はやりすぎたのさ」

すると、八百比丘尼はコォンと近くの石に煙管を叩きつけると、忌々しそうに顔を歪めて言った。

「その男は、私の世界を壊そうとしている」

「壊す……？」

思わず首を傾げると、八百比丘尼はどこか遠くを見ながら言った。

「昔から、変なことばかりする男だと思ってたんだけどねェ。人間の子どもを助け、育てたりね。命は大事だからねェ。私だって尼僧の端くれ。無駄な殺生はいけないことくらいは知っている。仕方のないことだって、それくらいは目を瞑ってやったさ」

「子ども？　それって、私のこと……？」

「そうさ。あやかし共が、アンタのせいで牙を抜かれたみたいに穏やかになっていったのは誤算だったけどねェ。どうしてそう簡単に変わるのかねェ。『代わり映えのない日常』『古いものが古いままの世界』それが、幽世だろ？　……ま、それは私には直接関係ないことだ。好きにすればいいと思っていたんだがねェ」

八百比丘尼はそこまで語り終えると、東雲さんをおもむろに指差した。

「なのにその男……ある日、私のところにやってきて言ったんだ。『本を作りたいから、取材をさせて欲しい。幽世に新しい風を吹き込みたい』……新しい風!!　アハハハハ！　なんの冗談かと思ったよ」

そういえば、鞍馬山の大天狗も東雲さんが来たと言っていた。

東雲さんの出版に対する情熱を考えれば納得だ。恐らく、今まで話を聞いたことのないあやかしたちの下を、しらみ潰しに訪ねて回ったのだろう。

そして、東雲さんは八百比丘尼の下へも訪れた。

それが彼女の逆鱗《げきりん》に触れただなんて、誰が想像しただろう？

八百比丘尼は笑いを引っ込めると、途端に底冷えするような声で言った。

「……迷惑なんだよ」

まるで能面のような顔になった八百比丘尼は、忌々しげに呟いた。

「新しい風なんて、少なくとも私は望んじゃいない。やめておくれ。この世界を変えようとしないでおくれ。私はもう、変わる世界にいたくない」

そして懐からなにかを取り出すと、高く掲げた。時間経過と共に、太陽が高いところまで昇ってきたのだろう。頭上の裂け目から差し込んでくる光量も増えてきた。そのおかげで、八百比丘尼が手にしていたものがはっきりと見えてきた。

それは——東雲さんの「本体」。破かれた掛け軸の片割れ。

東雲さんの失われた半身だった。

反対側の手には、ライターが握られている。八百比丘尼が指に力を入れると、小さな音がして、ライターに火が灯った。

「八百比丘尼、おやめ!! アンタ、自分がなにをしようとしているかわかっているの!!」

ナナシが悲痛な叫びを上げる。すると、八百比丘尼は酷く冷たい視線をナナシに向けると、苛立ったような口調で言った。

「うるさいね。そんなことわかってるんだよ!! さあ、原稿を寄越しな。もしくは、その本とやらの刊行をやめると約束するんだ。さもないとこれを燃やしちまうよ? 付喪神にとって、本体がなくなることがどういう意味かわかるだろう?」

付喪神は、器物に魂が宿ったものだ。

その元となったものが失われる——それすなわち、付喪神の死。

私はあまりの恐ろしさに身震いすると、八百比丘尼に向かって懇願した。

「やめて……！　東雲さんを、これ以上傷つけないで！　お願い!!」

すると八百比丘尼は驚いたように目を見開いて、私をまじまじと見つめた。

そして、クツクツと喉の奥で笑うと、悲しそうに顔を歪めた。

「私を、もっと傷つけようとしている男の娘が、それを言うのかい？」

その時、ふわりと光るものが私の傍に飛んできた。

ひら、ひらと、幻想的で儚い光を辺りに撒き散らしているのは――幻光蝶だ。

どうしてここに、この蝶が。

驚きのあまりに、状況も忘れてその輝きに目を奪われていると――辺りが一気に明るくなったのに気がついた。明かりの中心に目を向けると、そこには八百比丘尼がいた。八百比丘尼は、なにか大きな石に背を預けていた。その足もとに幻光蝶が群れている。

――違う。地面と石の隙間から、我先にと、争うように蝶が溢れ出てきているのだ。

「ああ。朝が来たよ。現し世を夢見た蝶が、今日も幽世という虫かごから逃げ出した」

まるで夢でも見ているかのような表情で、八百比丘尼はその様子を眺めている。

その瞬間、更に幻光蝶が溢れ出した。

すると、辺り一面がまるで真昼のように明るくなり――闇を吹き飛ばした。

「……なんだ、これは」

それを見た瞬間、水明が驚きの声を上げた。

「石像……？」

蝶の明かりに照らし出されたのは、ずらりと壁一面に並んだ石像だった。

奇岩だと思っていたものは、すべてが石像だったのだ。老若男女、様々な年代の人たちの像が私たちを見下ろしている。時代が違うものもあるのだろう。服装も髪型も様々だ。

それらに大量の幻光蝶が止まり、暗闇の中から浮かび上がらせている。

人の形はすれども人ならざるそれらは、無言で只々そこにあった。

すると、呆気に取られている私たちに八百比丘尼は言った。

「夏織、変わらないものはいいと思わないかい？　ずっと変わらず傍にいてくれて、心の隙間を埋めてくれる。置いていくことも、置いていかれることもない」

八百比丘尼はそう言って、背後にある一際大きな石像にもたれかかった。その石像は、年老いた男性を模していた。その男性は慈愛の笑みを浮かべて、まるで八百比丘尼を抱きしめようとするかの如く、手を伸ばしている。

「変わらない……まさか。この石像の人たちは」

「そうさ、コイツらは私を置いていなくなった奴ら。私だけを遺して、逝ってしまった最愛の家族たち。私は、自分で『変わらない』家族をここに作った！　滑稽だと思うかい？」

すると急に脱力した八百比丘尼は「玉樹がしていた話の続きをしよう」と笑った。

「愛しても、愛しても、ひとり置いて逝かれる。それを八百年も繰り返した私は、もう疲れ切っていた。涙も枯れ果てた私は、この洞窟の中で入定をすることにした。流石の仏様も、飲まず食わずで一心不乱に経を上げ続ける私に、慈悲を与えてくれるんじゃないかって思ってねェ」

——でも、駄目だった。

八百比丘尼は、そう言ってくしゃりと顔を歪めた。

「そりゃそうさ。入定ってもんは、そういうためにあるんじゃないからねェ。いくらお経を上げ続けたって、私に最期なんてやってきてはくれなかった。一片の光も差し込まない暗闇の中で、手足の上を虫が這い回っているのを感じながら、人魚の肉を口にしてしまった自分への恨みが募るだけだった」

入定が無駄なことだったと知った八百比丘尼は、お経を上げるのをやめた。けれども洞窟から出ようとはしなかった。もう二度と、外の人間とは関わり合いたくない。そう思っていたからだ。だから、彼女は戯れに石を彫り始めた。そこに刻んだのは、かつて八百比丘尼が愛した者たちの姿だ。

道具なんてない。辺りに落ちていた石でコツコツと岩を削っていく。

彼らの名を呼び、できあがった顔を撫で、体を抱きしめた。

それは八百比丘尼にとって、思いの外穏やかな時間だった。

「愛する人の形を、ひとつ、またひとつと完成させていくと、不思議と心が満たされていった。思い出が、温かさが、声が、記憶が——胸を温かくしてくれた。なにも見えなかったけれど、大勢の家族に囲まれた私はそれでも幸せだった」

――おはよう。お腹が空いてないかい？

――あの時のこと、覚えているかい？　あれはお腹がよじれるくらいに笑ったねェ。

――ちゃんと暖かくしないと、風邪を引くよ。ほら、母さんが温めてやろう。

「でもね。ふとした瞬間に、正気に戻るんだ。誰も話しかけても応えてもくれない。私を温めてくれない。私に笑いかけてくれない。……そのことに気がついて、どうしようもなくなる。せっかく『変わらない』家族を作ったのに、なにも満たされていない事実を突きつけられて!!　そのたびに……絶望したんだ」

そんなある日のこと。

いつものように石を彫っていると、突然、岩の隙間から光る蝶が現れた。燐光を零しながらひらひらと宙を舞う、美しい虫だ。現し世のものとも思えない、幻想的な虫だ。

それは、いつの間にかできていた天井の裂け目から出ていくと、陽の光に当たった途端に溶けて消えてしまった。

不思議に思った八百比丘尼は、更に奥に向かって掘り進めた。血が出ようと、爪が剥がれようと気にせずに掘っていくと、どんどんと蝶の数が増えていく。

八百比丘尼は確信した。この奥には、なにかがある。

そう思って掘り進めること数年……その先には、見知らぬ世界が広がっていた。

「驚いたことに、この下は幽世に通じていたんだ。そこには、昔ながらの生活を送る生き物たち……あやかしがいた。私は歓喜したよ。だって、ソイツらの多くは、私よりも遥かに長寿で、永遠とも思える時間を生きる者たちだったからねェ」

この世界であれば、自分が傷つかずに済むんじゃないだろうか。

ここが私の世界。私の生きる場所。誰にも置いて逝かれない場所――。

――居場所を見つけた。

八百比丘尼はそう思ったのだそうだ。

「ここでなら、もう一度、誰かを愛してもいいんじゃないかと……そんな希望を持ってしまった。本当の意味での、永遠の愛を得られるんじゃないかって、そう思ったんだ。幸いなことに、長い年月を経て私の体は人ならざるものへと変容していたようだった。幽世の住人としては、これ以上ないほどに相応しいだろう？」

――だから。

八百比丘尼はギョロリと目を見開いた。そして血走った目で叫んだ。

「私の世界を壊そうとする奴は許さない!!　幽世に、新しい風なんていらないんだよ!!　さあ、早く約束するんだ。本なんてくだらないもの、作るのをやめるってね!!」

そして再び東雲さんの本体を高く掲げると、ライターに火をつけた。

熱を嫌った幻光蝶が、八百比丘尼の傍から一斉に飛び去っていく。私はどうすることもできずに、腕の中の東雲さんをただ抱きしめていた。

「……構わねえ。やっちまえよ」

――その時だ。

腕の中で、意識を失っていたはずの東雲さんが身じろぎしたかと思うと、ゆっくりと目を開けた。一瞬、その青灰色の瞳と目が合って頬が緩む。

けれどもその顔色の悪さと、ひび割れてしまった肌、そしてすぐに滲み始めた脂汗に、浮かべた喜色はすぐに消えてしまった。

すると八百比丘尼は動きを止めて、怒りの形相を浮かべた。

「お寝坊さん、ようやくお目覚めかい？　聞こえないねェ。もう一度、言ってみな」

「……やれよ、って言ったんだ、八百比丘尼。ソイツを燃やしちまえ」

「東雲さん、駄目だよ」

「それで気が済むなら、やればいい。でも、俺は止まらねえぞ。絶対にだ」

「駄目、やめて……」

どうして、そんな哀しいことを言うのだろう。東雲さんが死ぬなんて絶対に駄目だ。やめてと何度訴えても、東雲さんはこちらを見もしない。その瞳は、まっすぐに八百比丘尼を見据えたままだ。

そして動けないほど弱っているはずの東雲さんは、ゆっくりと起き上がった。

「俺は、俺の書くもんで家族を幸せにすると決めたんだ」

すると、八百比丘尼はそんな東雲さんを見て鼻で笑った。

「ハハハハ!!　掛け軸の付喪神が、なにを言っているんだい？　人間との家族ごっこが、そんなに楽しかったのかねェ。アンタの『本体』の噂……現し世で聞いたことがあるよ。富をもたらす、けれども血に塗れた呪いの掛け軸。今まで、大勢を不幸にしてきたくせに、家族を幸せにする？　冗談も大概にして頂戴」

「確かになあ」

東雲さんは苦く笑うと、私の肩に自分の頭をもたれかけた。

どうも、普通に座ることすらままならないらしい。息が荒く、肌のひび割れが徐々に増していっているように見えた。

「いつからだったかなあ……。俺を持つ奴には富がもたらされる、なんて謂われるようになったのは。そんな力はちっともないってのに、富の象徴として人間たちは俺を奪い、時に奪われた。政《まつりごと》に利用され、誰かの血で俺の体は汚れちまった。一時は、人間を愚かだって思った時もあったなぁ」

東雲さんは私の肩を抱くと、ニッと白い歯を見せて青ざめた顔に笑みを形作った。

「奇遇だな。俺も、自分を巡る諍《いさか》いに疲れ切って、幽世に引きこもったんだ。もう人間には関わり合いたくなかったし、争いを目にして傷つくのにも懲り懲《ご》りしていた。そんなある日……人間を拾ったんだ。俺がいないと生きていけないような。泣き虫の可愛い女の子だ。小せぇ手で、俺の着物の袖をギュッて掴んで離さねえ、弱い生き物を拾っちまった」

そして東雲さんは青灰色の瞳を私に向けると、心底愛おしそうに見つめた。

「もしかしたら……幸運になれるなんて嘘で塗り固められた付喪神《ニセモン》の自分でも、コイツを幸せにできるのかな、なんて夢を見ちまった。人の形をしちゃあいるが、人間の真似事しかできない俺が、だ。俺は本物の幸せを、コイツにくれてやるって決めたんだ」

東雲さんは柔らかな視線を私に向けると、噛みしめるように言った。

「だって俺は――コイツの父親だからな」

すると、八百比丘尼は東雲さんに冷たい視線を向けて首を横に振った。

「――綺麗事を並べるのはやめるんだねェ。それと、このこととは関係ないだろう？」

「いいや、関係あるだろ。俺は……お前と違って、日々変化していく娘が愛おしいよ」

東雲さんは震える手で私の頬に触れると、涙で濡れたそこを指で拭った。

「いつかきっと、俺もお前みたいに置いて逝かれるんだろう。でも、そこに寂しさはあっても後悔はねえ。そん時に俺の中にあるのは……娘をきちんと育て上げられたっていう満足感と、誇りだ」

「……し、しののめ、さん……っ」

「ああ……夏織は泣き虫だなあ。泣くなよ。大丈夫だ、俺がいる。なーんも、心配することはねえよ」

堪らなくなって、東雲さんを強く抱きしめる。熱い雫が、次から次へと瞳から溢れて止まらない。大好きな気持ちが、感謝の気持ちが、温かな気持ちが胸に満ちて、恐ろしいほどの幸福感に包まれる。同時に、弱ってしまった東雲さんが失われてしまうんじゃないかという恐怖感が蘇ってきた。この最愛の養父の命は、未だ八百比丘尼が握ったままだ。

だから、東雲さんを抱く腕に更に力をこめた。

どこにも行かないで、ずっと傍にいて――そんな願いをこめながら。

「……ふざけるな」

すると、八百比丘尼が小さく呟いた。

怒りを堪えているような声が恐ろしくて、勢いよく彼女を見る。すると、八百比丘尼が浮かべていた表情に、私は驚きを隠せなかった。

それはまるで、大好きなものを取られて、泣くのを堪えている子どものような。

そんな酷く幼い表情だったのだ。

「アンタはまだ、誰も失っていないからそういうことを言えるんだッッ!!」

八百比丘尼は悲痛な叫びを上げると、ライターに火をつけた。そして、躊躇なくそれを掛け軸に近づけていく。

「――私が馬鹿だったよ。まどろっこしいことはやめだ。アンタが消えたら万事解決……目障りだ。消えちまいな」

「やめて……!!」

思わず叫ぶと、その瞬間、黒い影が八百比丘尼に飛びかかったのが見えた。

「グルルルルル!!」

「くっ……、なにすんだい!!」

それはクロだった。いつの間にか意識を取り戻していたらしいクロは、密かに八百比丘尼との距離を詰めていたらしい。勢いよく飛びかかったクロが、八百比丘尼の手首に噛みついたのだ。

ライターが地面に落ちて、火が消えたのが見える。思わず、ホッと胸を撫で下ろしていると、八百比丘尼は痛みをものともせず、忌々しそうにクロの首もとを鷲掴みにして、強引に引き剥がした。

「この……犬コロめッ！」

「キャンッ！」

そしてクロを地面に叩きつけると、ライターを探してあちこち地面に視線を彷徨わせた。すると、今まで黙って静観していた水明が動き出した。

水明は腰のポーチから何枚もの護符を取り出すと、それを宙に放った。

不思議なことに、護符はふわりと宙に浮かんで、まるで意思があるかのように八百比丘尼に向かって飛んでいく。

「チッ……。おやめ、近づくんじゃないよ!!」

すると、八百比丘尼を守るように幻光蝶が集まってきた。水明が投げた護符は、蝶に遮られて八百比丘尼に届かない。けれども、すぐさま水明は液体の入った小瓶を握ると、八百比丘尼に肉薄した。しかし、八百比丘尼もやられてばかりではない。懐から、普段使っている煙管を取り出すと、水明の手の甲を激しく打った。小瓶が落ちて割れる。中に入った液体が八百比丘尼の足にかかると、白煙が上がり、彼女の顔が痛みに歪んだ。

するとそこに、鋭い声が響いた。

「……水明!!　頭を下げなさい!!」

水明の陰に隠れて密かに接近していたナナシが、八百比丘尼に向かって腕を振りかぶったのだ。その瞬間、水明は勢いよく体を沈めた。

八百比丘尼からすれば、いきなりナナシが現れたように見えたのだろう。虚をつかれて反応できないところに、ナナシの鉄拳が飛んだ。

ゴッ……と、鈍い音がして八百比丘尼の顔が歪む。そして、ナナシが拳を振り切ると、八百比丘尼の体は勢いよく後ろに吹っ飛んだ。

すると次の瞬間、ナナシが自分の拳をもう一方の手で擦りながら、大騒ぎし始めた。

「痛ぁい!!　まったくもう。この白魚《しらうお》のような手が、歪んだらどうしてくれるのよ!!」

「……別に構わないだろ。お前の手が歪んだって」

「水明、乙女心がわかってないわねぇ。振られるわよ？」

見ると、ナナシの拳が真っ赤に腫れている。よほど強い力で殴りつけたのだろう。拳を痛めてしまったのかもしれない。

「……ぐ、ううう……」

石像のひとつに、したたかに背中を打ち付けた八百比丘尼は、なおも立ち上がろうとしていた。けれども、脳震盪《のうしんとう》を起こしているのか、今は上手く動けないようだ。その手にはしっかりと東雲さんの掛け軸が握られていて、瞳からは強い執念を感じる。

既に、八百比丘尼は満身創痍《そうい》のように見えた。顔は青黒く腫れ上がり、意識が朦朧《もうろう》としているらしく、頭がゆらゆら揺れている。八百比丘尼が地面に口内に溜まった血を吐き捨てると、カランと乾いた音がした。どうやら歯が折れてしまったようだ。

「八百比丘尼、お願い。東雲さんの本体を返して」

「……」

「ねえ、いいでしょう!? 終わりにしましょうよ!!」

もうこれ以上、八百比丘尼が傷つくのを見ていられなくて懇願するも、彼女はゆっくりと首を振ると、地面を手で探って――弱々しく微笑んだ。

「幽世が……私の居場所が変わることに比べたら、こんなのどうってことないさ。私は死なない。死ねないんだ。人魚の肉の呪いが、死なせてくれないんだ。だから……自分の居場所を守り抜く。誰かを失って泣くのはもう嫌だ、嫌なんだ……――私の心は、傷を負う場所がないくらい、ズタズタなんだ」

八百比丘尼は、今にも泣き出しそうなほどに顔を歪めている。けれども、その瞳からはなんの雫も零れない。

それはまるで、彼女の言葉通りに、本当に涙が枯れてしまったかのようだった。

すると、八百比丘尼は地面を探っていた手を上げた。そこには――地面に落ちたはずのライターが握られていた。

「……燃えちまえ」

そして、手もとに小さな火が灯ると――その火は、東雲さんの本体を襲った。

「……あ……」

あまりにも一瞬のことに、なにも反応できずにただ見ていることしかできなかった。

掛け軸にゆらりと赤い炎が移り、紙が黒く煤《すす》けて、焦げた臭いが鼻をつく。腕の中の東雲さんが、低くうめき声を上げている。恐る恐る視線を落とすと、東雲さんの肌が黒く焦げてきているのがわかった。

「～～～～ッ!!」

声にならない悲鳴を上げて、腕の中の東雲さんを地面に置き、なりふり構わず八百比丘尼に駆け寄ろうとした――その時だ。

「グルルルル!!」

復活したクロが唸り声を上げながら、八百比丘尼に向かっていった。しっぽを、まるで鞭のようにしならせ、八百比丘尼の手首を搦め捕る。

八百比丘尼はライターを投げ出すと、それを外そうと必死の形相で掴んだ。

――結果、八百比丘尼の意識はすべてそこに注がれ、その他への警戒が散漫になった。

するとその時、場違いにのんびりした声が聞こえた。

「猫ッ!!　今だッ!!」

「――はあ。尼僧の癖に、意外と隙がないんだもの。困っちゃったわ」

ぬう、と八百比丘尼の陰から、巨大化したにゃあさんが顔を出す。にゃあさんは、クロによくやったわ、と労りの言葉を投げかけると、色違いの瞳をギラリと光らせて言った。

「……知っている？　肉食獣は、いつだって物陰から獲物の隙を狙っているものなのよ」

そして、人を簡単に丸呑みにできそうなほどに大きな口を開けると、凶暴な牙の隙間から涎《よだれ》を滴らせながら、八百比丘尼の左半身に噛みつき——引き千切った。

「うっ……ああああああぁぁあぁぁぁぁぁぁああああ!!」

八百比丘尼の、耳をつんざくような悲鳴が洞窟内に響く。それに、ごり、ごり、ごり、と耳を塞ぎたくなるような咀嚼音がして、思わず顔が引き攣った。

鮮血が流れ、八百比丘尼を中心にみるみるうちに赤い水たまりが広がっていく——。

にゃあさんは目を細めて口の中のものを咀嚼していたかと思うと、ぺっとそれを私の足もとに吐き出し……顔を顰めた。

「……まずいわね。東雲、煙草やめなさいよ。臭いったらありゃしない」

「あ……」

思わず、ヘナヘナとその場にへたり込む。

恐る恐る、地面に落ちているそれを手にする。

それは、奪われていた東雲さんの「本体」だ。燃えてしまったのは、絵が描かれた本紙部分ではなく、掛け軸の柱部分のようだった。炎はにゃあさんの口内で消火されたようで、多少煤けて涎や血に塗れてはいるけれど、無事のように見えた。

ゆっくりと、地面に横たわっている養父に視線を向ける。

すると東雲さんは……ぎこちなく手を動かして、ぐっと親指を立てた。

私は顔をくしゃくしゃに歪めると、東雲さんの本体を抱きしめて蹲った。そして——。

「よかった……」

心の底から安心して、大粒の涙を零したのだった。

＊　＊　＊

「……ああ。やられちまったね」

地面に横たわった八百比丘尼は、ぼんやりと宙に視線を彷徨わせている。

気がつけば、もうすぐお昼だ。洞窟内が薄暗いこともあって、天井から差し込む太陽の光が眩しい。あんなに辺りを飛び回っていた無数の幻光蝶は、自分から太陽の光に飛び込んでいき、見る間に姿を消してしまった。あの蝶に、太陽の光を好む性質があるなんて知らなかったので驚きだ。

すると八百比丘尼は目線だけ私に向けると、掠れた声で言った。

「……で、どうしてアンタは私の手当てをしてんだい」

「黙っていてください」

私は血で塗れた手で頬に伝った汗を拭うと、ナナシから借りた包帯を、八百比丘尼の体に丁寧に巻いていった。

「じきに血は止まるでしょうから、それまでじっとしていてください。今、ナナシが血を増やすお薬を持ってきてくれますから」

「……フン」

「素人の手当てでごめんなさいね。でも、ナナシや水明は、手当てをしたくないって言うし……ま、仕方ないですよね。今までの行いのせいですよ、反省してください」

「アンタね……」

「黙っていてって、言ったでしょう?」

私はにっこりと微笑むと、「別にあなたのこと、許したわけじゃないですけどね」と、唇を尖らせてツンとそっぽを向いた。

「……子どもみたいな反応するんだね。あほらしい」

「よく言われます。年相応の行動をしろって」

苦笑した私は、手についた血を拭うと、ホッと息を吐いた。

一応は止血できたと思う。これだけ血を流しているのに、八百比丘尼は意識を失うこともなくケロリとしている。不老不死だというのは、伊達《だて》ではないようだ。流石に、新しい腕が生えてはきやしないようだが、本当は薬すらいらないのかもしれない。

けれど、左の肩から先がごっそりと失われてしまったその姿があまりにも痛々しくて、手当てをせずにいられなかった。八百比丘尼の腕をお腹に納めたにゃあさんは「味は悪くなかったわ」と本人に味の感想を伝えていた。東雲さんよりかは美味しいらしい。

玉樹さんと東雲さんは、にゃあさんが幽世の薬屋へと運んでいった。今すぐに手当てをすれば、ふたりとも命に別状はないらしい。元気に動き回れるようになるまでは、それなりに時間がかかるようだけれど……。

ナナシから借りた救急道具を片付ける。血の量が量だったから、あちこち汚れてしまった。できれば、手ぐらいは綺麗な水で洗いたいものだ。

するとそんな私を見かねたのか、クロが手伝いを買って出てくれた。

「オイラ、水を汲んでくるよ」

「ありがとう、クロ」

「いいんだ！　オイラ、さっきはあんまり役に立てなかったからね」

クロはしっぽをゆらゆら揺らすと、バケツを咥えて歩いていった。

相変わらず素直ないい子だ。すると洞窟の壁に寄りかかって、不機嫌そうな顔をしている水明が視界に入った。

……ああ、素直じゃない子がいる。

私は苦笑を漏らすと、水明に声をかけた。

「ね、もう護符は仕舞ってもいいんじゃない？」

「馬鹿を言うな。ソイツがなにをするかわかったもんじゃない」

左手に護符、右手には小瓶を握りしめ、臨戦態勢を解こうとしない水明に、私は小さくため息をつくと「好きにして」と笑った。

するとそんな私の様子を眺めていた八百比丘尼が口を開いた。

「——なんで、アンタ笑っていられるんだ。私が、憎くないのかい?」

「……え?」

「私は、アンタが心から大切に思っている人を傷つけたんだよ。ナナシや、あの少年の反応は当たり前だ。あの猫に食われても、文句を言えないようなことをしたんだよ」

「……」

八百比丘尼は、苦しげに眉を顰めると「むしろ、食べてくれた方がよかった」と弱々しい声で言った。

私は少し考えると、慎重に言葉を選びながら、考えを口にした。

「……私、八百比丘尼のこと、別に嫌いじゃないですよ」

「ハッ! なにを馬鹿なことを。慰めなんていらないよ」

「慰めなんかじゃないですよ。八百比丘尼は、今まで私に色々言ってくれたでしょう? スカートはやめろとか、ちゃんと野菜を食べてるかとか、勉強しているか……とか」

「……口うるさくて悪かったね」

少し不貞腐れたような声を出した八百比丘尼に、私は小さく笑うと、「違うんですよ」と話を続けた。

「この幽世で、そういう風に厳しく言ってくれる人ってなかなかいないんです。確かに、ちょっとムッとする時もありますけど、私をちゃんと見て、私のために考えて言ってくれているんだって思うと、すごく嬉しくって」

「……」

「――優しいだけが、優しさじゃない。変な言い方ですけど、私は八百比丘尼にそういうものを感じていたんです。人を傷つけられる人だと知って、ガッカリしましたけど」

するとと八百比丘尼は何度か口を開閉すると、小さく首を横に振って、「私はちっとも優しくなんかない」といつもの台詞を口にした。

私は軽く目を瞠《みは》ると、ため息を零した。

そして両膝を抱えてそこに顎を乗せると、洞窟の中を眺めながら言った。

「優しいですよ。きっと、誰よりも優しい。だって――八百比丘尼の家族たち、すごくいい顔をしているじゃないですか」

「え……」

八百比丘尼は驚いたような声を上げると、ゆっくりと顔を巡らせた。

そして洞窟内の石像たちに目を留めると、酷く苦しげな顔になった。

「暗闇の中で、手探りで彫ったんでしょう？　これってきっと、八百比丘尼の中で一番印象に残っている顔ですよね。ほら、みんな……すごく幸せそう。この人たちにとって、八百比丘尼と暮らした日々は……温かくて、宝物みたいな時間だったんじゃないかなあ」

石像たちは、改めて見てみると酷く荒削りな作りをしていた。けれども、彼らの浮かべている表情は、私の目を惹きつけてやまない。顔をくしゃくしゃにして笑う子ども。笑い皺をいっぱい作って、喜色満面の人。誇らしげに、腕に抱いたわが子を見せている人。愛おしさを全身に漲らせて、手を差し伸べている老人。

「いなくなると知りながら、何度も何度も人を愛するって、普通は怖くてできませんよ。人は失うことに臆病ですもん。それに私、知ってるんですよ。あの島で、水明にお母さんを会わせてあげたこと。これが、優しくなくてなんだって言うんですか」

私は、無言で石像を見つめている八百比丘尼の顔を、じっと見つめて言った。

「八百比丘尼。さっきの話を聞いていた時、私……胸が潰れるかと思いました。痛いほど気持ちが想像できて、少し息苦しくなるくらい」

「アンタに私のなにがわかるってんだい。まだ結婚すらしてない、子どもを産んだこともない癖に」

私はゆっくりと首を振ると、石像を指差した。

「私が想像できたのは、八百比丘尼の気持ちじゃなくて、あっちの方。石像に彫られた家族たちの方ですよ」

改めて洞窟内を見回すと、本当に石像の数が多い。

そのひとりひとりの人生に寄り添い、彼らの生き様を最期まで見届けた八百比丘尼の気持ちなんて、同じ道をたどってきた人でもなければ理解するのは到底無理だろう。

けれど、大切な人を置いて逝かざるを得なかった彼らの気持ちなら、痛いほどわかる。

寿命――それは、永遠の命を持つ者と、定命《じょうみょう》の者の間に必ずといって立ちはだかる壁だ。

「みんな、最期まで最愛の人が傍にいたんですね……」

八百比丘尼と共に生きた彼らは、自分の命が尽きる瞬間、なにを思ったのだろう。

傍に寄り添う八百比丘尼に、どんな想いを抱いたのだろう。

……いや、そんなこと考えなくてもわかる。

石像に刻まれた、八百比丘尼に彼らが向けた笑顔がまざまざと語っている。

「――……羨ましいなあ」

思わず、ぽつりと零す。すると、八百比丘尼が盛大に顔を顰めたのが見えた。

「なにを言い出すかと思ったら。……冗談はよしておくれよ」

「冗談じゃないですよ。私、心からそう思っています」

あやかしと違って、限りある命を持つ人間からすれば、「死」は恐怖の対象以外のなにものでもないだろう。穏やかに「死」を受け入れられる人というのは、そう多くないのではないだろうか。「死」は冷たく、暗く、そしてなにより容赦がない。どんなに慈悲を願っても、問答無用で命を刈り取っていく。

絶対に抗えない運命――だからこそ、それを迎える時に、人は最も愛おしいと思う人を求めるのだ。愛する人の温もりを感じて、優しい声を聞いて、恐怖を紛らわす。

孤独に迎えるには、「死」はあまりにも恐ろしい。

『――夏織!!』

その時、養父の無精髭塗れの笑顔が浮かんできて、寂しくなってしまった。

相手の負担になるとわかってはいても、つまるところ、最期に人間は自分勝手になる。

「死の間際」という極限状態ならなおさらだ。

相手が悲しむことを知りながら、自分の「死」が与える影響から目を逸らして——ただ、愛おしい人が傍にいることを望む。

そこには、どこまでも「愛」に我が儘な人間の姿がある。

人間は弱いのだ。ひとりで生きることも、死ぬこともできない程度には弱い。

それは、どうしようもないことだ。人間が傍にいてくれた最愛の人に遺せるものといえば、言葉くらいしかない。

「『ありがとう』『ごめんなさい』『でも、大好きだから……やっぱりありがとう』」

「……なんだって？」

「もし——私が、八百比丘尼の家族だったら。最期にそう言うかなって思いました」

「……ッ」

すると、八百比丘尼が息を呑んだのがわかった。大きく目を見開き、私をまじまじと見つめている。すると、八百比丘尼はヨロヨロと上半身を起こすと、私に尋ねた。

「どうして、それを知ってるんだ」

そして、無事だった右手で私の服を掴むと、まるで縋り付くようにして——言った。

「アンタ、どうして私の家族と同じことを言うんだい……？」

……ぽろり。

「本当に……私の家族の気持ちがわかったってのかい？　ハハ……なんてこった」

……ぽろり、ぽろり。

八百比丘尼の瞳から、透明な雫が零れている。

涙は枯れ果てたと言っていたはずなのに、温かな雫は次から次へと溢れ落ち、血に染まった衣に新しい染みを作っていった。

八百比丘尼は唇を大きく震わせると、消え入りそうな声で言った。

「ありがとう、だなんて。私は、誰かに愛して欲しかっただけなんだ。自分勝手に、愛をばら撒いただけなんだよ。置いて逝かれるのだって、自業自得なんだと……本当は気づいていた。なのに……」

八百比丘尼は、私の手に縋り付くと、首を横に振って固く目を瞑った。

「なのに、みんな……みんな!!　最期まで笑って。私に礼を言うんだ。どうして……!!　礼を言われる筋合いなんて、これっぽっちもないってのに!!」

悲痛な叫びを上げた八百比丘尼は、体を支えることができないのか、ぐらりと傾いだ。

私は慌ててそれを支えると——そのまま強く抱きしめた。嗚咽を漏らし、どうしてと、疑問を口にしながら泣いている八百比丘尼の背中を擦ってやる。すると、八百比丘尼は私の肩に顔を埋めて、素直に体を預けてきた。

私は愛情に満ち満ちた表情を浮かべている石像たちを眺めると、慰めるように、そして励ますように、慎重に言葉を選びながら言った。

「泣かないで。大丈夫……なにも心配しなくていいんですよ」

「うう、ううう……」

「八百比丘尼が愛したぶん、彼らも愛を返してくれただけ。変なことじゃないです」

「うううう、ううううううう……」

「あなたが最も恐れた『変化』は、自分が変わってしまうことだったんでしょう？　古い自分のままでいなくちゃいけないって、先に逝ってしまった家族のためにそうしようとしたんじゃないですか。彼らが愛してくれたままの自分でいようと」

「うう、うあぁぁあああああ……！」

だからこそ、八百比丘尼は幽世に定住したのにも拘らず、未だ新しいパートナーを作っていないのだ。あれほど愛することに拘った人が、誰にも心を寄せないでいるのには理由があった。もしかしたら、魂の休息所の管理をしているのも、家族のことを思ってなのかもしれない。万が一にでも、自分の縁者があそこにやってきたら——確実に助けてあげるために。まるで水明が自分の母親にしたように、その魂を救ってあげようと——。

……やっぱり、八百比丘尼は優しい。この人は、どこまでも最高の妻であり母であろうとしている。誰よりも愛情深く、けれどもそれ自体が自分を苦しめている。

私は、まるで自らに言い聞かせるように言った。

「大丈夫です。今まで愛した人たちとの思い出は、たとえ八百比丘尼が変わっても変わりませんよ。だから、先に逝ってしまった家族を赦《ゆる》してください。見送ることしかできなかった自分を赦してあげてください。寿命なんて、神様でもなければどうしようもないんですよ。世界は……そんなに優しくない。奇跡なんて起こらない。訪れた『死』を受け入れるしか、ないじゃないですか」

　すると、ずっと涙を零していた八百比丘尼が、ゆっくりと顔を上げた。そして真っ赤な目で私を見つめると――眉を八の字にして複雑そうな笑みを浮かべた。

「……なんで、アンタが泣いてるのかねェ……」

「アハハ……」

　私は、自然に零れてきた涙を拭うこともせずに、八百比丘尼に言った。

「物語みたいに世界が奇跡で溢れていればいいのにって、思ったんです。……でも、そんなの絶対にあり得ないって、泣けてきて」

　私が泣き笑いを浮かべると、八百比丘尼は困ったように笑った。そして、「参ったね」と私の涙を衣の袖で拭った。

「アンタまで泣くのはおよしよ。湿っぽいのは嫌いなんだ……さっきまで、号泣していた私が言うことじゃないけどねェ」

「……ご、ごめんなさい」

「それに、若いのに救いのないことを言うんじゃないよ。時々しか起こらないから、奇跡って言うんだろ？　だからみんな、ありがたがるんだ」

　そして、私の乱れた髪や服を直しながら、八百比丘尼はまるで独り言のように呟いた。

「アンタが、今ここにいること……それだって奇跡のうちのひとつさ。アンタは、私がずっと理解できなかったことの正解を教えてくれた」

「……？　私、なにか教えましたっけ……？」

思わず首を捻ると、八百比丘尼は、クックッと喉の奥で笑った。

そして「わからないならいいさ」と、一瞬だけ遠くを見つめると――。

ああ……とため息ともつかない声を漏らした。

「つまりは、そういうことだったんだねェ。……私は、ひとりよがりに、勝手に怒っていただけだったんだ。このことは誰も悪くないし、赦すもなにもない。――私たちは、こういう世界に生まれついてしまっただけなんだから」

八百比丘尼はそう言うと、柔らかな笑みを浮かべた。

それを見た瞬間、私は戸惑いを隠せなかった。

八百比丘尼が浮かべた表情は、多くの子どもを持つ母のようであり、恋に胸をときめかせている娘のようであり、そして長年最愛の人と連れ添った老女のようだった。そこには、八百比丘尼が積み重ねてきた、八百年もの長い時間が確かに刻まれていた。

「本当に困った子だ。……私まで変えようとするなんて」

八百比丘尼はそう呟くと、自分の胸に私の頭を押し付けた。

そして、背中を優しく撫でてくれた。

「世界は優しくない。でも、そこに住む者くらい、せめて優しくありたいもんだねェ」

そして、私を抱きしめたまま、まるで子どもをあやすみたいに、ゆらゆら揺れた。
――ゆら、ゆら、ゆら。ゆうら、ゆらゆら、ゆうらり。
「……あ」
大怪我をしているせいか、そのリズムは一定じゃなかった。
――東雲さんと一緒。
その揺れは、胸を優しく打って……私はもう一粒、涙を零したのだった。

終章　父と娘の約束

八百比丘尼入定洞での騒動が終焉を迎え、日常が戻ってきた。

東雲さんや玉樹さんの怪我は順調に回復していき、出版に向けての準備で忙しそうにしていた。八百比丘尼がしたことは決して許されることではないけれど、東雲さんは不問にすることにしたようだ。

「……アイツの気持ち、わからんでもないからな」

東雲さんはそう言って、少しばかり寂しそうな顔をしていた。

左腕を失った八百比丘尼は、今まで通りに魂の休息所で働いている。

しかし、今回のことは彼女の中のなにかを変えたらしい。以前よりも、救われる魂が増えたのだと風の便りに聞いた。

まだ、内心は八百比丘尼を許せない部分もある。しかし彼女の気持ちを考えると、どうにも憎みきれない。

だから私は、距離感を間違えないようにと注意しながら、「いつも通り」に接することに決めた。八百比丘尼も少し困ったような顔はするものの、頼まれた本を持っていくたびにアレコレと「いつも通り」に口うるさく言ってくれ、それが少しうざったいような、擽ったいような……私たちは、そんな関係を続けている。

あの事件のせいで、私たちの関係性が「変わらなくて」よかったと、しみじみ思う。

変わるもの、変わらないもの、変われないもの。

それらが絶妙なバランスで成り立っている状況が、一番居心地がいいと思うからだ。


そして——秋も終わりに近づき、幽世にもそろそろ冬の気配がやってきた頃。

木枯らしが窓をカタカタ揺らしている。例年からすると、まだ暖房を入れるには少々早い時期のはずなのだけれど、耐えきれずに火鉢を出すくらいには冷え込んでいた。

「東雲さん、出版おめでとう」

「おう！　ありがとうな」

「まだみんなが来る前なんだから、飲み過ぎたら駄目だよ」

「わかってるって」

東雲さんの愛用のぐい飲みに、奮発して買ってきた上等な日本酒を注ぐ。東雲さんはそれを嬉しそうに眺めると、表面張力が限界に達する寸前で、唇を窄《すぼ》めて啜った。

明日は、とうとう東雲さんの本の発売日だ。店頭での貸し出しはもちろん、希望者には本の販売もするという。それを前に、今日は出版記念パーティーを開くことになった。

——そう。もうすぐ、東雲さんの夢が叶おうとしている。

てはこれで最後か？」

「あ、うん。ありがとう、水明」

台所から、大きな皿を手にした水明がやってきた。皿に盛られているのは、わが家にしては結構なご馳走。今日のために、腕によりをかけてこしらえたのだが……。

「みんな、遅いねえ」

予定時間を過ぎても、まだ誰もこない。

痺れを切らした東雲さんは、ひとりで飲み始めてしまった。

その時、またカタカタと風で窓が鳴った。中庭の紅葉は、すっかり葉を散らしてしまって、寒そうな姿を晒している。ここ最近、急に冷え込んできたからか、空を気ままに飛び回るあやかしの姿も滅多に見なくなった。特に、獣由来のあやかしの姿は激減している。きっと棲み家に引きこもっているのだろう。その証拠に、わが家の縁側にも大きな毛玉がごろんとふたつ転がっている。

「……うっ……重……す、水明……逃げて……」

「スピー……スピー……んにゃっ!?　……スピー……」

それは、にゃあさんとクロだった。黒毛のふたりがぴったりとくっついて寝ていると、境目がよくわからなくなって、なにやら別の生き物に見えてくるから面白い。

仲よさげに寄り添い眠る姿からは、いつも顔を合わせるなり喧嘩を始める関係であることは微塵も感じさせない。

あの八百比丘尼との戦いから、ふたりの関係に変化があった。

いや……変化があったというには、少し大げさかもしれない。にゃあさんがクロのことを前よりは認めるようになり、クロもにゃあさんから逃げるばかりじゃなくなった。

普段から接している私たちじゃないと、感じないほどのもの――。

けれど、歓迎すべき変化だ。

クロは、時折ピクピクと前足を動かして、酷く苦しげな声を上げている。どうやら、にゃあさんの体がクロの上に乗っかっているかららしい。どうにも寝苦しそうだ。

私はふたりをまじまじと眺めると、傍らの水明に尋ねた。

「……にゃあさん、どかした方がいいかな？」

「嫌なら自分から逃げる。気にしなくていい」

「そっか」

過保護のように見えて、意外とクロの意思を尊重している水明である。

私はくすりと笑うと、人数分の取り皿を用意するために台所に足を向けた。

その時だ、にわかに玄関の方が騒がしくなった。

「あ～!!　寒かった～!!　もう、なんなのよ。この冷え込み。まだ冬になるには早いんじゃないの。おかげで、時間に遅れちゃったじゃない」

「遅刻したのは、ナナシがお気に入りの毛皮のコートがないとか言って、部屋の中をひっくり返してたからだろ!?」

「だよね～。なんで、僕たちがそれに付き合わなくちゃいけないのかなあ」

それは、ナナシと金目銀目だった。

三人はワーワー騒ぎながら家に入ってくると、居間になだれ込んできた。

「遅れてごめんなさいね。東雲、出版おめでとう。とっておきの古酒持ってきたわよ！」

「俺らは、大天狗のジジィから雉肉《きじにく》預かってきた。鍋にしようぜ、鍋！」

「夏織、台所借りるね～。京都でお豆腐も買ってきたんだよ～」

するとそれを機に、どんどんと客人がわが家にやってきた。

「東雲、出版おめでとう。前々から思っていたんだが、今回のこと……貸本屋から出版事業に至った、かの鎌倉文庫《かまくらぶんこ》の軌跡をなぞっているようだとは思わないかね。素晴らしい!! 友人として誇りに思う」

次にやってきたのは、東京合羽橋《とうきょうかっぱばし》で雑貨店を営んでいる河童のあやかし、遠近《とおちか》さんだ。

彼は、現し世で大々的に商売をしているあやかしだ。今回の出版に当たって、印刷の手配をしてくれたのも遠近さんだ。ダンディーな口髭に、ハイブランドのスーツで身を包んだ遠近さんは、帽子を取ってつるりと頭の皿を撫でると、ふむと悩ましげに言った。

「さて。出版自体はめでたいことではあるのだが……。どうすれば、かの鎌倉文庫の二の舞を防げるのか、それについて話し合う必要がありそうだ。問題は、お前は川端康成《かわばたやすなり》じゃないし、三島由紀夫《みしまゆきお》の短篇を掲載もしておらず、編纂に遠藤周作《えんどうしゅうさく》が携わっていないという部分が大きいと思うのだが。……ああ、こりゃあ駄目だ。このままじゃ、鎌倉文庫のように倒産してしまう！」

「てめえは、なんで初めから失敗前提で話し始めるんだ、怒るぞ!!　あと、絶対無理な条件を挙げるな」

遠近さんは、ハハハと愉快そうに笑うと、東雲さんと膝をつき合わせて議論を始めた。

昔から変わらない光景を微笑ましく思っていると、更に人がやってきて、部屋が狭く感じるほどにあやかしたちで溢れ返った。

「おめでとう！　これ、食ってくれよ」

「早く読みたいねえ。うちのことも載ってるんだろ？」

「遠い親戚がな、今度、自分とこの話も聞いてくれって」

近所に棲むあやかしたちや、お店の常連客……更には、ただ通りすがっただけだというあやかしが集まってきて、みんな笑顔で東雲さんの出版を祝福している。東雲さんは、嬉しそうに彼らに応対していて、とても忙しそうだ。

けれど、その中にある人物の姿がないことに気がついた。

その人は、東雲さんと一緒に苦労して本を作り上げた一番の功労者。東雲さんと同じく、この場にいなければならない人だ。

私はこっそりと店を抜け出すと、大通りに出て周囲を見回した。

すると、通りの壁に寄りかかって、ひとり佇んでいる玉樹さんを見つけた。

玉樹さんはド派手な襟巻きを首に巻いて、赤くなった鼻を啜っている。サングラスの奥から、ちろりと私を見ると……不機嫌そうに目を瞑ってしまった。

「ここにいたんだ。みんな待ってるよ」

私が声をかけると、玉樹さんは鼻で笑った。

「自分を？　冗談はよしてくれ。こういうめでたい日に、自分は不釣り合いだと重々承知しているから、敢えて遠慮してたんだがね。誰だって、自分の好みに合わない物語を無理矢理読まされるのには、うんざりするだろう？」

「相変わらず捻くれてるね。……そういうのはいいから入ろう？　寒いし」

「ハハ。容赦がない。流石、東雲の娘」

すると、玉樹さんはくるりと踵を返すと、ひらひらと手を振った。

「だが、自分はやることがあってね。遠慮しておく」

「……やること？」

「お嬢さん、気がつかないか？　今回の騒動――誰かが関与してるんじゃないかってね」

意味が理解できずに、目を瞬く。すると、玉樹さんは顔だけをこちらに向けて、白く濁った右目で私をじっと見つめながら言った。

「貸本屋の地下に隠されていた東雲の本体のありかを、誰があの尼僧に教えた？　加えて言うなら、あの尼僧の父親に、竜宮の土産を渡した人物は何者だ？　人魚の肉なんて、他人の人生を簡単に狂わせるようなものを、配り歩いている男は――誰だ？　自分はそれが赦せなくてね」

それは、いつも飄々としている玉樹さんが初めて見せた、「怒り」の感情だった。

「自分は、前々から人魚の肉を配っている野郎を捜している。なに食わぬ顔で、どこかに交じっているソイツを捕まえるために。だから、お祝いなんぞしている暇はないんだ」

「……その人に、なにかされたんですか」

「さあ？　どうかね」

玉樹さんは、そのことについて詳しくは語ってくれなかった。そして、「東雲によろしく言っておいてくれ」と手を振ると、ゆっくりと歩き出した。

「あの！　どこに行くんですか！　また、うちに来てくれますよね？」

思わず、その背中に声をかける。

なんとなく、その存在が遠くに行ってしまうような気がしたからだ。

玉樹さんは足を止めると、私に背を向けたまま言った。

「……お嬢さんも、あの少年のように、自分に気を許さない方がいい。解釈によっては、自分は敵にもなりうる男だ。そんな危ない野郎には、近づかない方が賢明だ」

「――嫌です！」

「はっ……？」

思わず反射的に拒否すると、玉樹さんはなんとも間の抜けた顔でこちらに振り返った。かっこよく去ろうとしたのかもしれないが、そんなことさせて堪るものか。

「玉樹さん、私が沖縄に本を届けた時のこと、覚えていますか。キジムナーの女の子の夢だけじゃなく、お父さんの夢まで叶うように情報をくれましたよね。それに八百比丘尼の時だって……予め、彼女の不幸な生い立ちを教えてくれたのは、一方的に悪人だって思わないようにっていう配慮じゃないんですか」

「……与えられた情報を、どう扱うかはお嬢さん次第だ」

「でも、その情報を玉樹さんが与えてくれなかったら、違う結末を迎えたかもしれなかった。玉樹さんは、いつだって私に解釈《はんだん》を委ねてくる。でも、その中には絶対に『救い』があって『優しい選択肢』が含まれているって、私、気がついたんです。だから、私は玉樹さんを信じます。これからも、信じさせてくれるって思ってます」

すると玉樹さんは、大きく瞳を揺らし――なんだか、泣くのを我慢している子どもみたいな顔になった。けれども、それは一瞬のこと。玉樹さんは盛大にため息をつくと、帽子の鍔《つば》を左手で下げて言った。

「……好きにすればいい。自分は物語屋。物語は、受け取る側によって悪の話にも善の話にもなる。くれぐれも、どう『解釈』するかは――慎重に」

そして――。

「……どうせまた、東雲が本を作るって騒ぐだろうしな。原稿ができそうな頃合いに、また寄らせて貰うさ」

玉樹さんはそう言うと、笑って頭を下げた。そしてふわりと羽織を翻すと、颯爽と幽世の町に消えていったのだった。

玉樹さんを見送った後、店に戻った私は、すぐさま東雲さんに捕まってしまった。状況がわからずに戸惑っていると、居間にぎゅうぎゅうに座ったみんなが、手にグラスを持っていることに気がついた。

どうやら、ちょうど乾杯の音頭を取ろうとしていたらしい。

東雲さんは、私にジュースの入ったグラスを握らせると、集まったみんなをぐるりと見渡して、ゴホンと咳払いをしてから語り始めた。

「お前ら、集まってくれてありがとう。念願の本を出せて嬉しい限りだ。……どうやら、物語屋は逃げ出したみたいだから勘弁してくれ。アイツ、恥ずかしがり屋なんだよ」

どっと笑いが巻き起こる。少しの間、東雲さんは微笑んでいたかと思うと、キリリと表情を引き締めて言った。

「幽世初の本……前例がねえからな。正直、成功するかなんてわかんねえ。俺としては、これを機に、幽世でたくさんの物語や本が創られることを望んでいる。本は心を豊かにしてくれる。世界を広げてくれる。そこには『本物』も『偽物』もねえ。ただ、無限の世界が広がっている。俺は、それはすげえことだと思うんだ」

東雲さんは少し照れくさそうに笑うと、話を続けた。

「俺の本も、誰かにそういう体験を与えられたらいいなと思ってる。それもこれも、ここにいる俺の娘が協力してくれたおかげだ」

「え……」

驚いて東雲さんの顔を見上げる。すると、東雲さんはどこか誇らしげに言った。

「今日という日を迎えられたのは、夏織のおかげだ。俺は夢を叶えてくれたコイツに、恩返しをしたい。俺は誓う。幽世発の本を、これからも世に送り出す。そんでもって、うちの娘を幽世で一番幸せにしてやるんだ。みんな、協力してくれよな」

「親馬鹿かよ！」

「当たり前だ。娘は可愛いに決まってんだろ⁉」

あちこちから飛んでくる野次に、東雲さんは笑って応えている。

私はと言うと、顔が熱くて、油断すると涙が零れそうで——どう反応すればいいかわからなかった。すると、東雲さんはニッカリと白い歯を見せて笑うと、私の頭をくしゃりと撫でる。そして、満面の笑みをみんなに向けて言った。

「夏織が胸を張って誇れる父親になれるように、頑張るぜ。絶対にやってやる。だから、娘共々よろしく頼む。——乾杯!!」

「「「乾杯!!」」」

「おめでとう！」

「頑張るのよ、東雲!!　アタシも応援してるわ！」

「オッサン、原稿の締切りは守れよ!!」

「悪いが、そればっかりは約束はできねえ!!」

「「「――わはははは!!」」」

部屋の中は、みんなの笑いで溢れている。私は、ジュースをひとくちだけ飲むと、ちらりと窓の外に視線を投げた。

「あ……」

すると、厚い雲で覆われた空から、白いものが落ちてきているのが見えた。

随分と早い冬の知らせだ。外はかなり冷え込んでいるのだろう。もうすぐ冬がくる。白い雪で覆われ、誰も彼もが息を潜めて春を待ち焦がれる季節がやってくるのだ。

けれども、外の寒さとは裏腹に、部屋の中はあやかしたちの熱気で熱いくらいだ。

私は微笑みを浮かべると――ひとつ夢を叶え、そしてまた新しい夢に向かって歩き出した東雲さんの背中を見つめた。

――これからも、この人の「娘」でいられるように。

「本当の娘」以上に娘らしく、父のことを支えていこう。

私はポカポカしっぱなしの胸に手を当てると、笑みを浮かべて、みんなの輪に入っていったのだった。

余談　知りたい犬、素直じゃない猫

——幽世の貸本屋が、熱気に包まれる中。

縁側で惰眠を貪っていた黒猫は、ちろりと片目を開けると、盛大にため息を漏らした。

「うるさいわね。寝られないじゃない」

貸本屋の店主の快挙も、火車のあやかしである黒猫からすれば些細なことだった。

彼女の興味を引くものは多くない。貸本屋の娘に、猫缶の味、昼寝に最適な陽だまりの場所、人間の死体の臭い、それと——今、下敷きにしている犬のあやかしのこと。

「……うう。猫、重い。どいてくれない？」

「は？　あたしが重いですって？　この駄犬。デリカシーってもんがないの？」

「あう。痛い!!　耳を噛まないで！」

抗議の声を上げた犬神は、やっとのことで自分の上から下りた黒猫を涙目で見つめた。

黒猫は、犬神をじとりと睨みつけると、謝りもせずにそっぽを向いた。

元祓い屋の水明の相棒である犬神を、黒猫は「駄犬」呼ばわりしている。それは、この犬を見ると苛つくからだ。能天気で、無邪気。まるでわが世の春みたいな顔で、飼い主の後を付いて歩く姿を見ているると、まるで過去の自分を見ているようで苦い気持ちになる。

黒猫はしっぽを揺らすと、東雲と一緒になって騒いでいる夏織を見つめた。

先日までは思い詰めたような顔をしていた夏織も、すべてが解決した今、屈託のない笑みを浮かべている。黒猫はそれを嬉しく思うと、満足げに目を細めた。

「……ほんと君、あの子が好きだよね」

すると、なんとも間抜けな声がやたら近くから聞こえて、黒猫は顔を顰めた。声がした方に視線を投げると、黒猫の体に、犬神がちょんと顔を乗せているではないか。

「……重いからやめてくれない？」

「うっそ！　さっきの君と違って、顔だけだよ!?　重いわけないだろ」

それに、オイラだって乗られるばかりじゃつまらないし、と犬神はピクピクと耳を動かすと、まるで人間みたいにヘラッと笑った。

「調子に乗るんじゃないわよ。駄犬」

「調子になんて乗ってないさ。同じ、人間を支えるパートナー同士、仲良くしようよ」

この犬神、先日の八百比丘尼との戦いの際に、黒猫と上手く連携を取れたことで自信を持ったらしい。あれ以来、黒猫に対して怯える様子は見せなくなった。

——今までは、あたしを怖がってヒンヒン泣いてた癖に。面白くないわ。

半ば暇つぶしに犬神を揶揄《からか》っていた黒猫にとって、それは酷くつまらないことだ。

……それに。

「パートナー……ねぇ」

　自分はそんなものになったつもりはない。

「あたしは、夏織の友人であり同居人。犬みたいに媚《こ》びたりしない。一緒にしないで」

　するとどうしたことだろう。犬神がクスクス笑い出した。

「……なによ。あたし、変なこと言ったかしら」

　笑われる理由がとんと理解できない黒猫は、どこか気味の悪いものでも見るような目で犬神を見つめた。すると、犬神は思う存分笑った後に言った。

「同じようなものだよ。パートナーだって、友人だって……大切な相手の傍にいて、落ち込んだり、泣きたい気分の時に、支えてあげる存在のことでしょ」

　だから同じなのだと犬神はきっぱり言い切って、自身の鼻の頭をぺろりと舐めた。

「猫って、面白いよね。オイラは水明の傍にいられればなんでもいいけど……なんとなく、猫は自分の『在り方』に拘ってる」

　その言葉に、黒猫は苦虫を噛み潰したような顔をすると、ボソボソと小声で言った。

「……アンタになにがわかるってのよ。あたしのことよく知らない癖に」

　すると犬神は途端に顔を輝かせると、ずいと黒猫の顔に自分のそれを近づけた。そして、鼻がくっつきそうなほどの距離で言ったのだ。

「じゃあ教えてよ。なにが好きかとか、あの子とどうやって友だちになったのかとかさ」

「呆れた。突然、なにを言い出すのよ」

「オイラ、今まで猫は怖い生き物だと思ってたんだ。でも、水明が言ってた。意味もなく怖いのは、相手のことをよく知らないからだって。それにさ……見てよ。あのふたり」

犬神は、いつの間にか寄り添って笑うふたりの人間を鼻で指し示した。

「きっと長い付き合いになる。なら、お互いを知っていた方がいいでしょ？」

「……」

黒猫は犬神を睨みつけると、はあ、と深く嘆息した。そして窓の外へと視線を遣ると、白いものが散り始めているのを目にして言った。

「──仕方ないわね。もっと寒くなったら教えるわ。冬は、どうせ時間を持て余すもの」

すると、犬神はパッと表情を明るくすると──ぺろり、黒猫の鼻の頭を舐めた。

「へへへ！　楽しみにしてる！」

「……!!　な、なにすんのよ!?」

「オイラ、猫と友だちになるの、すっごい楽しみなんだ!!」

「〜〜〜〜!!」

黒猫は顔を引きつらせると──その小さな手から、鋭い爪を飛び出させ──。

「調子に乗ってんじゃないって、言ってるの!!」

容赦ない一撃を、犬神に見舞ったのだった。

あとがき

この度は、「わが家は幽世の貸本屋さん―偽りの親子と星空の約束―」をお読みいただき、誠にありがとうございます。またお会いできて嬉しいです。

今回は前回とは違い、人間からあやかしへと成り果ててしまった者たちが多く出てきました。あるべき姿から外れ、望んでいないのに拘わらず、歪になってしまった彼ら……。人としての理性を保ったまま、人じゃなくなるというのは、どういう苦悩が待ち受けているのか。その点について私なりに考えてみたエピソードとなりました。

しかしこれもまた、あやかしのひとつの姿です。あやかしというのは、本当に恐ろしく、哀しく……それぞれの背景も含めて、とても愛おしいものだと再認識できた巻でした。

さて、サブタイトルにもあるように、今回は東雲と夏織の親子にスポットを当てています。私の作品は、どうも父親の存在が大きくなりがちなのですが、どう考えても原因は作者の「父親好き」から来ているのでしょう。

私は、昔から父親っ子でした。煙草の匂いのする父の広い背中。大きな手。優しい眼差し。夕日の中、「はとぽっぽ」を歌いながら散歩したこと。今でもありありと思い出せます。そんな父も、私が成人する前に亡くなってしまいました。

だからなのでしょう。私の中の父親像は今も色鮮やかなままで、結婚した今も、困ったことがあると、ああ父が生きていればなあ……なんて思ってしまいます。

綺麗な夕日を見ると、父と散歩した日を思い出します。夕日に真っ赤に染まった世界、父が口ずさむ、少し調子が外れた「はとぽっぽ」。しみじみ懐かしいです。

だからというわけではないのですが、夏織と東雲には誰よりも幸せな親子でいて欲しいですね。幸いなことに、私が作者なので頑張ります（笑）。

さて、今回もいろんな方にお世話になりました。担当の佐藤様。本当にありがとうございます。佐藤様に褒められつつ、今日まで頑張って参りました。褒めると伸びる子です。今後ともよろしくお願いします（笑）。そして、今回も素敵過ぎる装画を描いて下さった六七質様。私の無茶ぶりとも取れる舞台設定を、見事に表現して下さいました……！　本当にこの作品を書いていてよかった。心の底から幸せです。ありがとうございます。

更に、ありがたいことにコミカライズも決定いたしました。担当していただくのは、なんと「目玉焼き先生」です！　異世界おもてなしご飯に引き続き、連続で引き受けていただけました。本当にありがとうございます……！　今から連載が楽しみでなりません。

最後に、次巻ですが早めにお届けできるよう、努力して参ります。どうぞお楽しみに。

では、またお目にかかりましょう。

令和二年某日　忍丸

ことのは文庫

わが家《や》は幽世《かくりよ》の貸《かし》本《ほん》屋《や》さん
—偽《いつわ》りの親子《おやこ》と星空《ほしぞら》の約束《やくそく》—

2020年1月27日　　初版発行

著者　忍丸《しのぶまる》

発行人　武内静夫

編集　佐藤　理

印刷所　株式会社廣済堂

発行　株式会社マイクロマガジン社
URL：http://micromagazine.net/
〒104-0041
東京都中央区新富1-3-7 ヨドコウビル
TEL.03-3206-1641 FAX.03-3551-1208（販売部）
TEL.03-3551-9563 FAX.03-3297-0180（編集部）

本書は、小説投稿サイト「エブリスタ」（http://estar.jp/）に掲載されていた作品を、加筆・修正の上、書籍化したものです。
定価はカバーに印刷されています。

ISBN978-4-89637-965-5　C0193
乱丁、落丁本はお取り替えいたします。